마담 흑조는
곤란한 이야기를 청한다
1928, 부산

마담 흑조는
곤란한 이야기를 청한다

1928, 부산

무경 장편소설

nabiclub

프롤로그

쇼와 3년, 서력 1928년 12월 16일, 부산을 향해 달리는 경
부선 상행선 기차가 서서히 삼랑진역을 출발했다. 일등석
객차의 승객들이 주고받는 대화는 좀처럼 조용해질 것 같
지 않았다. 쇳소리와 대화가 왁자하게 섞였다. 이야기는
넘쳐났지만 정작 천연주가 듣고 싶은 것은 없었다.

천연주의 취미는 다른 사람의 이야기를 듣는 것이었
다. 세상의 흔하디흔한 이야기에는 관심이 없었다. 그녀
가 좋아하는 것은 이상하고 진상을 쉽게 알 수 없는 수수
께끼 같은 이야기였다. 그래서 자신이 본정本町에서 경영하
는 작은 다방 '흑조'에 앉아, 종종 찾아오는 손님들이 가
져오는 온갖 기이한 이야기를 즐겨 들었다.

받는 것이 있으면 주는 것도 있어야 한다. 이야기를
들려준 손님에게 답례로 뒤에 어떤 진상이 숨어 있을지를
짐작이 가는 대로 들려주었다. 심심풀이로 시작한 소일거
리가 최근 뜻밖에 여기저기 알려진 듯했다. 커피를 맛보
려는 게 아니라 곤란함을 해결하고 싶어서 일부러 흑조를
찾아오는 손님이 서서히 늘고 있었다.

강해지는 흔들림에 연주는 다시금 불쾌함을 느꼈다.
기차를 탄 지 벌써 여덟 시간이 지났고, 언제나 몸을 휘감

4

는 고통 너머로 낯선 고통이 스멀스멀 올라온 것도 그만큼은 되었다. 속이 메슥거리는 느낌은 멀미를 닮아 있었다. 고녀생 시절 수학여행을 갔을 때는 달리는 기차 안에서 교사들의 훈계조차 무시하고 친구들과 즐겁게 재잘거렸다. 그때는 멀미 따위는 느낄 겨를조차 없었다.

옛 기억을 무심코 떠올린 연주는 작게 한숨을 쉬었다.

그때의 몸과 지금의 몸은 너무나도 달라졌다. 병마라고는 모르던 시절. 하지만 고통 없는 날을 떠올릴 수조차 없는 지금. 몸이 망가지고 건강을 잃는 건 그야말로 순식간이었다.

동래온천의 물이 몸에 좋다고 한다. 거기 가서 며칠 머물며 요양하도록 해라.

아버지의 말이 떠올랐다. 다른 이에게는 차갑고 매몰차게 들릴 목소리 깊은 곳에 커다란 근심이 웅크리고 있었다. 조선에서 손꼽히는 부자이자 자본가이면서 제 이익을 위해서라면 뭐든지 하는 것으로 악명 높은, 심지어 조선 이름을 버리고 일본인 이름으로 바꾸는 것조차 망설임 없이 해치웠던 아버지도 그녀를 볼 때마다 걱정을 숨기지 못했지만, 연주는 매번 눈치채지 못한 척했다.

삼랑진 다음은 구포, 그다음은 부산진, 그리고 마지막으로 부산.

연주는 머릿속으로 남은 기차역의 이름을 되뇌어보았다. 목적지인 부산역까지는 이제 얼마 남지 않았다. 조금만 더 참으면 되었다. 그러면 요양을 핑계로 부산에 가는 진정한 목적을 이룰 수 있을 것이다.

덜컹거림을 따라 고통이 솟구쳐 올랐다. 고통을 무시하려 연주는 창밖으로 고개를 돌렸다.

햇빛을 받아 빛나는 길고 큰 강이 철로 옆을 따라 흘렀다. 강 너머로 나지막한 산들이 유유히 스쳐 지나갔다.

이 강이 낙동강이로구나.

낙동강을 본 건 이번이 처음이었다.

어려서부터 줄곧 경성에서 자란 그녀가 경성 밖으로 나가본 건 수학여행이나 아버지의 시찰을 따라갔던 경험이 전부였다. 홀로 이렇게 먼 길을 떠난 적은 여태 없었다. 아버지는 그녀의 동래온천행에 수행원을 잔뜩 붙여주려고 했다. 그걸 마다하고 늘 함께 다니는 두 사람만 데려왔다.

"먹겠습니까?"

때마침 옆자리의 야나 씨가 삶은 달걀을 보이며 물었다. 연주는 고개를 저었다. 야나 씨가 러시아어 억양이 섞인 일본말로 다시 말했다.

"아가씨는 아직 아무것도 안 먹었습니다. 힘듭니다."

프롤로그

연주는 다시 고개를 저었다. 입을 열고 대답하기조차 힘들었다. 맞은편에 앉은 강 선생의 얼굴에도 걱정하는 기색이 스쳤다. 하지만 그는 언제나 그렇듯이 묵묵히 응시할 뿐이었다.

야나 씨는 러시아에서 온 외국인이다. 공산 혁명으로 러시아 제국이 무너지고 소비에트연방이 수립되는 와중에 몸을 피해 조선까지 왔다. 과거에 그녀는 귀족 집안의 딸이었지만 지금은 연주 옆을 지켜주고 있었다. 몸가짐에서 언뜻 평범하지 않은 기품이 보일 뿐, 연주에게는 철저한 시종의 입장으로 처신하는, 믿음직한 언니 같은 존재였다. 강 선생은 야나 씨보다 더 오랜 인연이었다. 연주가 고보를 다닐 때부터 시중을 들어왔다. 그녀가 아무리 무리한 부탁을 해도 강 선생은 불평 한마디 없이 곧바로 그럴듯하게 들어주었다. 너무 과묵한 게 흠일 뿐, 그녀의 부탁이라면 위험한 일조차 내색 없이 해내는 강 선생을 연주는 무척 의지하고 있었다. 이 두 사람만 있으면 다른 이는 더 필요하지 않았다.

바깥이 어두워졌다 밝아지기를 반복했다. 기차가 터널에 들어설 때마다 먹먹한 울림이 어지러웠다.

연주는 고통을 외면하려고 4인 좌석의 남은 자리에 앉은 낯선 남자를 보았다. 중절모를 쓴 단정한 차림의 남자가 무슨 일을 하는 사람인지는 경성역을 벗어나 용산역에 닿을 즈음엔 거의 확실하게 짐작할 수 있었다. 일부러 남자에게 말을 붙이지 않았다. 학자나 공부하는 서생일 그의 입에서 재미있는 이야기는 나오지 않을 것이다.

다시 몸속에서 짙은 고통이 솟아올랐다. 연주는 이를 악물었다.

고보 시절 연주는 불의의 사고를 겪었다. 화마에 휘말려 겨우 목숨을 건졌지만, 후유증은 무척 컸다. 수술이나 약으로도 몸속에 깃든 고통을 몰아내지는 못했다. 1926년 겨울 이후 몸에 스며든 고통은 아직도 익숙해지지가 않았다.

그런데 고작 온천의 물이 그걸 몰아낼 수 있다고? 회의적일 수밖에 없었다. 단지 부산에 갈 수 있다는 이유로 아버지의 뜻에 따랐을 뿐이었다.

불쑥 옛 기억이 떠올랐다.

세상일이란 알 수 없거든. 이성과 합리로 움직이는 게 분명한 이 세상 한편에 기적이라는 것도 존재한다지 않나. 가령 온갖 고통과 병마를 치유한다는 프랑스의 루르드Lourdes 샘물 같은 것도 있으니까.

1925년, 연주가 아직 활기찬 고녀생일 때 과외 교사가 그렇게 말했었다.

만난 지 1년도 채 되지 않던 그해 말, 선생님은 중단했던 동경 유학길에 다시 올랐다. 헤어짐의 과정에서 그분이 아버지를 얼마나 경멸하는지 알고 마음이 무너져 내리는 기분을 느꼈다. 사모하는 마음을 차마 전하지도 못한 채 그분과 작별해야 했다.

선생님을 다시 만날 수 있을지 기약조차 없어. 그전에 내 목숨이 먼저 멎겠지.

고작 온천물로 내 고통이 물러날까?

나는 왜 아직 살아 있는 걸까?

부산으로 내려가는 목적을 생각하니 헛된 웃음이 나왔다. 하지만 연주는 웃지 못했다.

주위가 아득해졌다. 갑자기 눈앞에 어두움이 밀려왔다. 터널에 들어선 것 같은 검음. 하지만 그보다 더 무겁고 더 차가운….

"아가씨, 괜찮습니까?"

먼 곳에서 울린 것처럼 먹먹하게 들리는 야나 씨의 목소리. 어둠 너머로 언뜻 보인 강 선생의 놀란 표정, 그리고 벌떡 일어난 낯선 남자.

연주가 기억하는 건 거기까지였다.

차례

마담 흑조는 매구의
이야기를 듣는다

1928년 12월 17일, 월요일

강둑 옆으로 난 흙길을 디디는 발걸음이 분주하고 심란했
다. 장터의 어떤 가게에서 창호지 대신 붙인 신문지에 박
힌 기사를 흘끗 본 것뿐인데, 별것도 아닌 기사 제목이 장
터에서 돌아오는 내내 손 선생의 머릿속에 맴돌았다.

'밤새는 노름꾼 닭서리가 유행流行'

신문 2면을 채운 다른 기사들은 공산주의자들의 암
약을 적발했다거나 경성에서 체납 처분을 받은 자가 늘었
다거나 부산항의 도항자 수가 늘었다는 따위의 진지한 제
목으로 가득했기에, 비교적 소박한 제목이 오히려 더 눈
에 띄었다. 기사를 읽어보니, 안성의 모처에서 노름이 활
발한 데다 거기 모인 노름꾼들이 한밤중에 주변 농가의
닭을 서리해 야참으로 먹기까지 하니 활개 치는 도박단을
검거하기 위해 경찰이 골몰하고 있다고 했다.

손 선생은 옛 기억을 떠올렸다. 어릴 적 동무들이 닭
을 훔쳐 잡아 먹자고 꾀었을 때 거절했었고, 다음 날 죄다
잡혀서 혼나는 걸 먼발치에서 지켜보았던 기억. 그때 누군
가 울면서 외친 말도 떠올랐다.

'야시가 물어가던 닭을 주버다가 끓이 먹었을 뿐입
니더.'

마담 흑조는 매구의 이야기를 듣는다

여우가 물어가던 닭.

그러고 보니 그 신문, 14일자였지. 그 괴이한 일이 벌어진 날의 기사라서 기억에 남은 걸까?

좀처럼 떨어지지 않는 생각을 굴리다가 코를 스치는 구수한 냄새를 맡고서야 정신을 차렸다. 어느새 목적지인 면장 장씨의 집 앞이었다. 점심상에 올릴 닭 삶는 냄새가 대문 밖에까지 풍겼다. 귀한 손님 대접에나 어울릴 거창한 냄새였다.

하기야 지금 장씨 집 손님방에 머문 사람은, 번창한 지역인 이곳 구포에서도 보기 드문 손님이었다. 그러니 구포면장이자 구포 장시의 큰손인 장씨가 손님 대접 톡톡히 하려는 듯했고, 손 선생도 어쩌다 거기 엮여 호화로운 대접을 받을 모양이었다. 하지만 마음은 편치 못했다. 손님이 오늘 아침 만나자마자 한 말 때문이었다.

'야시고개의 여우가 제게 탐정 일을 청했습니다.'

웬만큼 학식 가진 사람이라고 해도 저 말을 처음 듣고 단번에 참뜻을 이해할 리 만무했다. 당연히 손 선생은 그게 무슨 말이냐고 되물었고, 그녀는 피로한 한숨을 내쉬었다.

'헛된 소문이 기이한 곳까지 퍼진 듯합니다.'

답이 아니라 오히려 혼란을 주는 말이었다. 그것만

들었다면 손 선생은 그녀를 미친 사람으로 여겨 거리를 둘 생각이었다. 그러나 다음에 꺼낸 말 때문에 얼어붙고 말았다.

'최근 이곳 장터에서 일본인이 키우던 개가 갑자기 죽은 사건이 벌어졌습니까.'

요사이 장터 주변 분위기를 흉흉하게 만들고 있다는, 손 선생조차 전날 밤 지인들에게 전해 들은 괴사건이, 구포역에서부터 줄곧 정신 잃은 채 이곳까지 옮겨지느라 아무것도 듣지 못했을 사람의 입에서 툭 튀어나왔다.

그걸 묻는 여인의 얼굴은 창백하고 스산하여 금방이라도 산산이 가루로 흩어질 것만 같았다. 하지만 그 눈빛만큼은 너무 강렬해서 사물의 숨은 면까지 모두 파헤쳐낼 것처럼 빛났다.

"천연주. 분명 천연주라고 했었지."

손 선생은 손님의 이름을 중얼거렸다. 조선 최고의 갑부를 논하면 첫머리에 반드시 거론되는 자의 외동딸이라는 그녀는, 그런 집안 배경이 필요하지 않을 만큼 강렬한 인상을 주었다.

†

마담 흑조는 매구의 이야기를 듣는다

장씨 집안은 대대로 오래된 커다란 기와집에서 살았다. 하지만 옛 방식만 고집하는 사람들이 아니라, 집 여기저기를 깔끔하고 편리하게 손봐서 서양식 집에 익숙한 이도 지내기 좋은 곳이었다.

손님방은 장씨 집안이 대대로 쌓아온 부와 학식을 바깥사람들에게 보이는 곳이었다. 솜씨 좋은 필치로 그려진 대나무 그림이 벽에 걸려 있고, 백자 항아리는 소담하고 섬세하게 꾸며진 장 위에 올라가 커다란 유리창으로 들어온 빛을 온전히 머금은 채 안목 있는 이의 감탄을 자아낼 자태를 드러냈다. 하지만 온갖 꾸밈보다 이부자리에서 겨우 몸을 일으킨 연주 양의 모습이 더욱 눈에 들어오니 기이한 일이었다.

손 선생은 공부 때문에 내지와 경성을 바삐 오가면서도 때때로 구포에 내려와 며칠 혹은 거의 한 달을 머물곤 했다. 지인들은 그를 반기면서도 왜 계속 구포를 찾는지 의아해했다. 사실 손 선생 역시 왜 굳이 구포에 내려오는 건지 알 수 없었다. 그나마 떠올린 건 어릴 적부터 여기서 오래 살았다는 궁색한 이유뿐이었다.

이번 구포행 역시 그렇게 이유 없는, 혹은 이유 모를 여행이었다. 지인의 일을 도와주고 사례를 겸해 받은 기차 일등석 표가 발단이었다.

연주 양을 본 건 기차에서였다. 마주 본 네 개의 좌석에 누가 앉을지 궁금해하던 손 선생의 의문은, 느리게 절룩이며 걷는 여자와 그녀를 부축한 두 사람이 나타나면서 금방 풀렸다.

창백한 얼굴과 두껍게 입은 검은 옷의 대비가 눈에 띄는 여자와 날렵한 인상을 주는 남자 시종, 그리고 사냥모가 어울리는 금발의 외국인 여자라는 기묘한 조합이었다. 남자 시종은 벼려진 칼날이 움직이는 것처럼 군더더기 없는 행동과 몸에 두른 위압감이 인상적이었다. 창백한 여자를 시중드는 금발 여자 또한 투박한 사냥모와 어울리지 않게, 섬김을 받는 것에 익숙한 사람 같은 고귀한 몸가짐을 보였다. 무엇보다도 그런 둘을 거느린 창백한 여자는 나약해 보이는 몸과는 달리 마주 보기 어려울 만큼 날카로운 눈빛을 종종 손 선생에게 던졌다. 합석한 세 명이 무척 이상하다고 생각하면서도, 손 선생은 그들과 말을 섞지 않고 몇 시간을 줄곧 앉아 있었다.

일등석 객차는 평소 타던 삼등석보다 편했고 같이 탄이들 역시 신기했으니 분명 특별한 체험이었다. 하지만 지인이 호의로 사준 표는 몇 시간 뒤 재난으로 돌변했다. 구포역에 다다를 즈음 창백한 여자가 갑자기 정신을 잃었다. 당연히 객차에서는 난리가 났고, 때마침 맞은편에 앉

마담 흑조는 매구의 이야기를 듣는다

아 있던 데다 구포역이 목적지였던 자신이 그녀가 기차에서 내리는 걸 돕고 간호에 필요한 이러저러한 것까지 급히 조처하게 되었다.

"선생님, 제가 부탁한 건 알아보셨습니까."

연주 양의 말에 손 선생은 정신을 차렸다.

잿더미. 연주 양을 보며 느낀 인상이었다. 생기 없는 창백한 흰 얼굴과 까만 실내복은 지극히 대비되면서도 원래 하나였던 것처럼 보였다. 햇빛이 잘 들고 온돌이 따스하게 데워진 밝은 방 가운데에 무채색들이 그림자처럼 어른거렸다. 낮의 밝음이 비춰도 생기는 전혀 더해지지 않았다.

"그전에 묻겠소. 아침에 한 말은 대체 뭐요? 야시고개의 여우가 탐정 일을 청했다니?"

괜한 생각을 떨치고 손 선생이 물었다. 그녀가 꺼낸 꿈 이야기는 아픔에 시달리며 꾼 헛것으로 치부해야 마땅함에도 굳이 내용을 물은 건 여우 때문이었다.

구포의 남쪽, 구남마을에서 모라마을로 넘어가는 길목에 야시고개라고 불리는 곳이 있었다. 백양산 자락에서 뻗어 나와 강까지 이어진 고개에 야시, 그러니까 여우가 자주 나타난다는 이유로 그런 이름이 붙었고, 해수구제 사업으로 많이 줄었다지만 아직도 종종 여우가 그곳 햇

19

살 좋은 터에서 논다고 했다.

손 선생은 대학교에서 역사를 공부하며 민속 연구에
관심을 가졌다. 그래서 틈날 때마다 조선 각지를 다니며
지역의 설화와 민담을 채집해왔다. 연주 양이 언급한 야시
고개의 여우처럼, 여우가 사람에게 부탁하는 유형의 이야
기가 여럿 존재했다. 게다가 구포 인근에 사는 무당들은
인간 같지 않은 모습을 보이며 인간 외의 것들이 노니는
세상에서나 있을 법한 일을 입에 올리곤 했다. 마치 눈앞
의 연주 양처럼.

그녀의 대답은 기대했던 것과는 달랐다.

"스스로 탐정이라 칭한 적은 없습니다. 제게는 다른
이의 곤란한 사정 이야기를 청해 듣길 좋아하는 기벽이 있
는데, 그것이 이상하게 알려진 모양입니다. 곤란함을 듣
길 좋아하는 버릇과 곤란함을 해결하는 모습은 비슷해
보여도 엄연히 다릅니다."

"하지만⋯."

"두 사물의 형상이나 특성이 유사하다 하여 섣불리
둘을 같은 것으로 판단하면 안 됩니다. 가령 개와 여우는
생김새가 닮았지만 엄연히 다른 짐승입니다. 누군가 선생
님의 단정하고 훌륭한 양복 차림을 보고 모던보이라고
칭한다면 그 또한 그릇된 말일 것입니다. 선생님은 그저

동경과 경성을 오가며 학문을 배우는 사람일 뿐, 경성 일대를 산보하며 모습을 뽐내는 모던보이와는 다르기 때문입니다."

멍하니 연주 양의 이야기를 듣던 손 선생은 깜짝 놀랐다.

"아니, 혹시 어디서 내 이야기를 들었소?"

그녀의 창백한 표정에 의아함이 깃들었다.

"내가 일본과 조선을 왕래하며 공부하는 사람이라는 걸 누구한테 들었소? 이 집 주인이 말했소? 아니면 당신의 시종들이 알아온 정보요?"

손 선생은 지금은 이 자리에 없는, 그녀의 동행 두 사람을 떠올렸다. 하지만 그 둘이 자신의 정보를 수집했을 것 같지는 않았다.

연주 양이 고개를 갸웃거렸다.

"선생님께서 이미 온몸으로 말씀하셨잖습니까."

"그게 무슨….."

"지금 입고 있는 양복은 낡았어도 조선에서는 보기 드문 양식입니다. 들고 계신 모자 안쪽에 동경의 주소가 적힌 가게 상호가 보였습니다. 의복과 모자 모두 사용감이 짙게 남았고 선생님이 불편함을 느끼지 않는 기색이라, 오래전에 동경에서 구입했다는 것을 짐작할 수 있었습니다. 기차에서 검표하러 온 차장과 대화할 때 선생님의 일본어 발음은 내지 사람 같았지만, 이름은 조선 사람이었습니다. 가죽 가방 귀퉁이에 잉크가 샌 흔적도 보였고, 가방 여기저기 여행이 남긴 흔적도 뚜렷했습니다. 그것들로 미루어 선생님이 종종 먼 길을 이동하는 문관 혹은 학자라고 짐작했습니다. 그리고 선생님이 방금 자신이 동경에서 대학을 나왔고 일본과 조선을 자주 왕래한다고 직접 말씀하셨습니다. 이것으로 충분하지 않습니까."

손 선생은 오늘 아침 연주 양이 한 말을 다시 한번 떠올렸다.

탐정.

그녀에게 의뢰했다는 여우는 사람을 제대로 본 게 분명했다.

†

연주 양이 꾼 꿈은 이러했다.

정신을 차렸을 때 그녀는 석양이 보이는 언덕에 서 있었다. 뉘엿뉘엿 지는 해에 붉게 물든 큰 강과 강 가운데 솟은 크고 작은 섬들을 내려다보며 이곳이 어디인지 궁금해하다가, 뒤늦게 흰옷 입은 여자가 옆에 서 있는 걸 알아차렸다. 여자가 웃으며 그녀에게 절을 올렸다.

"먼 길 오시느라 고생하셨습니다, 탐정 아씨."

연주 양은 당황했다. 낯선 이가 나이가 어린 자신에게 대뜸 절을 올리고 탐정이라 부르는 것도 이상했지만, 더욱 이상한 건 여자가 여러모로 수상해 보여서였다. 사람처럼 행색을 꾸몄지만 이질감이 감도는 서늘한 분위기.

"당신은 누구입니까? 꿈에 등장한 상상일 뿐입니까, 실체가 있는 무언가입니까?"

"여기가 꿈인 건 어찌 아셨습니까?"

"기차에서 현기증을 느낀 이후 갑자기 이곳에 서 있어서입니다. 시종들이 나를 이곳에 옮겼다면 곁을 지키고 있어야 하지만, 그들의 모습은 보이지 않습니다. 무엇보다도 서 있을 때 반드시 들고 있어야 할 지팡이가 손에 없습니다."

지팡이가 사라진 것만으로 꿈임을 알아차렸다는 걸 손 선생이 의아해하는데, 연주 양이 큰 사고로 다리를 다친 이후 지팡이 없이는 걷기 어렵다고 설명을 덧붙였다. 지팡이가 없다는 걸 알아차린 순간 두 다리를 움직여 보았고, 둘 다 멀쩡히 움직이는 걸 보고 꿈임을 알아차렸다고 말하는 그녀의 얼굴에 서글픔이 잠깐 스친 것 같았다.

대답을 들은 흰옷의 여자는 웃음을 터트렸다.

"탐정 아씨는 소문으로 듣던 대로군요!"

웃음과 함께 좁아진 여자의 눈매가 사람이라고 보기엔 유달리 가는 게 신경 쓰이던 연주 양은, 곧 흰 치맛자락 아래 길고 누렇고 북슬북슬한 것이 튀어나와 있음을 깨달았다. 그것이 무엇인지는 갖고 있는 비싼 목도리 때문에 곧장 알아차릴 수 있었다.

"여우 꼬리…."

"그렇습니다."

여자가 키득거리며 누런 것을 살랑였다. 사람의 몸에 달린 기다란 여우 꼬리가 흔들리는 모습은 꿈에서나 나옴직한 예사롭지 않은 광경이었다.

"저는 이곳 야시고개에 사는 매구입니다."

야시, 여우를 이 지방에서 부르는 이름. 매구, 천 년 묵은 여우.

낯선 단어들 사이의 관련성을 떠올린 연주 양은 곧바로 물었다.

"나를 이리로 부른 이유는 무엇입니까."

"그것참, 동요하시기는커녕 곧바로 용건을 물으시다니요. 좀 더 놀라셔도 좋지 않습니까? 경성 사람들은 감정을 드러내지 않고 죄다 깍쟁이처럼 군다던데, 그게 정말이었군요?"

마담 흑조는 매구의 이야기를 듣는다

여우가 다시 키득거렸다. 우아한 모습이면서 정작 행동은 가볍고 장난스러운 부조화 때문에 사람 홀리는 여우로밖에 보이지 않았다.

"죄송합니다. 귀한 손님께 장난이 지나쳤습니다."

다행히 여우는 금방 사과했다. 연주 양으로서도 여우의 경박함을 질책할 생각은 없었고, 단지 이 꿈이 어떻게 이어질지 궁금할 뿐이었다.

"탐정 아씨께 청할 게 있습니다. 부디 이 고개에 사는 제 아이들을 구해주십시오. 의뢰한 대가는 드릴 테니…."

여우가 공손히 고개 조아리며 한 말에 연주 양은 곧장 고개를 저었다.

"무슨 사정인지는 몰라도 그건 짐승의 사정입니다. 인간이 여우를 사냥하려 드는 건 인간과 여우 사이의 일일 뿐, 내가 상관할 바가 아닙니다."

"알고 있습니다. 사람들이 가죽을 탐하는 탓에 사냥당하는 아이들이 가엾지만, 천리를 거스르면서까지 그걸 막아달라고 청할 수는 없지요. 하지만…."

거기서 여우가 표정을 바꿨다. 내내 가벼운 웃음을 흘리던 얼굴에, 처음으로 근심과 슬픔이 드리워졌다.

"며칠 전부터 이곳 시장에 퍼진 말 때문에 아이들에게 하지도 않은 일을 했다는 누명이 씌워져, 곧 죽임을 당

하게 생겼습니다. 어미로서 억울함을 해결해달라는 청이
야 할 수 있지 않겠습니까?"

✝

"누명이라면, 그 소문?"

손 선생이 물었다. 연주 양은 고개를 끄덕였다.

"여우는 분명 지금 장시에 퍼져 있는 소문을 언급했
습니다."

"여우가 일본인 개를 해쳤다는 소문 말이오?"

"제가 들은 것도 그러했습니다. 여우는 어쩌다 그런
말도 안 되는 소문이 퍼졌는지 의아해했고, 소문 때문에
생겨난 갑작스러운 움직임을 근심했습니다."

오늘 아침 역과 장터에서 들은 소문이 사실이라면,
구포에서 곧 일어나게 될 일은 야시고개의 여우가 걱정해
야 마땅한 것이었다.

"자세한 이야기를 듣고 오셨을 것입니다. 제게도 들
려주십시오."

12월 14일, 그러니까 사흘 전 저녁에 벌어진 일이었다.

구포 옆 낙동강 너머로 펼쳐진 여러 섬 중 가장 큰 섬
에 대저라고 불리는 땅이 있었다. 그 땅 지주 중 한 명인

다카하시의 집은 주재소와 시장 사이에 있었고, 거기에서 검은 개 한 마리를 길렀다. 손님들은 아들 기요시가 개를 애지중지하는 모습을 아버지 쿠니히코가 흐뭇하게 자랑하는 말을 자연스레 들을 수 있었다.

12월 14일은 음력으로 11월 3일이었다. 구포 오일장은 음력으로 3과 8로 끝나는 날짜에 열렸기에 당연히 그날 바깥은 소란스러웠다. 장시의 시끄러움이 겨우 잦아든 저녁, 어쩐지 가라앉은 저택 안 분위기에 쿠니히코는 불길함을 느꼈다. 그가 아들을 찾았을 때, 마당에서 아들이 죽은 개를 끌어안고 울고 있는 걸 발견했다.

"개가 뭔가를 잘못 먹었던 모양이오."

손 선생의 말을 들으면서도 연주 양은 미동조차 하지 않았다. 그녀의 모습은 무기질 같아서 이야기를 듣고 있는지조차 확신할 수 없었다.

"기요시 군이 쿠로를, 아, 쿠로는 그 개 이름이오, 쿠로를 애지중지하는 걸 그 집에 드나드는 사람들은 다 알고 있었소. 쿠니히코 씨의 환심을 사려고 개가 먹을 걸 챙겨오는 이들도 있다 보니 쿠로는 남이 주는 먹이나 땅에 떨어진 음식까지 먹는 버릇이 생겼다고 하더군요. 그래서 다들 쿠로가 쥐약 묻은 뭔가를 잘못 먹고 죽은 줄 알았답니다. 해가 질 때라 죽은 개는 일단 마당에 거적만 덮어

두고 다음 날 제대로 묻어주기로 했다고 하오."

"하지만 그러지 못했던 겁니까."

겨우 연주 양이 말했다. 손 선생은 고개를 끄덕였다.

"다음 날 아침, 죽은 개가 사라지고 말았소. 어디로 갔는지 흔적조차 찾을 수 없었던 거요."

마당에 남은 건 흐트러진 거적뿐, 쿠로의 시체는 없었다. 고운 자갈이 깔린 마당에는 누가 혹은 무엇이 그짓을 저질렀는지 짐작할 만한 발자국조차 남지 않았다. 놀란 쿠니히코는 수소문해 죽은 개의 행방을 찾으려 했다. 담벼락은 날렵한 사람이라면 충분히 넘을 수 있는 높이라 누군가가 개를 노렸을 가능성도 있었다. 인근에 주재소가 있다고 해도 대담한 자라면 충분히 저지를 법했다.

그런데 그날 점심 무렵, 시장에서 기이한 말이 서서히 퍼져나갔다.

"여우가 검은 것을 입에 물고 있기에 뭔가 보니, 축 늘어진 개였다지 뭐요. 여우는 곧장 야시고개 쪽으로 도망쳤다고 하오. 소문이 점점 퍼져나가서, 지금은 여우가 개를 해코지하여 죽인 뒤 야시고개로 물고 갔다는 말까지 돌고 있소."

"흥미롭습니다."

연주 양이 중얼거렸다.

　　　　　마담 흑조는 매구의 이야기를 듣는다

"짧막한 이야기 속에 이상한 것이 여럿 보입니다. 무엇보다도 흥미로운 것은 소문 그 자체입니다. 죽은 개의 실종이라는 단순한 이야기에 여우 소문이 불쑥 돌아나 있습니다. 이질적인 소문이 어떤 역할을 하는지, 도무지 알 수 없습니다."

손 선생은 그녀가 무슨 말을 하는 건지 알 수 없었다. 그녀는 곧바로 말머리를 돌렸다.

"그 뒤로 어떻게 되었습니까. 짐작한 대로라면 고개에 사는 여우를 몰아내자는 의견이 퍼졌을 듯합니다만."

"그렇소. 쿠니히코 씨도 소문을 듣자 크게 분노해서 곧바로 야시고개의 여우를 토벌해야 한다며 사냥 준비를 시작했소. 구포면장도 거기 호응하여 준비를 돕기로 했는데…."

바깥에서 들린 그릇 소리에 손 선생은 말을 멈췄다. 곧 문이 열리고 장씨 집 하녀가 커다란 소반을 들고 와 연주 양 앞에 내려놓았다. 하녀가 방에서 물러났지만 문은 닫히지 않았다. 문 너머에 사람이 서 있었다.

"일어났십니꺼? 이부자리는 편안했지예? 방 뜨시게 뎁핬놨는데 혹 춥진 않았십니꺼?"

쾌활한 목소리를 내는 사내는 구포면장인 장씨였다. 좋은 양복을 입은 걸 보니 외출하기 전에 손님을 보러 잠깐 들른 듯했다. 연주 양이 고개를 숙여 답했다.

"후의를 베풀어주신 덕분에 아픈 몸을 편히 누일 수 있었습니다. 감사합니다."

'후의'라고 할 만했다. 손 선생이 그녀를 장씨의 집까지 옮긴 이유는 구포역에 내렸을 때 마침 장씨를 만나서였다. 그녀를 돌봐달라는 갑작스러운 청을 장씨가 흔쾌히 승낙하지 않았다면 한참 고생했을 터였다.

"몸 괜찮아질 때까지 푹 쉬다 가이소. 그라고 여 온 김에 동네도 한번 쭉 둘러보고예. 여 구포 장이 조선서도 이래 큰 데 찾기 어렵다 안 캅니꺼. 도성 안 장시나 돼야 비길까 싶은데…. 여가 많은 물건이 오가는 곳이라가, 지켜보믄 재미있을 낍니더."

장씨의 마지막 말에서 진짜 목적이 엿보였다. 경성에서 온 부호의 여식에게 구포에 투자할 곳 있다고 넌지시 권유하는 뜻이 담겨 있었다. 장씨는 겉으로는 호쾌한 모습을 보였지만 속에는 잇속을 빠르게 계산하는 상인과 한학을 연마한 진중한 선비의 모습을 품고 있었고, 필요에 따라 각각을 꺼내 쓰는 영리한 사람이었다.

"아이고, 아픈 사람한테 씰데없이 말 많이 했네예. 차린 건 없지만 맛있게 드이소. 델꼬 온 사람들이 어데 가고 없데예? 그 사람들도 오면 바로 식사 낼 테니 걱정 마이소. 필요한 게 있으면 사람들 부르면 됩니데이. 그럼, 가겠십니더. 내도 마이 바빠가."

연주 양이 고개 숙여 감사를 표했다. 손님방을 떠나며 장씨가 손 선생을 흘끗 보았다. 손 선생은 작게 고개를 끄덕였다. 다행히 연주 양의 질문이 더는 이어지지 않았다.

"나도 소문을 좀 더 알아보겠소. 어서 식사하시구려."

"저녁때 다시 와주시면 감사하겠습니다."

그녀가 손 선생에게 남긴 말은 그 한마디뿐이었다.

손님방을 나와 구두를 신는 손 선생에게 장씨가 쓱 다가와 말을 던졌다.

"저 여자, 암만 봐도 이상하데이."

"뭐가예?"

손 선생에게 장씨는 일곱 살 터울의 형이었고 서로 잘 알고 지낸 사이였다. 그래서 장씨가 던지는 말에 거리낌은 없었고 손 선생의 입에서도 고향 사투리가 스스럼없이 튀어나왔다. 장씨가 손님방 장지문을 흘끗 보았다.

"니도 봤다 아이가. 저래 얼굴 희멀개가 살아 있는 사람 맞나 싶더라. 많이 아픈기가?"

"그렇겠지예. 안 그랬음 기차서 갑자기 픽 쓰러지뻤을 리 없을 낍니더."

"설마하니 아편쟁이는 아니겠제?"

"아편쟁이예?"

"요새 여도 아편쟁이가 많이 늘었다. 의사 한다는 놈
들이 아편 처방해줘가 사람들 베리삔다 카던데. 그래선가
는 몰라도 아편쟁이들이 여 장시까정 와가 아편 구할라꼬
여기저기 쑤시고 댕기더라. 저 여자도 그런 사람 아인가
모르겠다. 마, 얼굴은 아편쟁이맹키로 허옇더만."

"행님도 참말로. 말 조심하이소. 안에서 들을라."

손 선생은 괜히 목소리를 낮추었다.

"이게 다 무신 일입니껴? 역전에서 봤십니더. 주재소
순사들이 총 손질한다고 난리데예. 그거 보고 식겁했다
아입니껴. 기미년맹키로 여서 또 문 일 날라능가 싶어가."

"순사 놈들 총 만지는 게 하루 이틀 일이가? 야시고
개 가가 야시 잡을라꼬 그라는 기지."

"거서 낙동강 내리다보믄 경치야 참 좋지만, 그거 보
는 거 말고 뭐 할 게 있다꼬 순사들까지 동원해가 난립니
껴. 괜히 보는 사람만 무섭구로."

"하긴 니는 순사가 옥수로 무섭겠네. 기미년에 장터
에서 만세 부르며 주재소로 달리갔다가 순사들 총에 맞
을 뻔했제? 그때 잽히 들어가 가다밥도 묵었고."

"행님."

"마, 하여간에 개새끼 하나 죽어가 이래 난리다. 하이고, 참말로…."

장씨는 휘휘 손을 저어 보인 뒤 자리를 떠났다. 오늘 일을 하러 가는 모양이었다. 그 일 중 야시고개에 얽힌 것도 있을 게 분명했다.

손 선생이 대문을 나섰을 때 연주 양의 여자 시종인 야나 양과 마주쳤다. 금발 벽안의 외국인이 이런 외진 곳을 돌아다니는 게 이상해 보였지만, 정작 사람들의 시선을 온몸으로 받았을 그녀는 당당해 보일 뿐이었다.

"천연주 양은 눈을 떴소. 지금은 식사 중이오. 야나 양, 당신 식사도 내어줄 거요."

"고맙습니다."

야나 양이 이상한 억양의 일본어로 대답했다. 문 안으로 거침없이 들어가는 그녀의 뒷모습을 보다가, 문득 강 선생이라고 불리던 남자 시종이 어젯밤부터 보이지 않는다는 걸 깨달았다.

†

손 선생은 구포 여기저기를 돌아다녔다.

지게를 진 채 돌아다니는 누추한 차림의 사람들, 강

을 건너려 뱃사공을 부르는 이, 개천에 놓인 다리를 건너는 부녀. 장날이 아닌데도 사람들로 북적였다. 강의 습기 가득한 짠 내, 시장의 여러 물건이 뒤섞인 구린 내음, 장작 때는 곳에서 풍기는 매캐한 냄새. 코끝을 찔러오는 내음이 발길 따라 변했다. 냄새들이 역하게 느껴지기는커녕 마음을 차분하게 달래주었다.

구포는 어릴 적부터 살았던 동네라 익숙한 길 따라 아는 이도 많았다. 마주치는 사람들에게 일일이 인사 건네고 근황 따위를 주고받으며 다니다 보니 그새 해 저물 때가 되었다. 겨울 해는 짧았다. 한편은 산이 삼엄하게 둘러싸고 반대편은 탁 트인 강변이라, 강 너머 산으로 지는 해는 산촌보다야 조금은 더 머물러 있겠지만 그래도 금방 내려갔다.

산책 같은 탐문 동안 손 선생의 마음속 걱정은 커져만 갔다.

이곳 사람들에게 일본인 집 개가 죽은 사건은 별 의미가 없었다. 쿠니히코의 분노와 그 탓으로 움직이는 순사들을 보면서도 조선인들은 언제나처럼 일본인들이 제멋대로 뭔가를 한다는 정도로만 여기고 아무도 없는 곳에서 투덜거릴 뿐이었다. 하지만 그렇게 스멀스멀 쌓이는 불만은 어떤 계기가 생기는 순간 폭발하여 걷잡을 수 없는

마담 흑조는 매구의 이야기를 듣는다

큰불을 내고야 만다는 걸, 기미년에 겪은 일로 잘 알고 있었다.

돌아다니며 들은 이야기는 비슷했다.

커다란 여우가 검은 개를 물고 야시고개 쪽으로 도망쳤다. 이 한 문장을 뼈대로 삼아, 전하는 사람이 멋대로 살을 덧붙이거나 형체를 과장한 이야기가 구포 여기저기를 떠돌고 있었다.

"신기해 보일지도 모르지만, 이런 건 뜻밖에 흔하오. 나도 민담을 채집하며 종종 봤었소."

장씨 집으로 돌아간 손 선생은 연주 양에게 소문을 전달하며 그렇게 말했다. 그녀의 의아해하는 기색을 보며 말을 덧붙였다.

"전설이나 민담, 야사의 다수가 사실을 근원으로 하고 있소. 하지만 그 사실은 사람의 입을 거치면서 점점 과장되고 부풀려지며 실체가 모호해진다오. 사람은 객관적인 사실도 지극히 주관적인 이야기로 바꾸어야 비로소 받아들이기 때문이오. 게다가 재미를 추구하는 성향까지 있으니, 흥미를 끌 법한 내용이 덧붙는 건 당연한 현상이오. 그런 특성을 안다면 어디에서 처음 여우 소문이 나왔는지를 거꾸로 더듬어볼 수도 있소."

"여우 소문은 누가 가장 먼저 내었습니까. 실제로 여

우를 본 자는 누구입니까."

연주 양이 물었다. 한참을 쉰 뒤였지만 여전히 얼굴
에 핏기가 없었다. 가냘픈 목소리는 창밖으로 불어오는
밤의 거센 강바람 소리에 뒤섞여 사그라질 것만 같았다.

"장시 북쪽에서 싸전 하는 이가 여우 이야기를 먼저
전한 것 같았소. 그가 입에 올린 소문이 가장 형태가 단
순했고 부풀려짐이 없었으니까. 본인도 들은 거라고 했지
만, 누구에게 들었는지는 말하지 않더군요."

"다른 형태의 목격담은 없었습니까."

"없었소."

연주 양은 미동도 하지 않고 다시 물었다.

"야시고개는 어느 쪽에 있습니까."

"여기서 남쪽이오."

"장시에서는 어느 쪽에 있습니까."

"남쪽이오."

장씨의 집은 경부선 철길 따라 장시 북쪽에 있었다.
구포 장시는 낙동강과 철길 사이, 포구 옆으로 강 따라
북쪽에서 남쪽으로 길게 펼쳐져 있었다. 장시와 역 사이
의 주재소와 인근에 다닥다닥 붙은 일본인 거주지는 사
람 가득한 장시나 큰 강물과 비교하면 작고 옹색했다. 하
지만 정작 지금 가장 크게 소리 내는 자들은 그곳에 사는

사람들이니 시절이 괴이하기만 할 뿐이었다.

"흥미롭습니다."

연주 양이 중얼거렸다. 괜한 생각을 떨쳐내고 손 선생이 물었다.

"무엇이 말이오?"

"소문대로면 여우가 무척 부지런하게 움직였고, 교묘하면서도 어수룩하게 움직였다는 게 됩니다."

"부지런하게 움직였다는 건 개를 문 여우가 굳이 장시 북쪽까지 갔다는 것일 테고…."

"교묘하면서도 어수룩하게 움직였다는 건 그곳 말고 다른 장소에서는 목격된 바가 없기 때문입니다. 야시고개에서 가장 멀리 떨어진 곳에서는 모습을 들켰으면서도 다른 곳에서는 용케 들키지 않았다는 겁니다. 그래서 흥미롭습니다."

손 선생의 중얼거림을 연주 양이 받았다. 아주 잠깐, 그녀의 얼굴에 홍조가 떠올랐다.

머릿속으로 여우가 움직인 동선이 그려졌다. 그녀의 지적대로였다. 소문이 퍼진 근원이라 짐작되는 미곡상은 장터의 북쪽 끝에 있었다. 죽은 개가 사라진 다카하시 집은 역 근처이니 그보다 아래 있었고, 야시고개는 거기서 더 남쪽에 있었다. 소문 또한 남쪽으로 퍼지면서 점점 과장되거나 왜곡되는 형태를 보였다.

"이곳 시장을 관리하는 조선인은 누구입니까."

손 선생은 이어진 연주 양의 물음에 대답을 망설였다. 평탄한 어조 때문에 물음이라고 짐작하기 어려웠지만, 답을 미룬 건 그 때문만은 아니었다. 질문이 누구를 가리키는지 잘 알고 있어서였다. 연주 양은 그의 대답을 기다리지 않았다.

"그 사람을 찾아가 여우 소문에 관해 묻는다면 흥미로운 사실을 알 수 있을 겁니다."

손 선생은 괜히 헛기침하고 싶은 걸 꾹 참았다.

장씨 집 하녀가 문을 열면서 대화는 거기서 끝났다. 구수하고 그럴듯한 냄새가 풍기는 걸 보면 아마도 저녁상 역시 호화롭게 차려진 게 분명했다. 하녀가 내려놓은 상 쪽은 쳐다보지도 않은 채 연주 양이 말했다.

"내일 오전에 다시 와주시면 고맙겠습니다."

그 말이 끝이었다. 방 한편에 말없이 앉아 있던 야나 양이 연주 양에게 다가왔다. 그녀의 식사를 거드는 움직임이 무척 자연스러웠다.

손 선생이 대문을 나서려 할 때, 막 들어오던 장씨와 마주쳤다. 장씨가 히죽 웃었다.

"마, 니는 여까지 왔는데 저녁도 안 묵고 가나? 뭐

한다고 그래 바쁜데?"

손 선생은 주위를 살피고 나직이 말했다.

"행님, 야시 소문 있다 아입니꺼. 그거 때문에 내 뭐 쫌 물어보고 싶은데예."

장씨의 얼굴에 웃음기가 가셨다. 발걸음을 돌리며 장씨가 손짓했다.

"니, 국밥 한 그릇 할 끼가?"

†

장씨 집에서 꽤 떨어진 비석골에 국밥 파는 집이 있었는데 장돌뱅이들에게 인기가 좋았다. 뼈와 고기에 된장과 우거지를 풀어 푹 끓인 국물에 삶은 고기를 숭덩숭덩 썰어 뚝배기 한가득 퍼담아 내놓으면 한 그릇으로 허기를 채우고 술도 곁들이기 좋았다. 손 선생도 장국밥 국물 맛을 잊지 못해 구포에 올 때면 한 그릇씩 먹곤 했다.

식사하는 내내 손 선생은 장씨 눈치를 살폈다. 하지만 정작 그를 데려온 장씨는 국밥 먹느라 여념이 없었다. 주모가 살갑게 웃으며 공짜로 내놓은 탁주 한 잔을 껄껄거리며 받는 모습은 영락없이 이곳 토박이로밖에 보이지 않았다.

뚝배기를 다 비우고 가게에서 나온 뒤 장씨가 앞장서 걸었다. 장씨는 계속 실없는 농담을 하며 껄껄거렸고, 손 선생이 여우 일을 물으려 하면 헛기침하거나 딴소리로 화제를 돌렸다. 두어 번 묻고 난 뒤부터 입 다물고 뒤를 따랐다.

장씨가 데려간 곳은 포구 옆의 인적 없는 강변이었다. 겨울의 강바람은 차가웠다. 갈대 스치는 소리가 사락거렸다. 손 선생은 저도 모르게 몸서리를 쳤다.

포구 한편에 나룻배며 짐배들이 여러 척 나란히 묶여 있었다. 강물 흐름 따라 흔들거리는 배가 달빛 아래 희미했다. 다들 낙동강이라 부르나 이곳 사람들은 여기서부터 물길이 세 갈래로 나뉜다고 해서 삼차강三叉江이라고 부르는 큰 강의 갈래는 갈대와 억새, 어둠에 묻혀 잘 보이지 않았다. 낮에는 민가며 나무 따위가 보이던 강 너머 대저는 드문드문 민가의 불빛이 아스라이 비출 뿐이었다. 배한 척 다니지 않는 밤이라 강은 적막했다. 등 뒤 구포에서 들리는 왁자지껄한 소리 역시 밤공기에 아련하게 흐트러질 뿐이었다.

"니는 이번에 만다꼬 여 내리왔노?"

장씨가 말을 꺼냈다.

"쫌 쉴라고 왔지예. 늘 그랬다 아입니까."

"니가 여서 좋은 일만 겪지는 않았다 아이가. 기미년 때 일도 있고. 니도 여 떠난 지 꽤 됐는데, 인자는 경성 사람 돼야제. 안 그릏나?"

손 선생은 대답하지 않았다. 사실 자신도 왜 또 구포로 내려온 건지 의문을 품고 있었다. 열 길 물속은 알아도 한 길 사람 속은 모른다더니, 제 마음속은 더더욱 모르겠으니 난감할 따름이었다.

"니, 야시 소문 캐묻고 다닌다카데."

이어진 말에 손 선생은 놀라지 않았다. 면장인 장씨가 시장세를 수금하려고 촉탁인을 여럿 고용해 거느렸고 그들 외에도 눈과 귀가 되어줄 사람들이 구포 여기저기에 있었다. 그가 여기서 뭘 했는지 장씨가 모르는 게 오히려 이상했다. 그래도 괜히 딴청을 부렸다.

"안다 아입니까. 내 그란 거 늘 듣고 댕기는 거를."

"하기야, 니가 옛날부터 그란 이상한 이야기 듣는 거 좋아했었제."

장씨는 다시 침묵했다. 하는 수 없이 손 선생이 말을 꺼냈다.

"그 소문, 우짤라고 그랬십니꺼?"

연주 양의 말을 듣고 손 선생은 소문이 이상하다는 걸 비로소 눈치챘다. 소문 속 여우의 움직임은 부자연스

41

러운, 있을 수 없는 모습이었다. 그래서 소문을 누군가 거짓으로 지어냈다는 확신을 갖게 되었다. 소문을 지어낸 사람은 아마도….

장씨가 되물었다.

"우짤라꼬라니?"

"그란 소문 퍼뜨리가 대체 우짤라꼬…."

어둠 속에서도 빛나는 강한 눈빛을 받고 손 선생은 하던 말을 삼켰다. 그를 지켜보며 장씨가 다시 물었다.

"그라믄 니는 내가 우째야 했다고 생각하는데?"

"행님."

괴소문을 장씨가 만들어 퍼트렸다는 의심이 확신으로 바뀌었다.

이곳 시장을 관리하는 조선인은 누구입니까. 그 사람을 찾아가 여우 소문에 대해 묻는다면 흥미로운 사실을 알 수 있을 겁니다.

연주 양은 이야기를 듣는 것만으로 여우 소문의 출처가 장씨 혹은 장씨와 관계있는 곳임을 짐작한 것이다.

장씨는 품에서 담뱃갑을 꺼내 지궐련 한 개비를 입에 물었다. 싸구려 마코 담배가 부유한 장씨와 썩 잘 어울렸다. 성냥불을 붙이고 담배를 한 모금 빨아들인 뒤 연기를 내뿜으며 말을 흘렸다.

마담 혹조는 매구의 이야기를 듣는다

"어데 보자, 내가 대정大正 14년부터 구포면장 하고 있으니까, 인자 4년 해묵었네."

"벌써 그래 되었십니꺼?"

"여 사람들이 말이다, 내가 뭐 하자 하믄 하고 말자 카믄 안 한다. 내가 면장이라가 그란 게 아니라, 우리 집 안이 장시 사람들과 연이 깊어가꼬 그란다는 건 니도 알 끼다. 하지만 나라를 왜놈들이 다스리고 있어가, 암만 여 기 조선 장터가 서 있어도 조선 놈인 내가 하는 말이 씨알 도 안 멕히는 때가 있다. 지금이 딱 그렇제."

장씨는 하, 깊은 한숨을 내쉬었다. 입에서 흘러나온 담배 연기가 어두운 밤하늘에 섞여 산산이 흩어졌다.

"고교高橋 씨* 집에서 개를 그렇게나 애지중지했다는 거, 내도 알고 있었다. 고교 씨가 분명 죽은 개를 누가 훔 치갔나 찾아낼라꼬 지랄하겠다 싶더라. 만약 고교 씨가 순사들하고 다른 왜놈들 부추기가 근처 다 디비삐믄 대 체 우예 되겠노?"

"우예 되기는예. 훔친 놈이 잡히든가, 아니믄 영영 안 잡히든가, 둘 중 하나지예."

"그게 그래 깨끗하이 끝나는 게 아닐 끼다."

* 다카하시라는 성을 한자 그대로 읽은 것. 당시 조선인은 일본인의 이 름을 한자 독음 그대로 발음했다.

43

"그게 무신 소립니꺼?"

"죽은 개가 사라졌으믄 순사는 누가 만다꼬 훔치갔다꼬 의심할 거 같나?"

"…그렇겠네예. 분명히 조선 놈이 죽은 개를 몰래 갖고 가가 된장 풀어 끼리 묵었는갑다, 그 생각부터 할 낍니더."

장씨가 굳이 장국밥을 사준 이유를 알아차렸다. 조선 사람들의 개 잡아먹는 풍습을 일본 사람들이 질색하는 걸 손 선생도 잘 알고 있었다.

"순사가 조선 놈들만 족치며 다닐 게 뻔하다. 느그 중에 개 잡아가 국 끼리 묵은 놈은 누고, 이라믄서."

"그라믄 진짜로 누가 그 개 묵어삔 깁니꺼?"

"어데. 시장 주변부터 저기 만덕골 구석탱이까지 싹 다 알아봤다. 그날 개 묵은 사람은 한 명도 없더라. 장국밥집도 그날은 돼지만 삶아가 냈다카고. 그래도 우야겠노, 개가 우데 갔는가는 몰라도 사라진 건 진짠데."

강을 보는 장씨의 눈에는 시커먼 색의 강물이 아닌 다른 것이 보이는 게 분명했다.

"마, 조선 사람들이 왜놈들한테 족쳐지믄 여 민심이 흉흉해질 끼다. 왜놈들이 다스리는 거 좋아하는 이완용이 같은 놈이 어데 있겠노? 겉으로만 예예 하면서 속마음 숨기고 사는 기제."

"행님도 그렇게 살고 있고예?"

"마, 내사 득 볼 것도 있고, 면장으로 있는 동안은 큰일 안 벌어지도록 해야 안 되긋나 싶기도 하고."

손 선생이 농 섞어 던진 말에 장씨가 진지하게 대답했다. 되레 손 선생이 머쓱해진 참에 장씨가 말을 이었다.

"아편쟁이들이 여 구포 장 댕기믄서 아편 찾는다고 이야기했었제? 어떤 조선 놈이 아편 맨드나 순사들이 아무 집이나 불쑥 들어가 디비싼다고도 하고, 왜놈들이 대저 땅에 수로 놓고 개간하는 것가꼬는 모자라가 김해하고 여 사이에 큰 다리 놓을 끼란 말도 돌고, 여도 이래저래 말이 많다. 아즉 큰 말이 안 나왔을 뿐이지…."

눈앞에 흐르는 낙동강은 어릴 적이나 지금이나 변함없었다. 하지만 그가 떠나 있던 사이 구포에서 이러저러한 일들이 벌어지고 있었고, 변하지 않을 것처럼 보이던 동네조차 많은 변화를 앞두고 있었다.

"개가 사라진 날 아침부터 고교 씨 쪽 사람들이 장터 돌아다니믄서 느그 조선 놈들이 죽은 개 훔칬나 이카믄서 탐문하는 거 같애가, 야시가 물어갔다꼬 얼렁 소문을 지었다. 금마들이 조선 사람들 해코지하믄 골치 아파질 끼다 싶어가."

"근데 와 하필 야시입니꺼?"

"그라믄 범이 물어갔다고 해야 되긋나? 구포장 다니는 사람들이믄 바로 장터 너머에 야시고개 있는 것 다 알고, 거서 야시 본 사람들도 여럿 있다. 야시가 물어갔다 카믄 범이 물어갔다 카는 것보다야 더 잘 믿겄제. 금마들도 금방 믿어줘가 다행이었다."

머리 위 달이 구름에 가려 스산하게 빛났다. 반달에서 조금 덜 찬 모양새가 검은 하늘을 오가는 나룻배처럼 보였다. 괜히 달을 바라보며 손 선생이 중얼거렸다.

"야시만 불쌍케 됐네예. 즈그들 한 짓도 아인데 괜히 잡히가 가죽 벳기지겠네."

"그래도 조선 놈들이 욕보는 것보다야 안 낫겠나. 내는 조선 놈들 지킬라꼬 그래 한 기다. 야시들사 불쌍케 됐지만."

장씨가 다 피운 담배꽁초를 바닥에 던졌다. 꽁초 끝에서 주황색으로 빛나는 불빛이 습한 땅에 서서히 파먹히는 걸 손 선생은 물끄러미 지켜보았다.

낙동강 칠백리에 배다리 놓아놓고
물결 따라 흐르는 행렬 진 돛단배에
봄바람 살랑살랑 휘날리는 옷자락

마담 흑조는 매구의 이야기를 듣는다

구포장 선창가에 갈매기도 춤추네

멀찍이서 사람들이 부르는 노래가 바람 따라 실려
왔다.

차가운 바람에 섞여서도 노래는 그저 흥겹고 근심 없
이 들렸다. 노래에 귀 기울이던 손 선생은 힘없이 중얼거
렸다.

"그라믄 개는 대체 우데 간 기고….."

장씨가 침을 퉤, 뱉었다.

"진짜 야시가 물고 간 거는 아닐 끼다. 그제? 바람이
차다. 얼렁 들어가자."

찬바람에 섞여 물 냄새가 풍겼다. 짠물과 민물이 섞
인 냄새는 짠물 많은 계절과 민물 많은 계절 따라 풍기는
내음이 달랐다. 오늘 강물은 짠 기가 무척 강한 모양이었
다.

1928년 12월 18일, 화요일

손 선생의 밥상에 갈미조개 넣어 끓인 맑은 국과 구운 민
물장어에 참게장, 물김 등이 올라와 있었다. 연주 양의 상
에도 같은 찬이 있을 것이다. 반찬에서 주인 장씨의 배려

가 보였다. 철지나 구하기 어려웠을 민물장어는 경성의 고급 음식에 익숙한 연주 양을 위해 준비한 게 분명했고, 갈미조개와 참게와 물김은 이곳 식재료를 좋아하는 손 선생을 챙긴 것이었다.

이 밥상처럼 장씨는 능수능란하게 조선인과 일본인 사이를 조율해왔다. 혹자는 왜놈 가려운 곳 긁어주는 데도가 텄다고 욕했지만, 손 선생은 어떤 마음으로 그리 행동하는지 알고 있었다. 두 사람에게 차린 건 없지만 맛있게 드시라고 말한 뒤 얼른 집을 나서는 장씨는, 오늘도 양쪽 사람들 사이를 오가느라 바쁜 듯했다.

여우 일 때문이겠지.

어젯밤의 대화를 떠올리며 손 선생은 어색하게 수저를 들었다. 장씨 집 손님방에서 식사를 대접받는 게 처음은 아니었지만, 묘령의 여자와 함께하는 상황이 당혹스러웠다. 정작 연주 양은 아무런 동요도 보이지 않고 천천히 식사했다. 옆에 앉아 거드는 야나 양의 모습이 자연스러워서 오히려 이질적이었다. 병자와 간병인 같은 두 사람을 의식하지 않으려 애쓰며 손 선생은 식사를 끝냈고, 그러고도 한참 망설이다가 말을 꺼냈다.

"어찌할 생각이오?"

참고 참다 꺼낸 질문은 급하게 튀어나왔다. 연주 양

마담 혹조는 매구의 이야기를 듣는다

은 맑은 국물을 입에 넣은 뒤 숟가락을 내려놓고 야나 양에게 눈짓했다. 야나 양은 상을 옆으로 치우고 손수건으로 입가를 닦아주었다.

"선생님께서는 소문에 얽힌 저간의 사정을 알고 계신 듯합니다."

그건 오히려 내가 할 말이오.

손 선생은 그렇게 말하고 싶었다. 여우에게 탐정 일을 의뢰받았다는 허황한 말을 무시하더라도, 앉은 자리에서 몇 마디 말을 들은 것만으로 소문의 뒷사정을 짐작한 그녀가 대체 어디까지 알고 있을지 궁금했다. 하지만 지금은 그걸 따질 때가 아니었다.

"죽은 개에 얽힌 일들이 꽤 복잡하더구려."

어제 맞은 밤 강바람의 스산함을 되새기며 운을 떼었다. 들은 걸 다 전해야 할지 망설이다가 결국 설명 대신 부탁하는 말을 입에 올렸다.

"부디 이 일은 모르는 척해주시오. 자칫 무고한 조선 사람이 다치게 되오. 그러면…."

"조선 사람을 보호하려면 무고한 여우가 죽어도 좋다는 겁니까."

연주 양의 목소리는 싸늘했다. 손 선생이 대답을 망설이는 사이 그녀가 말을 이었다.

"저는 선생님이나 이 집 주인인 면장님에게 사건을 의뢰받지 않았습니다. 제게 곤란함을 해결해달라고 청한 건 야시고개의 여우입니다."

"그건 단지 꿈일 뿐이지 않소. 꿈을 현실인 양 착각하면 곤란하오."

"약속을 어길 수는 없습니다. 이미 여우의 청을 들어주기로 했고, 값진 걸 대가로 받기로 했습니다."

단호하지만 모호한 대답이었다. 손 선생은 문득, 연주 양이 왜 저렇게 꿈에서 본 것에 집착하는지 궁금해졌다. 그러고 보면 그녀가 꾼 꿈의 전말을 모두 듣지 못했다.

연주 양이 야나 양의 부축을 받아 힘겹게 몸을 일으켰다. 손 선생은 그제야 그녀가 실내복이 아니라 외출복을 입은 걸 깨달았다. 그녀가 말했다.

"저는 이제부터 장시로 가보려 합니다. 선생님은 계속 여기 계실 생각입니까."

손 선생은 저도 모르게 몸을 일으켰다. 그녀의 말이 어째서인지 자기를 따라오라는 명령처럼 들렸다.

사람들에게 잠시 외출하겠으니 점심 전에 돌아오겠다고 알린 연주 양은 불편한 발을 이끌며 천천히 대문 밖을 나섰다.

밖에 처음 보는 고급 자동차가 있었고, 옆에는 여태

모습을 보이지 않던 강 선생이 서 있었다. 어떻게 이 짧은 시간에 새 차를 구한 건지 놀랍기만 했다. 그의 흐트러짐 없는 모습에 피로함은 보이지 않았다.

강 선생은 연주 양이 차에 타는 걸 도운 뒤 조수석 문을 열었다. 손 선생은 얼른 조수석에 올라탔다. 등에 느껴지는 좌석의 푹신함은 여태 타본 자동차들과 달랐지만, 촉감을 만끽하기에는 뒷자리에 탄 연주 양과 야나 양이 신경 쓰였다. 곧 자동차가 출발했다.

자동차는 새로 다듬은 길을 달렸다. 면장인 장씨가 근방을 정비하면서 이 길 또한 그럴듯하게 매만졌다. 면장 집안은 대대로 구포와 주변에 이런 식으로 쓴 돈이 많았다. 그 주인의식이 여우 소문을 만들어낸 이유일 것이다.

손 선생은 창밖으로 높이 쌓은 둔덕을 따라 놓인 곧은 철길을 응시하며 생각에 잠겼다. 마음은 여전히 심란했다. 심란함의 가장 큰 원인은, 연주 양이 대체 무엇 때문에 외출하려는 건지를 몰라서였다.

†

자동차는 구포역 앞에서 멎었다. 지나가던 조선 사람들이나 일본 사람들이 웅성거리는 게 보였다. 그들 눈에는 고급 자동차가 무척 신기하게 보일 것이다. 연주 양은 야나 양의 부축을 받으며 차에서 내렸다. 손 선생도 차에서 내렸지만, 야나 양이 강 선생에게 손목에 찬 시계를 보이며 말을 건네니 그는 고개를 끄덕이고는 운전석에서 꼼짝하지 않았다. 그가 차를 지키는 사이 야나 양이 연주 양을 수행하는, 서로의 역할을 자연스레 나누는 익숙한 모습이었다.

"다카하시 씨의 집으로 안내해주시겠습니까."

연주 양의 부탁은 갑작스러웠지만 놀랍지는 않았다. 손 선생도 내지에서 정탐소설이라는 걸 접한 적이 있었다. 거기에 나오는 탐정은 사건이 벌어진 현장을 조사하고 탐문하며 진상을 알아내곤 했다.

하지만 연주 양은 이미 진상을 알고 있지 않은가? 왜 굳이 다카하시 집으로 가려는 걸까? 혹시라도 다카하시 쿠니히코에게 여우 소문이 거짓임을 전하려는 걸까?

손 선생은 스멀스멀 피어오르는 의심을 떨치고 길을 안내했다.

연주 양의 느린 걸음으로도 다카하시의 저택까지는 오래 걸리지 않았다. 안에서 나온 하인이 의아한 눈빛으로 그들을 보는데, 연주 양이 입을 열었다.

"나는 센다 아카네라고 합니다. 경성에서 방직공장을

마담 흑조는 매구의 이야기를 듣는다

운영하는 아버님의 뜻으로 이 지역 상권을 시찰하러 왔습니다."

그럴듯한 일본어 발음이었다. 내지 사람이 들어도 그녀가 조선인이라는 걸 눈치채지 못할 게 분명했다. 게다가 그녀의 옷은 근방에서 보기 드물게 고급스러웠다. 하인의 표정이 의심에서 의아함으로 바뀌는 순간을 노리듯 그녀의 말이 이어졌다.

"다카하시 쿠니히코 씨를 만나고 싶습니다. 다카하시 씨는 어디 있습니까."

연주 양의 발음 못지않게 눈에 띄는 건 태도였다. 그녀가 하인을 대하는 태도는 윗사람이 아랫사람에게 보이는 전형적인 모습이었다. 보통 거래를 목적으로 온 사람이라면 자신을 소개하며 명함이라도 내밀겠지만, 그녀는 명함 따위 필요하지 않다는 듯 당당했다. 그녀의 위세에 하인도 지레 주눅 든 모습을 보였다.

손 선생은 열린 대문 안쪽에서 그를 보는 눈빛을 알아차렸다. 꼬마였다. 아마도 다섯 살이나 되었을까 싶은, 고운 쪽빛으로 물들인 기모노를 입은 아이였다.

"주인님은 잠깐 면사무소에 가셨습니다. 곧 돌아오실 테니, 안에서 기다리겠습니까?"

하인이 연주 양을 집 안으로 안내했다. 어떻게 해야

좋을지 몰라 손 선생이 눈을 깜박이는데, 야나 양이 말했다.

"갑시다."

이상한 억양의 일본어에 이끌려 손 선생은 저도 모르게 집 안으로 걸음을 옮겼다. 꼬마는 그새 어디론가 사라졌다.

세 사람은 다다미 깔린 방으로 안내되었다. 커다란 유리창 너머로 마당이 보이는, 밝고 탁 트인 구조의 방은 손님을 맞이하는 곳이 분명했다. 연주 양이 자리에 앉고 두 사람은 뒤편에 앉았다. 모르는 사람이 본다면 마치 손 선생이 연주 양의 비서로 보일 법했다. 다카하시 쿠니히코는 손 선생과 안면이 없었다.

"여기서 잠시만 기다려주십시오."

하인이 자리에서 물러났다. 세 사람만 남자 손 선생이 물었다.

"여기서 뭘 하려는 거요?"

"죽은 개에 얽힌 의문을 풀려고 합니다."

손 선생이 조선어로 한 질문에 연주 양은 일본어로 대답했다. 계속 일본인처럼 가장하려는 속셈인 듯했다. 손 선생도 일본어로 바꿔서 질문했다.

"어째서 죽은 개에 그리 관심을 갖는 거요? 그보다

마담 흑조는 매구의 이야기를 듣는다

개 때문에 벌어지는 일들이 더 중요하지 않소?"

"개는 무언가를 먹고 죽었다고 합니다. 대체 무엇을 먹은 것인지, 그게 궁금합니다."

나직한 그녀의 말은 단호하고 고집스럽게 들렸다. 손 선생이 재차 따져 물으려 했으나 그럴 수 없었다. 마당 한편에서 불쑥, 꼬마가 나타나서였다.

"누나는 왜 쿠로가 뭘 먹었는지 궁금한 거야?"

밝은 미소를 늘 얼굴에 달고 있을 게 분명한, 똘망똘망한 눈을 가진 아이였다. 혀 짧은 일본어 발음이 그 나이 또래다웠다. 귀엽게 생긴 아이를 보고 손 선생은 저도 모르게 미소를 지었다. 하지만 연주 양은 아무런 표정 변화 없이 대답했다.

"쿠로가 왜 죽었는지 알아봐달라고 부탁받았으니까."

"누구한테?"

"여우에게."

"여우? 여우가 왜?"

"여우는 쿠로에게 나쁜 짓을 하지 않았다고 했어. 여우는 개를 무서워하니까. 하지만 사람들은 다르게 말해. 여우가 쿠로에게 나쁜 짓을 했다고."

"사람들이 정말로 그렇게 말했어? 쿠로에게 나쁜 걸

먹인 게 여우라고?"

손 선생은 오가는 대화를 가만히 지켜보았다. 연주 양은 아이를 대할 때나 장씨를 대할 때, 자신을 대할 때의 태도가 다르지 않았다.

"그래. 하지만 기요시 군은 여우가 그러지 않았다는 걸 잘 알 거야. 쿠로에게 마지막으로 먹을 걸 준 게 기요시 군일 테니까."

그제야 손 선생은 아이가 쿠니히코의 아들인 기요시라는 걸 알아차렸다. 아마도 연주 양은 아이가 입은 옷이 좋은 옷감으로 지어졌고 처음 보는 손님에게도 스스럼없이 대하는 태도를 보고 정체를 알아차린 듯했다. 아이가 깜짝 놀라는가 싶더니 곧 눈물을 글썽였다.

"나는 쿠로한테 곶감을 준 것뿐이야. 그런데 쿠로가 그걸 먹고 그만…."

"그 곶감은 어디서 난 거니."

"땅에 떨어진 게 있어서 그걸 줬는데…."

"땅에 떨어진 거라면."

"마에다 아저씨가 우리 집에 곶감 상자를 잔뜩 가져왔어. 거기서 곶감이 하나 떨어졌어. 그걸 주니까 쿠로가 맛있게 먹었어. 쿠로는 곶감을 좋아했어."

눈물을 글썽이며 말하는 것치고는 침착한 대답이었

다. 아이라 해도 자기 또래보다는 성숙했다. 연주 양이 나직이 물었다.

"마에다 아저씨는 누구니."

"아버지를 따라다니는 사람이야. 우리 밭에서 과일을 따."

"마에다 노보루라는 사람일 거요. 다카하시 집안의 땅을 관리하는 사람이라고 들었소."

손 선생이 얼른 설명했다. 다카하시가 소유한 대저 농장의 과수원과 양계장에서 생산한 과일과 달걀 등을 구포로 싣고 와서 상인들에게 떼어 넘기는 일을 도맡아 하는 마에다 노보루라는 사람이 있다고, 예전에 지나가듯 들은 말이 떠올랐다. 연주 양이 다시 아이에게 물었다.

"곶감에 이상한 건 없었니."

"아버지가 말했어. 이상해 보이는 건 절대로 먹으면 안 된다고. 곶감은 안 그랬어. 그래서 쿠로에게 준 거야."

"곶감이 남아 있니?"

"아니. 쿠로가 다 먹었어. 그걸 맛있게 먹었는데, 갑자기…."

아이의 눈에 글썽거리던 눈물방울이 커지는가 싶더니 선이 되어 주르르 흘렀다. 아이가 옷자락으로 눈물을 훔치는 걸 보며 연주 양은 고개를 갸웃거렸다.

"쿠로의 집은 어디니?"

이어진 질문에 아이는 정원 한쪽을 가리켰다. 성인 남자의 키보다 훌쩍 높은 담장 아래 자갈 깔린 작은 공간이 있었다. 그곳은 이미 깨끗이 정리되어 있어서 개가 있었던 흔적은 찾아볼 수 없었다. 연주 양은 그곳을 보며 다시 고개를 갸웃거렸다.

인기척과 함께 키는 작지만 체격이 탄탄하고 콧수염을 기른 남자가 나타났다. 아이가 외쳤다.

"아버지!"

주인인 다카하시 쿠니히코였다. 뒤를 따라오는 키 크고 마른 남자가 보였다. 쿠니히코가 웃으며 아이에게 다정히 말했다.

"기요시, 손님과 이야기해야 하니 잠시 나가 있거라. 알겠느냐?"

"알겠습니다, 아버지."

혀 짧은 말로 점잖아 보이려 애쓰는 대답을 들은 쿠니히코는 웃음을 터트렸다. 아이가 연주 양을 힐끔거리며 사라지자 남자의 얼굴에 웃음기가 걷혔다.

"다카하시 쿠니히코요. 아가씨가 경성에서 여기까지 날 찾아왔다면서?"

"처음 뵙겠습니다. 센다 아카네라고 합니다. 아버님

　　　　　마담 흑조는 매구의 이야기를 듣는다

은 경성에서 방직공장을 운영하시고, 광산을 몇 개 경영하시는 센다 민타로 씨입니다. 부산에서 유망한 투자처를 찾아보라는 지시를 받고 아버님 대신 이곳 상권을 시찰하러 왔습니다."

"그런데 왜 날 찾아온 거요? 나는 작은 땅을 가진 지주일 뿐이오. 이곳 시장에 가게 낸 이들은 조선인들이고, 그들을 통솔하고 세금 걷는 건 면장이지. 상권을 시찰하려면 나보다 그 사람에게 가봐야 하지 않겠나?"

쿠니히코의 얼굴에 의심이 깃들었다. 연주 양이 대답했다.

"물론 그도 만나볼 생각입니다. 하지만 아버님께서는 사정을 명확히 알려면 이곳에서 물품을 생산하고 유통하는 내지 사람들의 말부터 들어봐야 한다고 하셨습니다. 또 부를 다른 곳으로 흘려보내려면 먼저 그걸 담을 그릇이 준비되어야 하는데, 여기서 그런 준비가 된 사람이 누구인지 알아보라고 하셨습니다. 나는 그런 사람을 찾아온 것입니다."

연주 양의 일본어는 유창했고 내용은 거침없었다. 쿠니히코는 고개를 끄덕였다.

"그 말이 옳군. 마침 나도 이곳에서 큰 사업을 해볼까 궁리하던 참이었는데, 반가운 소식이 찾아온 거로구려."

두 사람의 대화가 이어졌다. 쿠니히코가 자기 농장에서 어떤 물건이 나고 그걸 구포 장터로 어떻게 유통하는지 설명하는 동안 연주 양은 주의 깊게 들었다. 간단한 설명이 끝나고 그가 미안한 기색을 보였다.

"요즘 내가 바쁜 일이 많소. 내일 큰 장이 열릴 때 여우 사냥의 몰이꾼으로 쓸 사람들을 모아야 하거든. 마에다!"

쿠니히코가 뒤에 앉아 있던 마른 남자를 불렀다. 그가 연주 양에게 정중히 인사했다.

"마에다 노보루라고 합니다."

"더 자세한 건 이 사람에게 들으시오. 농장 일을 도맡아 처리하니, 훨씬 도움이 될 거요. 난 이만 가보리다."

쿠니히코가 자리를 떴다.

연주 양과 마에다 노보루의 대화가 이어졌다. 손 선생은 쿠니히코가 자리를 뜨면 연주 양이 화제를 돌려 개의 죽음에 대해 알아볼 거라고 생각했다. 그러나 연주 양은 다카하시 집안이 대저에서 어떤 농산물을 생산하고 유통하는지, 모래톱 개간에 얼마나 돈을 투자하고 있으며 이곳에 다리를 놓을 계획에 얼마나 힘을 쓰고 있는지 등을 묻기만 했다. 마에다는 질문에 막힘없이 대답했다. 과연 다카하시 집안의 전반적인 일을 도맡아 하는 사람다웠다.

　　　　　　마담 흑조는 매구의 이야기를 듣는다

대화는 한참 뒤에 끝났다. 마에다의 배웅을 받으며 연주 양과 손 선생은 저택을 나섰다. 언제 왔는지 강 선생이 저택 앞에 서 있었다. 야나 양의 부축을 받은 채 연주 양은 절룩이는 걸음을 느리게 옮겼다. 강 선생이 앞에서 사람들을 헤치며 움직였다.

"흥미롭습니다."

문득 연주 양이 중얼거렸다.

"개는 단 음식을 좋아한다고 하니 곶감 또한 무척 좋아할 겁니다. 하지만 곶감이 개에게 해로운 음식이라 그걸 먹고 죽었다는 말은 들어본 적이 없습니다."

"쿠로는 곶감을 먹고 죽었잖소."

"이곳에서 곶감을 파는 가게가 어디인지 궁금합니다."

연주 양은 대답 대신 그렇게 물었다. 손 선생은 시장을 가리켰다.

"장시에 청과점이 몇 군데 있소. 여기저기서 가져온 과일을 파니 곶감도 취급할 거요. 그중에는 다카하시의 농장에서 떼어오는 이들도 더러 있소."

연주 양은 고개를 끄덕였다.

장터는 어지러웠다. 장날이 아니어도 오가는 사람이 많았다. 온갖 것을 이고 진 사람들이 어지러이 다니는 움직임에 따라 강과 바다가 섞인 짠물 냄새와 고인 웅덩이 냄새, 갖은 먹을거리와 음식들이 풍기는 구수한 냄새가 뒤섞여 장터 특유의 왁자한 분위기를 자아냈다.

장에 온 조선인과 일본인 모두 가던 길을 멈추고 이쪽을 응시했다. 그들에게 천연주 양 일행은 보기 드문 구경거리일 터였다. 남자가 가득한 장시에 여자가 둘이나 나다니는 것만으로도 이목을 집중시킬 터인데, 동네 여자들과 전혀 다른 행색을 하고 있으니 더더욱 그럴 수밖에 없다.

구포 장시는 몇 년 전 화재로 원래 모습은 온데간데없고 지금은 겨우 가게 흉내 내는 건물이 몇 서 있을 뿐이었지만, 연주 양은 그 광경을 유심히 살폈다. 그녀에게도 구포와 이곳 사람들이 보기 드문 구경거리인 듯했다. 정작 앞에 선 강 선생은 사람들을 신경 쓰느라 장터를 보지 못하고 있었다. 그의 몸에서 풍겨오는 위압감 때문에 애먼 사람이 절로 길을 비켰다.

시장을 걷는 내내 그녀는 침묵했다. 침묵은 손 선생이 안내한 청과점에도 이어졌다. 진열된 과일 따위를 지켜보던 그녀가 말없이 손짓으로 곶감 꿰미를 가리키자, 야나 양이 이상한 일본어 발음으로 가게 주인을 불러 곶감을 샀다. 손 선생이 얼른 거들지 않았다면 가게 주인이 바

마담 흑조는 매구의 이야기를 듣는다

가지를 씌웠을지도 모른다. 정작 곶감을 사라고 시킨 그녀는 야나 양이 든 곶감 꿰미는 쳐다보지도 않았다. 곶감 겉에 묻은 하얀 가루가 그녀의 창백함과 잘 어울렸다.

연주 양의 시장 나들이는 소문이 처음 퍼졌을 것으로 짐작되는 싸전 앞에서 멈췄다. 양복을 잘 차려입은 장씨가 서 있어서였다. 장씨가 연주 양에게 인사했다.

"댕기느라 안 힘들던가예? 뭐 볼 만한 건 있었십니꺼?"

"흥미로운 걸 여럿 보았습니다."

손 선생은 두 사람의 눈치를 살폈다. 장씨의 태도를 보면 연주 양이 시장에 온 걸 전해 듣고 일부러 온 것 같았다. 짐작은 다음 질문으로 사실임이 확인되었다.

"여 오자마자 고교 씨 집부터 갔다면서예? 그 사람하고 뭐 해볼라꼬 거 갔는갑네예."

웃는 얼굴이었지만 말투에 공손함이 덜했다. 연주 양은 대답하지 않았다. 야나 양의 표정이 굳어진 게 보였다. 강 선생이 몸을 긴장시키고 있었다. 싸움이라도 날 것 같은 분위기에 사람들이 웅성거렸다. 그걸 본 장씨가 아이고, 괜히 큰 소리를 냈다.

"여서 길게 말해가 뭣 하겠십니꺼. 저녁 때 보입시다. 그때 이야기 좀 하구로."

장씨는 대답을 기다리지 않고 면사무소와 주재소가 있는 쪽으로 걸어가버렸다. 여우 사냥 때문에 그곳으로 가는 걸까, 손 선생은 그렇게만 짐작할 뿐이었다.

　　그 뒤로도 연주 양은 시장 여기저기를 둘러보았다. 병자의 행색이 아니었다면 마치 세상 물정 모르는 부잣집 여식이 시종들을 거느리고 시장 구경 나온 것처럼 보일 것이다. 동행하는 내내, 손 선생은 도무지 알 수 없는 그녀의 속마음과 저녁에 장씨 집에서 무슨 일이 벌어질지를 짐작해보려 애썼다.

†

　　"경성 사람 눈에는 여가 촌이라고 업수이 여겨질란가 모르는데, 구포가 그래 만만한 데 아입니더."

　　사랑방으로 불려온 연주 양이 자리에 앉자마자 장씨가 굳은 얼굴로 첫마디를 꺼냈다. 연주 양 뒤에 앉은 야나 양의 눈빛이 매서워졌다. 강 선생이 이 자리에 동석하지 않은 게 다행이었다. 장씨는 야나 양은 신경조차 쓰지 않고 말을 이었다.

　　"아가씨가 경성서 경천방직을 운영하는 천민근 씨의 따님이라 캤지예? 내가 어데서 들었는데, 천민근 씨가 얼마 전에 왜놈들 맹키로 개명을 했다카던데."

손 선생이 아는 장씨는 허튼말을 함부로 입에 올리는 사람이 아니었다. 짧은 시간 동안 사람을 시켜 신변을 조사했을 것이다.

"센다 민타로, 그래 지 이름 바꾸믄서 딸도 같이 이름 바꿨다고 들었십니더. 센다 아카네, 라고예. 맞십니꺼?"

손 선생은 다카하시 저택에서의 일을 떠올렸다. 연주 양은 자기 이름을 '센다 아카네'라고 소개했었다. 즉흥적으로 지어냈다고 생각했는데 아버지처럼 일본식 이름도 가지고 있었던 거였다.

"알고 계시는 그대로입니다."

연주 양이 나직이 대답했다. 어른거리는 등잔불 빛에 얼굴이 하얗게 빛났다. 창백한 얼굴이 더더욱 그녀를 사람 아닌 것처럼 보이게 했다.

"우리 장씨 집안이 구포에 오래 살며 온갖 일 다 겪으면서도 지키온 게 있십니더. 그게 뭔 줄 압니꺼? 사람으로서 똑바로 살아야 한다, 그거 하납니더. 아가씨 눈엔 내가 여 비위 맞추고 저 비위 맞추믄서 살랑살랑 줏대 없이 댕기는 걸로 보있을랑가 모르지예. 그래도 내는 내 이득 하나만 볼끼라고 왜놈 가랑이 밑에 알아서 기 들어가지는

65

않았십니더. 그런 내한테 아가씨가 우째 보이겠십니꺼?
생각을 쫌 해보이소."

장씨의 얼굴에 분노가 스쳤다.

"아가씨는 와 구포로 왔십니꺼? 아파 쓰라지가 여
왔다는 것도 핑계 아입니꺼?"

"행님."

"니는 가만있어라."

장씨가 손 선생의 말을 막았다.

"요새 왜놈들이 구포에서 맘대로 이래저래 할라 카데
예. 대저 쪽에 수로 놓아가며 개간하믄서 즈그 땅 크게 맨
들고, 인자는 포구 옆에다 다리도 놓겠다 카데예. 왜놈들
돈 가꼬 다리 놔가 강 건너 김해하고 연결하믄 여는 우예
되겠십니꺼? 배 젓고 다니는 조선 놈들은 쫄딱 망할 끼
고, 구포는 장시부터 길바닥 돌멩이 하나까지 왜놈들 맘
대로 움직이게 될 낍니더. 내는 그란 거는 못 봅니더. 아가
씨가 왜놈들 활개 칠 돈 퍼다 나를라꼬 구포에 온 거면,
내는 더는 여서 묵게 해줄 수 없십더. 오늘은 밤늦었으니,
내일 아침 되믄 당장 떠나이소."

장씨의 목소리에 담긴 분노가 거칠게 일렁였다. 축객
령을 듣는 연주 양의 표정에는 변화가 없었다. 웬만한 장
정도 장씨가 저렇게 화내면 움츠러들며 벌벌 떠는데, 그녀

마담 흑조는 매구의 이야기를 듣는다

의 태연한 모습은 하룻강아지 범 무서운 꼴 모르는 건지, 아니면 소 닭 보듯 하는 건지 알 수 없었다.

"저는 아버님의 뜻으로 이름을 일본인처럼 바꿔야 했습니다. 그걸 좋지 않게 보시는 것을 억지로 설득하고픈 마음은 없습니다."

연주 양의 작은 목소리가 들렸다. 목소리는 바람에 흔들려 꺼질 것 같은 촛불처럼 미약하게 일렁였다.

"그러나 성현께서는 '부모를 섬길 적에는 부드럽게 알리되 그 뜻이 나를 좇지 않더라도 공경하여 어기지 말고 힘에 겨워도 원망하지 말라'고 하셨고, 또한 '자식이 어버이를 섬김에 있어 세 번 간하여도 듣지 않으면 울부짖으며 좇는다'라고도 하셨습니다. 제 잘못이 있다면 아버님의 뜻을 돌리려 조금 더 애쓰지 못했던 것입니다. 이제는 아버님을 따를 수밖에 없는 제 사정을 부디 헤아려주시길 바랄 뿐입니다."

장씨의 얼굴에 놀란 기색이 스쳤다. 놀란 건 손 선생도 마찬가지였다. 옷차림만으로는 소위 '모던걸'이나 다름없는, 서양 문물만 가까이하고 구학문의 인의예지에는 무지할 것처럼 보이는 아가씨의 입에서 나온 《논어》와 《예기》 구절이 낯설어서였다.

"제 목적지는 동래였습니다. 여러 병에 효험이 있다

고 알려진 동래온천에 몸 담그며 요양하러 내려온 것입니다. 도중에 기차 여행을 버티지 못하고 쓰러져 본의 아니게 여기서 신세 지고 말았을 뿐, 무언가를 하려는 목적이 있었던 건 아닙니다. 오해를 바로잡고자 부득이하게 말씀 드립니다."

멀리서 들려오는 기차 소리 때문에 연주 양의 나직한 목소리가 잠깐 멈추었다. 기차의 쇳소리가 사라진 뒤 말이 이어졌다.

"내일 아침 이곳을 떠나겠습니다. 그동안 베풀어주신 호의에 감사드립니다."

손 선생이 뭐라고 말하려 했지만, 장씨가 눈짓으로 막았다. 연주 양이 일어서는 걸 야나 양이 도왔다. 사랑방을 나서던 연주 양이 문득 걸음을 멈췄다.

"마지막으로 부탁드릴 게 있습니다. 내일은 구포에 오일장이 서는 날이라고 들었습니다. 두 분께서 후의를 베풀어 제게 오일장 구경을 시켜주셨으면 합니다."

갑작스러운 요청이었다. 그녀는 대답을 듣지 않고 사랑방을 나섰다. 문이 닫히고 바깥의 인기척이 사라지자 장씨가 중얼거렸다.

"대체 뭐꼬? 저 여자는."

"글쎄예."

마담 흑조는 매구의 이야기를 듣는다

손 선생은 짧게 대꾸했다. 어느새 장씨의 말투에 분노가 사라지고 의아함만 남은 걸 알아차렸지만, 굳이 지적하지는 않았다.

사랑방을 나선 손 선생은 망설이다가 손님방으로 갔다. 방 앞을 지키는 강 선생에게 말을 전하자, 곧 들어와도 좋다는 허락이 떨어졌다. 연주 양은 그새 실내복으로 옷을 갈아입은 뒤였다. 잔에 담긴 약으로 보이는 액체를 마시는 그녀 뒤에서 이부자리를 펴는 야나 양의 손놀림이 무척 자연스러워 오히려 어색해 보였다.

"하실 말이 있는 것 같습니다만."

연주 양이 속삭이듯 꺼낸 말에 손 선생은 정신을 차렸다.

"아, 우선… 면장님 말씀에 마음 상하지 않았길 바라오. 면장님이 구포의 대소사를 모두 신경 써야 하니 마음의 여유가 없어서 그렇소. 시장에서 세금 걷는 업무도 해야 하고, 치안 역시 얼마간 살피다 보니…."

"걱정하지 않으셔도 됩니다."

연주 양이 말을 끊었다. 잔을 들어 액체를 홀짝인 뒤 그녀가 말을 이었다.

"그분 말씀에도 타당한 면이 있습니다. 저를 보는 세간의 시선이 그분과 별반 다르지 않습니다. 그건 제가 온전히 감당해야 합니다."

손 선생은 담담한 그녀의 태도 밑바닥에 깔린 느낌이 뜻밖에 익숙하다는 걸 깨달았다. 자기가 저지른 게 아닌 이유로 배척받는 이의 슬픔. 그가 종종 느꼈던, 단지 조선 인이라는 이유로 업신여김을 당할 때마다 느낀 감정. 연주 양에게는 일본 이름으로 개명한 아버지 때문에 그게 한 겹 더 덧씌워져 있었다. 고통에 익숙한 것처럼 보이는 지금의 태연함은 오히려 껍데기가 깨지는 순간 무너질 것처럼 보였다.

멀리서 다시 굉음이 울렸다. 기차 지나가는 소리에 손 선생은 상념을 털어냈다.

"내일 왜 장시에 가보려는 거요? 오늘도 장을 둘러 보았잖소. 불편한 몸으로 오일장의 번잡함을 감당하기 어려울 거요."

"의뢰받은 일을 마무리 지어야 합니다."

기가 막혀서 말이 더 나오지 않았다. 내일이면 쫓겨 날 사람이 여전히 꿈에서 만난 여우의 허상을 신경 쓰는 모습이 비현실적이었다. 문득 그녀의 창백함이 정말로 아편에 중독된 사람처럼 보였다. 장씨가 의심했던 대로 아편쟁이가 아니고서야 저런 망상에 집착할 이유가 없었다. 그녀가 홀짝이던 액체가 아편 덩어리를 녹인 것일지도 모

마담 흑조는 매구의 이야기를 듣는다

른다는 생각을, 손 선생은 애써 떨쳐냈다.

　야나 양이 빈 그릇에 곶감을 담는 게 보였다. 시장에서 산 곶감을 간식 삼아 긴 밤을 달랠 생각인 모양이었다. 쉬려는 이를 더 방해할 수는 없었다.

　"이만 가보겠소."

　"내일 뵙겠습니다."

　자리에서 일어나 방을 나가는 손 선생의 뒤로 나직한 배웅 인사가 들렸다. 창밖으로 들리는 12월의 강바람 소리에 인사말은 금방이라도 흐트러질 듯 흔들렸다.

1928년 12월 19일, 수요일

유유히 흐르는 낙동강 물이 아무리 많다고 해도 오일장날 인파는 거기 비길 만큼 넘쳐흘렀다. 저 멀리 사람들 때문에 제대로 움직이지 못하는 연주 양의 차를 지켜보며 손 선생은 괜히, 오늘 날씨가 참 좋다고 생각했다.

　겨우 아침때가 지났지만 해는 어느새 높이 떠올라 있었다. 그러고 보면 이틀 뒤가 동지였다. 점점 짧아지는 해라고 해도 지금의 밝음은 곧 동지임을 잊을 만큼 눈부셨다.

　"봐라, 이런 날에 차 끌고 오믄 저래 쌩고생하는 기

71

다."

옆에 선 장씨가 중얼거렸다.

"우야겠십니꺼. 다리가 불편하니 저라지, 아니믄 우리맹키로 어깨지 걸어왔을 거 아입니까."

오일장의 혼잡함을 잘 아는 두 사람은 일찌감치 구포역 앞까지 걸어서 왔다. 사람의 걸음이 자동차보다 빠를 리 없었지만, 인파에 휩쓸리면 때로는 당연한 것이 뒤집히는 일도 있었다.

연주 양의 차가 겨우 역 앞에 도착했다. 차에서 내린 그녀의 얼굴은 파리했다. 평소보다 더 핏기 가신 얼굴을 기차 안에서도 보았다는 걸 손 선생은 떠올렸다. 금방이라도 쓰러질 것 같은 모습에 뭐라 하려 했지만, 연주 양의 말이 먼저였다.

"장터 안내를 해주시겠습니까."

"따라오이소."

장씨가 무뚝뚝하게 말했다. 전날 사랑방에서 보인 속내와 지금 품고 있을 생각이 같을지, 혹 달라졌다면 어떻게 바뀌었을지 태도만으로는 알 수 없었다.

장씨와 손 선생은 연주 양과 그녀의 두 시종과 함께 장터로 걸어갔다. 주재소와 면사무소 앞을 지나는 동안 장씨는 아무 말도 하지 않았다. 연주 양 역시 침묵을 지

마담 흑조는 매구의 이야기를 듣는다

킬 뿐이었다. 커다란 꾸러미를 안은 채 뒤따르는 야나 양과 다가오는 이를 경계하며 연주 양을 부축하는 강 선생의 걸음이 미리 맞춘 것처럼 일정했다. 두 사람이 풍기는 분위기가 살벌했다. 분위기를 조금이라도 가볍게 하려 자신이 아는 재미난 이야기라도 할까 하던 손 선생은 금방 생각을 접었다. 이런 분위기에서 괜한 재담은 침묵만도 못한 결과를 가져올 게 분명했다.

다카하시 저택 앞에서 쿠니히코가 조선인과 일본인이 섞인 열 명 남짓 되는 사람들 앞에서 일장 훈시하는 모습이 보였다. 여우 사냥 때문에 모은 사람들이 분명했다. 마에다 노보루도 보였다. 쿠니히코가 장씨를 알아보고 반갑게 인사했다.

"면장, 사냥 준비는 잘하고 있소?"

"물론입니다."

"드디어 내일이오. 내일 여우들을 모조리 소탕하면 쿠로의 원한도 풀 수 있을 거요. 아, 거기 아가씨는 센다 양이구려."

쿠니히코가 아는 체했다. 연주 양이 유창한 일본어로 답했다.

"반갑습니다. 오늘은 면장의 안내로 장터를 둘러보려 합니다."

"여기서 돈 기울일 곳을 잘 알아보시오. 참, 어제 마에다에게 다리 놓는 사업도 물어봤다면서요? 거기 투자하면 좋을 거요. 이곳의 물산이 조선 전체로 퍼질 좋은 기회이니까."

장씨의 표정이 굳어졌다. 연주 양은 별다른 표정 변화 없이 말했다.

"마침 다카하시 씨에게 부탁할 게 있습니다. 장시가 얼마나 번화한지, 이곳에서 움직일 부가 얼마나 될지를 보고 싶습니다. 선생님이 직접 안내해주겠습니까."

쿠니히코가 너털웃음을 터트렸다.

"따라오시오."

마에다가 쿠니히코 곁에 섰다. 쿠니히코가 앞장서고 장씨가 묵묵히 그 뒤를 따랐다. 연주 양도 느린 걸음을 옮겼다.

장터에 가득한 사람들을 비집고 다니며, 손 선생은 어제보다 사람들의 시선이 더 모이는 걸 알아차렸다. 면장인 장씨와 대저의 지주 다카하시, 좋은 옷차림의 여자, 기이한 시종들의 조합은 사람들의 눈길을 끌지 않기가 더 어려웠다. 장타령 부르며 장터를 시끌벅적하게 하는 각설이패를 보는 듯한 시선이었다. 나는 어쩌다 이 이상한 무리의 일행이 된 걸까? 손 선생은 그런 생각에 민망했지만,

정작 연주 양은 무감한 얼굴이었고, 쿠니히코와 장씨는 인사하는 이들에게 답하느라 별다른 생각을 할 정신이 없는 듯했다.

"이곳 시장에 다카하시 씨의 가게가 있습니까."

연주 양의 물음에 장씨가 우뚝 걸음을 멈췄다. 쿠니히코가 웃으며 대답했다.

"안타깝게도 아직 없소. 내 땅에서 난 걸 이리로 들고 와 조선 사람들에게 넘기는 게 다지. 강 너머에서 실어 온 걸 죄다 그렇게 하니 내 가게를 마련해 물건 쌓아놓을 엄두는 못 내고 있소. 그러고 보니 시장 안에 내 물건을 받아 파는 집도 있었지."

"어떤 물건이 있는지 궁금합니다. 그리로 안내해주시겠습니까."

"좋소. 이봐, 마에다, 그 가게가 어디지?"

마에다가 앞장서 길을 안내했다.

손 선생은 장씨의 눈치를 살폈다. 지금은 개가 죽은 일 때문에 쿠니히코를 돕고는 있지만, 구포에 다리 놓는 걸 반대하는 장씨가 그에게 호의적인 감정을 가진 건 아닐 터였다. 그러니 일본인 이름으로 개명한 조선인이 쿠니히코의 장사에 관심을 갖는 게 좋게 보일 리 만무했다. 하지만 장씨는 침묵한 채 뒤를 따랐다.

일행은 마에다의 안내로 청과상 앞에 도착했다. 무료히 앉아 있던 가게 주인이 일행을 보고 벌떡 일어났다. 손 선생이 모르는 얼굴인 걸 보면 아마도 구포에 갓 들어온 상인인 듯했다. 쿠니히코에게 정중히 허리 굽혀 인사한 상인은 장씨에게도 인사말을 건넸다.

"면장님은 여 우짠 일로 오셨십니꺼."

"마, 볼 게 있어가 왔심더."

그사이 연주 양이 가게 앞에 놓인 물건을 살폈다. 그녀의 시선이 곶감 꿰미에 머물렀다. 쿠니히코가 웃으며 말했다.

"그것도 내 농장에서 만든 거요. 대저 땅이 습해서 감나무 키우기가 적합하지 않아 감은 다른 곳에서 가져왔지만, 그걸 말려 곶감 만드는 것만큼은 농장에서 직접 했소. 조선 것보다 훨씬 맛나게 만들었지."

"잘 만든 곶감으로 보입니다. 나는 단맛을 좋아합니다."

"단 걸 좋아한다면 나중에 배도 한번 맛보시오. 배도 크게 재배하고 있거든. 구포 배가 조선에서 이름이 높다지? 그 명성도 내 농장의 기술 덕이라고 자부하는 바요."

연주 양이 곶감 꿰미를 집어들자 가게 주인이 얼굴을 찌푸렸다. 물건을 마음대로 만지는 모습이 불쾌한 듯했지만 마에다가 눈치를 주자 주인은 입을 다물었다.

"곶감이 좋아 보입니다. 얼마입니까."

연주 양이 묻자 가게 주인이 대답했다. 아니, 대답하려 했다.

그 순간 불쑥, 무언가가 일행들의 발치에서 튀어나왔다.

"으앗!"

장씨가 놀라서 소리쳤다.

"아이고야!"

가게 주인도 휘휘 손을 저으며 크게 외쳤고, 손 선생도 얼어붙고 말았다.

여우였다.

덩치가 작은 여우가 시장 한가운데 있었다. 가게 앞에 우뚝 선 채, 사람들을 경계하듯 보았다.

그때 누군가 소리쳤다.

"저놈 잡아라!"

여우가 도망쳤다. 여우는 사람들 발치며 가게 물건 여기저기를 헤치며 잽싸게 움직였다. 쿠니히코를 따라온 사람들이 뒤를 쫓았지만 헛수고였다. 여우는 곧 모습을 감추고 말았다.

"야시가 우째 여까지 들어왔노? 꽹이 새끼도 아이

고…."

장씨가 중얼거렸다. 갑작스러운 여우의 출몰에 당황한 기색이 역력했다. 손 선생도 놀란 가슴을 겨우 쓸어내렸다.

여우 소문은 꾸며낸 것일 텐데, 정말로 시장 한가운데 출몰할 줄이야….

마에다 일행이 풀 죽은 모습으로 돌아왔다. 수군거리는 소리가 여기저기서 들렸다.

"저 여우 놈의 무리가 며칠 전 우리 집 개를 물고 도망쳤소. 아가씨도 소문은 들었겠지."

여우가 사라진 쪽을 보는 쿠니히코의 말에 짜증이 묻어 있었다. 연주 양이 대답했다.

"들었습니다. 죽은 개를 여우가 물고 도망쳤다는 흥미로운 소문이었습니다."

그녀의 말은 거기서 끝나지 않았다.

"어제 기요시 군이 마에다 노보루 씨가 집 안으로 운반하던 상자에서 떨어진 곶감을 먹였더니 개가 죽었다고 했습니다."

"아, 그건…."

쿠니히코가 뭔가 말하려 했지만, 연주 양의 말이 먼저였다.

마담 흑조는 매구의 이야기를 듣는다

"곶감은 다카하시 씨의 농장에서 직접 만들어서 가져온 것일 테고, 그렇다면 여기서 팔고 있는 물건과 같은 것이겠지요."

연주 양이 천천히 손을 올렸다. 손에 곶감 하나가 들려 있었다. 야나 양이 든 곶감 꿰미에 한 자리가 빈 게 보였다.

"인간이 먹는 음식 중에는 짐승에게 독인 것도 있고, 그와 반대인 경우도 더러 있습니다. 하지만 곶감을 먹고 개가 죽었다는 말은 들어본 적이 없습니다. 곶감에 개를 죽일 수 있는 무언가가 들어가지 않은 한은 말입니다. 가령…"

연주 양이 곶감을 찢었다. 곶감 잡은 손이 힘겹게 흔들렸지만 그걸 걱정할 틈은 없었다. 찢어진 곶감에서 어두운 갈색 덩어리가 툭, 바닥으로 떨어졌기 때문이다.

"…뭐꼬, 이거?"

눈이 휘둥그레진 채 장씨가 중얼거렸다. 땅에 떨어진 것을 내려다보며 연주 양이 말했다.

"이렇게 곶감 안에 숨겨놓은 아편을 같이 삼켰다면 개는 죽었을 겁니다."

장씨의 움직임은 빨랐다. 곧장 그 암갈색 덩어리로 손을 뻗은 그가 크게 외쳤다.

"진짜다, 이거, 진짜 아편이다!"

주위를 둘러싼 사람들 사이에 웅성거리는 소리가 퍼졌다. 쿠니히코와 마에다의 얼굴에 동요가 떠올랐다. 연주 양의 나직한 말이 이어졌다.

"다카하시 쿠니히코 씨는 분명히 내게 곶감을 자신의 농장에서 직접 만들었다고 했습니다. 그럼 묻겠습니다. 농장에서 아편도 제조하고 있습니까."

주위의 소란스러움 속에서도 작은 말소리가 또렷이 들렸다.

"이게 어떻게 된 거요?"

장씨가 사투리 억양 짙은 일본어로 물었다.

"나, 나는 몰라!"

쿠니히코가 당혹한 얼굴로 소리쳤다.

"마에다! 어떻게 된 거야? 네가 이걸 만들지 않았나!"

"주인님!"

마에다도 목소리를 높였다. 청과상 주인은 눈을 데굴데굴 굴리며 눈치만 보았다.

"설명해보시오! 이 아편, 대체 뭐냐고!"

장씨가 소리쳤다. 일본어에 억지로 띄우고 있던 공손함이 사라졌다.

마담 흑조는 매구의 이야기를 듣는다

장씨를 따르는 조선 사람들이 하나둘 모여들면서 의혹과 분노 섞인 목소리도 높아졌다. 시끄러움이 더욱 커졌다. 손 선생이 여태 구포 장터에서 본 것 중 기미년에 만세를 외쳤던 날 이후로 가장 큰 소란이 눈앞에서 펼쳐지고 있었다.

†

시장에서 벌어지는 소동을 멍하니 지켜보고 있던 손 선생은 연주 양 일행이 사람들 사이를 빠져나가는 것을 목격했다. 장씨나 쿠니히코가 신경 쓸 겨를이 없는 틈을 탄 움직임이었다. 손 선생은 얼른 뒤를 쫓았고, 구포역 근처에서 겨우 따라잡을 수 있었다. 그녀는 뒤따라온 그를 보고도 놀란 기색이 아니었다.

"잠깐 동행하시겠습니까."

연주 양이 태연히 권했다. 차가 움직이자마자 손 선생은 곧바로 이게 다 어떻게 된 일이냐고 물었다.

"처음 선생님의 이야기를 들었을 때부터 마음에 걸렸던 게 있었습니다."

연주 양이 말했다. 커다란 소동을 일으킨 뒤 몰래 빠져나가 제 갈 길 가려는 사람의 태도치고는 너무나 태연했다. 거울로 보이는 창백한 얼굴에서는 지루함마저 느껴졌다. 손 선생은 목소리를 높여 다시 물었다.

"그게 무엇이오?"

"죽은 개의 사정에 제대로 관심 보이는 이가 없었습니다. 제 짐작대로라면 여우 소문을 만든 건 면장님이나 그분과 가까운 사람입니다. 죽은 개가 사라진 일이 자칫 이곳에 큰 사건을 불러올지도 모른다고 걱정해서 거짓 소문을 만들었을 겁니다."

짐작한 대로, 그녀는 처음부터 여우 소문의 진상을 들여다보고 있었다.

"의심하는 시선을 돌리려 여우 소문을 만든 것은 퍽 재미난 발상이었지만, 동기는 말이 되었습니다. 하지만 다카하시 쿠니히코 씨가 소문을 믿은 건 이상했습니다."

"어째서요?"

"보통 개보다 덩치가 크지도 않은 여우가 죽은 개를 물고 도망쳤다는 건 수긍하기 어렵습니다. 또한 소문 속 여우가 움직인 동선 역시 있을 법하지 않았습니다. 다카하시 쿠니히코 씨가 소문의 진위를 파악하려 했다면 금방 부자연스러움을 알아차렸을 겁니다. 하지만 그는 소문을 진심으로 믿는 것처럼 여우 사냥에 공을 들였습니다."

흔들림이 잦아들더니 곧 자동차가 멈췄다. 차 옆으로

볼록 솟아오른, 구포 장터 남쪽 저편에 봉긋하게 솟아오른 야시고개가 보였다. 연주 양의 목소리가 좀 더 또렷이 들렸다.

"저는 다카하시 쿠니히코 씨를 만나보았습니다. 짧은 만남이었지만 그때 나눈 대화로 그가 충동적이고 감정적인 사람이 아닌, 합리적이고 이성적인 사람임을 알 수 있었습니다. 그래서 소문을 믿는 모습이 더욱 이상했습니다."

시종들이 차에서 내린 뒤 연주 양이 내리는 것을 도왔다. 손 선생도 얼떨결에 차에서 내렸다. 차 안의 갑갑한 공기에서 벗어나 쐬는 차가운 겨울 공기에 풀 냄새와 강의 짠 내가 섞여 상쾌했다. 야나 양이 기다란 코트를 입혀 주는 동안 연주 양이 말을 이었다.

"그가 곧바로 야시고개로 가지 않고 며칠이나 사냥 준비만 하는 모습 또한 이상했습니다. 집과 농장에 거느린 사람을 동원한다면 여우를 야시고개에서 쫓아내고 죽은 개를 찾을 가능성도 컸을 테지만 그러지 않았습니다. 소문을 믿는지 믿지 않는 건지 종잡을 수 없는 이상한 모습이었습니다. 그때 저는 옛 친구가 한 말을 떠올렸습니다. '이상한 것은 이상해야 할 이유가 있기에 이상해 보이는 것이다.'"

말장난처럼 들리는 말이었다. 연주 양은 야나 양이 건넨 지팡이를 받았다.

　　"다카하시 쿠니히코 씨가 여우 소문을 믿는 것처럼 움직여야 할 이유가 무엇일까 생각해본 뒤, 저는 죽은 개의 사인에 주목했습니다."

　　"어째서요?"

　　"개가 쥐약 따위가 묻은 음식을 먹고 죽었다고 했지만 정작 그 음식이 무엇인지 알 수 없었습니다. 다음 날 만난 기요시 군은 곶감을 먹고 죽었다고 했습니다만 곶감은 개에게 치명적인 음식은 아닙니다."

　　"곶감에 쥐약이 묻었을 수도 있지 않소?"

　　"기요시 군은 곶감이 마에다 노보루 씨가 운반한 곶감 상자에서 떨어진 것이라고 했습니다. 기요시 군은 땅에 떨어진 곶감을 곧바로 주웠을 겁니다. 그런 곶감에 쥐약이 묻었을 가능성은 무척 낮을 것이고, 혹 쥐약이 묻었어도 개에게 주기 전에 잘 살폈을 테니 그걸 주지 않았을 겁니다."

　　연주 양이 발걸음을 옮겼다. 손 선생은 그제야 그녀가 야시고개를 오르려 한다는 걸 알아차렸다. 강 선생이 앞장서 길을 찾고 야나 양이 그녀를 부축했다. 어쩔 수 없이 손 선생도 뒤를 따랐다.

"이상한 모습을 보인 건 기요시 군도 마찬가지였습니다. 애지중지하던 개가 죽고 사라졌는데 개의 죽음에만 슬퍼할 뿐, 개의 행방에 대해서는 한마디도 꺼내지 않았습니다. 제가 '여우가 쿠로에게 나쁜 짓을 했다'고 말하자 기요시 군은 '쿠로에게 나쁜 걸 먹인 게 여우라고?'라고 답했습니다. 그 대답 또한 이상했습니다. 소문에서는 여우가 죽은 개를 물고 갔다고 했는데, 기요시 군은 개에게 해로운 걸 먹인 게 나쁜 짓이라 여겼고, 개를 물고 도망친 걸 나쁜 짓이라고 생각하지 않았습니다."

"과연, 그렇구려."

"거기서 저는 곶감 상자에 주목했습니다. 다카하시 집안은 시장에 가게를 가지고 있지 않았고, 배로 싣고 온 물건을 상인들에게 넘기는 게 전부였습니다. 그날 팔 물건을 그날 싣고 오는 유통 방식이었으니, 곶감 상자를 굳이 장시 옆의 집까지 들여놓을 이유는 없었습니다. 그래서 곶감 상자를 거기로 가져가야만 하는 이유가 있으니까, 가져갔을 거라는 짐작이, 들었습니다. 하지만, 그 이유는, 무엇이었을까…."

그녀의 말이 느려지고 숨소리가 조금씩 섞여 들어갔다. 병약하고 온전치 않은 몸으로는 고개를 걸어 올라가는 게 쉽지 않을 터였다.

"그러다 저는, 아편을, 떠올렸습니다."

"어째서요?"

"이틀 전, 선생님이 면장님과, 나눈 대화를, 엿들었습니다."

뚝뚝 끊어지는 짧은 대답에 손 선생은 걸음을 멈출 뻔했다. 분명 그때 손님방 바깥에서 장씨와 대화하며 아편쟁이 이야기가 나왔고, 구포에서 아편이 유통되는 것 같다는 말도 나왔었다. 연주 양이 그 대화를 들었다면….

"면장님이, 이곳의 여러, 일을 보시니, 아편 이야기도, 허투루 꺼낸 게, 아니라, 정말로 고민하는, 문제였을 거라고, 짐작했습니다."

고개 중턱에서 연주 양은 결국 걸음을 멈추고 말았다. 손 선생은 묻고 싶은 게 많았지만 그녀가 가쁜 숨을 내쉬는 걸 가만히 지켜봤다.

"이야기를 마저 하겠습니다."

한참 뒤, 숨을 고른 연주 양이 이야기를 이어나갔다.

"아편은 암갈색 덩어리이고, 곶감과도 유사한 색입니다. 곶감 속에 숨겨 유통시킨다면 알아차리기 쉽지 않을 겁니다. 기요시 군도 곶감에서 이상한 낌새를 느끼지 못했으니 말입니다. 혹여나 곶감 표면에 묻은 가루를 닮은 분말 형태의 약일 가능성도 생각했지만, 곶감을 주워 개에게 먹인 기요시 군에게 별다른 문제가 없었기에 그 가능성은 지웠습니다."

"그렇게 쿠니히코가 아편을 몰래 유통하던 걸 밝혀낸 거로구려. 다카하시에게 물건을 받아 파는 가게를 찾아간 것도 그곳 곶감에 숨긴 아편을 직접 적발하려던 목적이었고."

"그렇지 않습니다."

뜻밖의 대답에 손 선생은 연주 양을 멍하니 바라봤다. 야나 양이 손수건으로 땀을 닦아주느라 그녀의 대답이 잠깐 미뤄졌다.

"가게에서 몰래 아편을 유통했어도, 사람이 많이 오가는 바깥에 아편 든 곶감을 늘어놓을 리 없습니다. 아마 아편을 찾는 사람에게만 별도로 보관해둔 곶감을 건네는 방식을 취했을 겁니다."

"하지만 당신은 그때 그곳의 곶감을 집어들고, 직접…"

힘겹게 곶감을 쪼개던 그녀의 손을 떠올리며 손 선생이 중얼거렸다.

"강 선생을 시켜, 아편을 약간 구해오라고 했습니다."

"…뭐요?"

"강 선생은 제가 필요로 하는 것을 곧잘 구해옵니다.

동래까지 타고 갈 자동차를 수배해왔고, 아편 또한 마찬가지였습니다."

강 선생은 자신이 언급되는 이야기를 듣고도 묵묵히 연주 양을 지켜볼 뿐이었다.

"어젯밤에 강 선생이 가져온 아편을 곶감 안에 집어넣는 작업을 했습니다. 야나 씨가 도와줘서 교묘하게 이룰 수 있었습니다. 야나 씨의 손놀림은 저보다 훨씬 정교합니다."

야나 양은 연주 양의 땀을 닦은 손수건을 접어 자기 외투 주머니에 넣었다. 쓰고 있는 사냥모와는 어울리지 않는, 잘 훈련된 시종의 모습으로만 보였다. 그제야 손 선생은 전날 연주 양이 시장에서 곶감을 산 이유를 알 수 있었다.

"그러면 여우는 어떻게 된 거요? 아! 잠깐…."

황망하게 묻던 손 선생은 미처 주시하지 못했던 걸 떠올렸다. 분명 오늘 시장에 들어설 때만 해도 야나 양은 커다란 꾸러미를 안고 있었다. 그런데 여우 소동 이후에는 꾸러미가 보이지 않았다. 설마….

"꾸러미 안에 여우가 있었던 거요? 사람들의 눈길을 돌리려 여우를 풀어줬고, 모두가 여우에게 정신을 팔린 사이 아편 넣은 곶감을 슬쩍 꺼냈던 거요?"

연주 양은 대답하지 않았다. 침묵은 긍정의 의미였다. 손 선생이 재차 물었다.

"어떻게 여우를 산 채로 보자기 안에 넣어서 데려온 거요?"

질문을 들은 연주 양이 웃음을 터트렸다. 나직이 이어지는 키득거림은 겨울바람 소리에 섞여 끊어질 듯 계속 이어졌다. 손 선생은 힘없이, 하지만 무척 즐겁다는 듯 웃는 그녀의 모습을 망연히 지켜보았다. 겨우 웃음을 그친 그녀가 나른하게 말했다.

"야시고개의 여우에게 부탁했습니다."

"그게 무슨⋯."

"어젯밤 꿈에서 다시 여우를 만나 의뢰를 해결하려면 도움이 필요하다고 말했더니, 여우가 기꺼이 제 청을 수락했습니다. 여우는 보자기에 들어가 기다렸다가, 때가 되자 거기서 나와 사람들의 눈길을 끌도록 시장 안을 휘저어주었습니다."

"⋯그게 정말이오?"

어안이 벙벙한 채 서 있는 손 선생을 보며 연주 양이 다시 키득거렸다.

"혹은 이런 이야기는 어떻습니까. 저는 강 선생에게 산 채로 여우를 잡아와달라고 부탁했고, 정말로 여우를 잡아왔습니다. 영문도 모른 채 붙잡혔던 여우는 보자기가 풀리자마자 제 살길을 찾아 도망쳤고, 그렇게 저는 목적을 달성했습니다."

"하지만 내게는 분명, 꿈에서 여우가 의뢰했다고 했잖소. 그렇지 않다면 어떻게 개가 죽은 일을 곧바로 말할 수 있었던…."

"제가 쓰러져 면장님 댁에서 누워 있는 사이, 강 선생이 근방의 소문을 듣고 왔습니다."

"뭐요?"

"강 선생이 잠깐 사이 수집한 소문이 흥미로웠습니다. 하지만 소문의 진상을 밝히려 한다는 이유를 대며 돌아다니면 저지당할 것이 뻔했습니다. 그래서 짐짓, 꿈에 여우가 나타나 사건을 의뢰했다는 이야기를 지어보았습니다. 너무 황당한 이야기라서 그걸 들은 이는 저를 이상하다고만 여길 뿐, 당장 깊은 의심을 품지는 않을 거라고 생각했습니다."

연주 양이 다시 키득거렸다. 손 선생은 아무 말도 할 수 없었다. 웃음을 멈춘 그녀가 걸음을 옮겼다.

"야시고개의 여우가 의뢰했다. 혹은 그렇게 이야기를 꾸며냈다. 둘 중 어느 쪽을 진실이라고 믿으셔도 상관없습니다."

시종의 부축을 받는 그녀를 멍하니 쳐다보던 손 선생
은 한발 늦게 뒤를 쫓았다.

†

"하이고야."

장씨가 중얼거렸다. 손 선생이 전한 이야기를 듣는
내내 간헐적으로 터져 나온 소리였다.

"그래 몸 아픈 아가씨가 우째 야시고개를 올라갔노,
참말로…. 마, 니는 보고만 있었나? 와 안 말렸는데?"

손 선생은 대답하지 않았다. 연주 양이 제 발로 야시
고개 꼭대기에 올라가려는 의지를 말로 꺾을 자신은 없었
다. 두 사람의 그림자가 사랑방 등불 따라 흔들렸다. 장
씨가 다시 탄식했다.

"그래 아픈 사람이 푹 쉬다가 가기만 해도 될 거를
여 일까지 신경 써준다꼬 그래 욕봤는데, 내는 그것도 모
르고 얼렁 나가라꼬 구박이나 하고…. 면목이 없다, 참말
로."

"그건 내도 마찬가집니더."

시장에서의 소동은 결국 흐지부지 끝났다. 농장에서
아편을 만들어 이곳에 유통하는 게 아니냐는 장씨의 추

궁에 쿠니히코는 버럭 화냈지만, 지금 당장 집과 농장을 수색해보자는 말에는 대꾸하지 못했다. 의심이 더욱 커질 수밖에 없는 상황이었다. 하지만 정말로 다카하시의 집과 농장에 쳐들어가 수색하려 했다가는 어떤 일이 터질지 몰랐다. 결국 장씨가 앞으로 구포에 아편쟁이가 나타나면 당신 탓이니 단단히 책임지라고 엄포 놓았고, 쿠니히코는 묵묵히 고개만 끄덕였다.

"야시 사냥도 다 흐지부지되뻤다. 개가 아편 먹고 뒤지뻔 거 숨길라꼬 죽은 개를 누가 훔쳐갔다 그칸 거겠제. 생각해보믄 처음에 고교 씨가 성내믄서 조사하던 것도 지 꿍꿍이 때문에 그랬던 걸끼다. 개 훔쳐갔다 그카믄 다들 조선 놈들 짓일 끼라고 의심하니까, 그걸로 우리 트집 잡을라 했겠제."

"그러다 야시 소문 때문에 계획한 게 어그러지뻰 거겠네예."

"근데 금마가 그때 잔머리 굴리믄서 자칫 더 큰일 날 뻔했다. 금마가 금방 소문 믿는 척한 게 다 지 잇속 차릴라꼬 한 짓일 끼다. 야시들을 소탕하고 나서, 알고 보니 조선 놈들이 즈그 잘못 숨길라꼬 헛소문 퍼트린 기다, 이라믄서 골탕 멕일라 했겠제. 그때 되가 발뺌할라 캐도 야시 사냥한다고 들인 돈 때문에 함부로 말 못하게 될 끼고, 여그 사람들은 결국 금마 하자는 대로 다 해줘야 했을 끼다."

손 선생은 고개를 끄덕였다. 이 또한 연주 양이 전한 진상이었다고 말할 필요는 없었다.

"아가씨가 몰래 빠지나간 것도 우리 때문일 끼다. 만약 계속 있었으믄 아편이 있는지 아닌지 결론을 내리야만 했을 끼라. 아가씨가 없으니 대충 뭉개삘 수 있었제. 안 그랬으믄 진짜로 난리 났을 끼다. 기미년 때 맹키로 순사가 우리한테 총질했을랑가도 모르제. 하이고."

장씨가 다시 긴 탄식을 흘렸다.

"참말로 미안해가 우야노. 난중에 아가씨 집에다 뭐라도 보내야겠제? 구포 배라도 쪼매 올리 보내믄 어떻겠노? 아이다, 곶감 좋아하는 거 같던데, 곶감 쪼매 만들어가 보낼까?"

"마 치우소, 행님. 그 사람이 대가 받을라꼬 이런 일 한 건 아닐 낍니더."

"그래도 사람 맴이 안 글타 아이가. 하이고…."

장씨의 탄식을 들으며 손 선생은 다른 생각을 했다. 연주 양과 야시고개에 올라갔을 때의 기억이었다.

†

연주 양은 걸음을 옮기다 멈춰 서고 숨을 고르기를 반복했다. 손 선생은 예전 금정산에 올랐던 기억을 떠올렸다. 건강에 문제없다고 자신하던 그도 가장 높은 봉우리인 고당봉까지 오르는 동안 몇 번을 멈춰 서서 거친 숨을 골라야 했었다. 지금의 연주 양에게는 나직한 야시고개도 저 멀리 보이는 금정산 봉우리나 다름없었다.

앞장선 강 선생이 몇 번이나 고개를 돌려 연주 양을 보았다. 그때마다 옆에서 그녀를 부축하는 야나 양이 말했다.

"업히십시오."

연주 양은 고개를 저었다. 처음 한두 번은 고개 저었지만 나중에는 그조차 하지 못했다. 창백한 얼굴이 더욱 하얗게 질려가면서 불편한 걸음을 고집스레 내딛었다.

연주 양은 제 발로 야시고개 꼭대기에 올랐다.

"아…."

그녀의 입에서 탄성이 나왔다. 뒤따라온 손 선생도 저도 모르게 같은 소리를 흘렸다.

눈앞에 낙동강이 펼쳐져 있었다. 구포라는 포구 마을을 여태 지탱해온 세 갈래로 갈라진 큰 강이 유유히 흘렀다. 모래톱과 섬, 강 한가운데 나지막하게 솟은 일곱 봉우리, 흐르는 물을 한가로이 가로지르는 나룻배, 그 모든 정경이 겨울 햇빛을 담뿍 머금고 있었다.

"값진 걸 보았습니다."

연주 양이 중얼거렸다. 그녀의 창백한 얼굴에 홍조가
깃들어 있었다.

"이 경치, 썩 훌륭한 의뢰비이지 않습니까."

손 선생은 고작 이 경치를 보러 힘들여 올라온 거냐
고 묻고 싶었다. 하지만 괜한 물음은 그만두기로 했다.
'고작'이라고 말하기에는 무척이나 아름다운 광경이었다.

강에서 풍겨오는 짠 내를 맡으며 크게 숨을 들이쉬
다가 문득, 구포를 찾는 까닭을 알아차렸다. 이러니저러
니 해도 자신은 낙동강을, 시장의 와자지껄함을, 짠 내 섞
인 습습한 공기를, 그 모든 게 담긴 구포를 좋아했다는
것을.

뒤에서 바스락거리는 소리가 들렸다. 고개를 돌린 손
선생은 고개를 빼꼼히 내민 무언가를 보았다. 여우처럼
보이는 그것은 손 선생 쪽을 빤히 보더니 후다닥 달아나
버렸다.

의뢰비 잘 받았나 보러 온 건가. 손 선생은 객쩍은 생
각을 했다.

연주 양은 그와 장씨의 대화에서 야시고개 경치 이야
기를 엿듣고 여기까지 왔을지도 몰랐다. 하지만 야시고개

여우가 꿈에서 사건을 의뢰했다는 헛소리가, 지금은 왜인지 그리 허무맹랑하게 들리지 않았다. 여우가 낸 기척을 아는지 모르는지, 경성에서 온 세 사람은 하염없이 낙동강을 내려다볼 뿐이었다.

마담 흑조는 매구의 이야기를 듣는다

마담 흑조는
감춰진 마음의
이야기를 듣는다

1928년 12월 21일, 금요일

내일은 동지冬至, 1년 중 어둠이 가장 긴 날이다. 이날이 끝나면 해가 점점 길어진다. 어둠은 서서히 사라지며 세상에 다시 빛이 깃드는 것이다.

바다에서 불어오는 싸늘한 아침 바람을 맞으며 나는 그런 생각을 떠올렸다.

"무슨 생각 해요?"

스미레가 물었다.

"좋은 생각."

"그러게요. 좋은 여행이 되면 좋겠어요."

그녀의 착각을 굳이 바로잡을 필요는 없었다. 뒤에서 헛기침 소리가 들렸다. 그 소리를 들은 티도 낼 필요가 없었다.

나도 스미레도 조선에 온 건 처음이었다. 釜山. 후잔이라는 항구도시가 우리가 처음 밟은 조선 땅이다. 배에서 내린 뒤 주위를 계속 둘러보았다. 그리 낯설지 않았다. 붉은색과 흰색이 멋스럽게 어우러진 서양풍 기차역 건물이 눈에 들어왔지만, 그런 건 본토에서도 볼 수 있었다. 이곳에서만 볼 수 있는 걸 찾으려 했지만, 일본과 서양 느낌의 건축물이 죽 늘어선 게 본토와 그리 다를 바 없어 보

마담 흑조는 감춰진 마음의 이야기를 듣는다

였다. 기모노가 아닌 허름하고 이상한 옷을 입은 사람들이 다니는 것만 제외한다면.

우리가 묵을 여관에서는 약속대로 후잔항 앞에 자동차를 보내두었다. 우리를 기다리던 운전사의 성은 죠였다. 죠씨가 우리에게 정중히 인사했다.

"반갑습니다! 하자마 시로 님, 하자마 스미레 님, 그리고 야나기 마사무네 님이시지요?"

친절하고 말 많은 사람이었다. 국어 발음은 조선인치고는 꽤 들어줄 만해서 여관에서 접객을 많이 한 티가 났다. 내가 고개를 끄덕이자 죠씨가 큰 소리로 말을 이었다.

"스미레장에 묵게 되신 걸 환영합니다! 우리 여관과 같은 이름을 쓰시는 투숙객이라니, 정말로 영광입니다!"

"스미레장이요?"

"당신이 좋아할 거 같아서."

스미레의 물음에 나는 얼른 대답했다.

"이야깃거리가 필요하잖아. 조선 여행에서 뭘 봤는지 같은 거. 당신과 같은 이름의 여관에서 묵었다는 이야기, 친구들에게 자랑할 만하지 않겠어?"

스미레는 대답하지 않았다. 아내의 기분이 가라앉은 걸 눈치채고 급히 손짓했다. 뒤에 서 있던 야나기가 여행 가방을 건네자 죠씨가 웃으며 가방을 받았다. 머리 하나는 더 큰 야나기를 마주하고도 주눅 든 기색은 없었다. 우리는 차 뒷자리에, 야나기는 조수석에 탔다.

죠씨는 운전하는 내내 시끄러웠다.

"전차로 오지 않길 참 잘하셨습니다! 전차 요금이 자동차보다야 쌉니다만, 그만큼 불결하고 시끄럽고 불친절하거든요! 온천장까지는 도로가 잘 닦여 있어서 자동차로 쾌적하게 갈 수 있지요! 손님께서 좋은 기분으로 스미레장까지 오셔야 온천탕을 온전히 만끽하실 수 있지 않겠습니까? 제가 괜한 자랑을 늘어놓는 게 아닙니다. 우리 여관의 대형 욕조는 질 좋은 대리석으로 만들었거든요! 벽돌이나 시멘트로 만든 다른 여관의 욕조 따위와는 비교할 수조차 없지요! 게다가 객실과 휴게실 등 모든 시설은 매일 청소해서 위생을 최고 수준으로 유지하고 있습니다! 그리고…."

나는 죠씨의 말을 한쪽 귀로 흘리며 스미레에게 물었다.

"괜찮아? 아직 멀미 기운이 남았어?"

"좋은 곳을 잡았다더니, 겨우 조선인 여관이야?"

스미레의 입에서 반말이 나왔다. 그녀가 기분이 나쁘다는 걸 드러내는 가장 정확한 표시였다. 나는 얼른 변명했다.

"어쩔 수 없었어. 호라이관蓬萊館이나 나루토여관鳴戶旅館, 시즈노야静の家 같은 곳은 이미 예약이 차 있었거든. 스미레장도 좋은 곳이야. 죠씨 설명 들었잖아? 시설 좋기로 소문나서 우리처럼 내지에서 온 투숙객이 끊이지 않는대."

여관을 예약할 당시 주인이 호들갑스레 떠들던 홍보 문구가 내 입에서 나오고 있었다. 본토를 닮은 건물들이 사라지고 허름한 조선 가옥들이 창 너머로 보였다. 하지만 바깥을 향해 고개를 홱 돌린 스미레는 낯선 풍경을 구경하려는 걸로는 보이지 않았다. 나는 '이번 달 초에 급하게 구한 것치고는 무척 괜찮은 곳이야'라는 말은 덧붙이지 않기로 했다.

"…게다가 지금은 센다 님 일행 외에는 다른 투숙객이 없습니다! 센다 님이 여관을 혼자 쓰셨으면 하셔서 다른 손님은 되도록 받지 말아달라고 부탁하셨지만, 하자마 님은 특별한 손님이시니…. 하여튼 사람들에게 시달릴 일도 없으실 겁니다!"

죠씨의 끊임없이 이어지는 말은 자동차 소리 못지않게 시끄러웠다. 여전히 스미레의 기분은 나아진 것 같지 않았다.

백미러로 야나기와 눈이 마주쳤다. 나를 쏘아보고

있었다. 왜 이런 때 조선으로 여행을 온 건지 눈빛으로 따지는 게 분명했다.

젠장.

나는 괜한 말을 꺼내지 않으려 애썼다. 기분 좋게 계획한 조선 여행에서 예상하지 못한 흠이 바로 저자였다.

†

죠씨의 말대로, 토라이東來로 가는 도로는 넓고 잘 닦여 있었다. 자동차가 하나둘 느는가 싶더니 온천장에 도착할 즈음에는 주위가 번잡해졌다. 도로를 메운 자동차와 인력거, 사람들의 행렬이 장관이었다. 겨울이니만큼 온천을 찾는 사람이 많을 것이다. 온센가와溫泉川를 따라 죽 심어진 벚나무들이 눈에 띄었다. 묻기도 전에 죠씨가 호들갑스레 토라이는 후잔에서 가장 유명한 벚꽃놀이 명소라고 설명했다.

느릿느릿 움직이던 차가 그럴듯한 외관을 가진 일본식 이층 건물 앞에 멈춰 섰다. 대문 앞에 키 작은 젊은이가 서 있었다. 죠씨가 차에서 내리며 알아들을 수 없는 거친 억양의 조선어로 뭐라고 말하자, 젊은이도 조선어로 거칠게 대꾸했다. 다투는 것 같은 대화가 끝나자 젊은이가 운전석에 탔고, 죠씨는 우리 짐을 들고 문으로 후다닥 달려갔다. 입구의 문패에 '鄭經植'(정경식)이라는 한자가 보였다. 주인의 이름인 모양이었다.

"소란스러웠지요? 죄송합니다. 평소 부산항에서 손님을 맞는 건 아들이 하거든요. 하자마 님은 특별한 손님이시니만큼 제가 마중 나갔는데 혼동이 생겨서…."

특별한 손님?

죠씨가 운전하면서도 똑같이 말한 걸 떠올렸다. 왜 그렇게 부르는 건지 알 수 없었다.

나는 의사이지만 조선은커녕 본토에서도 무명인 사람이다. 그럼 가문 때문에? 하지만 데릴사위로 들어가기 전 우리 집안은 보잘것없고, 무엇보다도 바뀌기 전 성을 죠씨가 알 리 없다. 스미레 가문은 명망이 있지만, 그렇다고 해서 가명家名이 조선에까지 알려질 만큼 유력하진 않았다.

의아함에 갸웃거리는 사이, 죠씨가 여관 문을 열었다. 깨끗한 입구에 일렬로 서 있던 종업원 네 명이 깊이 고개 숙여 인사했다. 본토의 온천이었다면 주인이 직접 엎드려 절하며 맞았겠지만, 조선 온천의 예절은 그렇게까지 정중하지는 않은 모양이었다.

"하자마 시로 님, 하자마 스미레 님, 야나기 마사무

네 님, 스미레장에 잘 오셨습니다."

죠씨는 웃는 얼굴로 우리를 안으로 안내했다.

"하자마 시로 님과 하자마 스미레 님이 쓰실 방은 2층 목련실입니다. 야나기 마사무네 님은 그 옆 백합실입니다."

크고 활기찼던 목소리가 여관 안에서는 순식간에 작고 정제된 어조로 바뀌는 게 신기했다. 죠씨가 스미레장의 주인이라는 걸 확신했다.

2층으로 올라가는 계단은 좁았다. 죠씨가 든 내 가방이 계속 벽에 부딪히는 게 신경 쓰였다. 자칫 가방 안에 든 주사기나 약병이 깨질까 싶어 괜히 헛기침했지만, 그는 내가 보낸 신호를 알아채지 못했다. 뒤따르는 야나기의 발걸음이 크게 울렸다. 야나기에게 뭐라고 지적할 필요는 없었다. 지적해봤자 듣지 않을 게 뻔했다.

"온천은 1층에 있습니다. 남탕과 여탕으로 나뉘어 있고, 오전 6시부터 자정까지 이용하실 수 있습니다."

목련실은 넓었다. 새로 깐 게 분명한 다다미의 짚 냄새가 피어올랐고, 토코노마*에는 중국 혹은 조선식으로 그려진 난초 그림 걸개가 걸려 있었다. 여닫이 유리창 밖

* 床の間, 일본 전통 가옥에서 바닥을 높게 올려 쌓은 선반. 그곳에 장식품 따위를 놓아두곤 한다.

으로 마당에 심은 소나무의 푸릇한 이파리가 보였다. 진한 녹색이 멀리 우뚝하게 보이는 산과 어우러져 그럴듯했다. 두 명이 쓰기에는 충분히 호사스러운 방이었다.

스미레의 표정이 어느새 들떠 있었다. 잘 화내고 잘 웃는, 변덕스러운 사람다운 감정 변화였다.

"좋은 방이네요!"

스미레가 고조된 목소리로 말했다.

"마음에 드셨다니 다행입니다!"

죠씨의 목소리에 자신감이 가득했다. 방을 보고 나서 실망할 리 없다는 오만에 가까운 태도는 손님들이 줄곧 스미레와 같은 반응을 보였기 때문에 만들어진 것이리라. 나도 안도의 한숨을 쉬고 싶었다. 스미레의 기분이 틀어지면 여행길이 고생길이 된다.

죠씨는 나와 스미레의 가방을 내려놓은 뒤 공손히 말했다.

"여러분께 미리 말씀드릴 게 있습니다. 우리 여관에는 현재 하자마 님 일행 외에는, 어제부터 투숙하고 계시는 센다 님 일행만 있을 뿐입니다. 그런데…."

죠씨는 비밀을 이야기하듯, 주위를 두리번거린 뒤 나지막하게 말을 이었다.

"그분들이 특이하셔서, 마주치면 놀라실지도 모릅니

다. 그래서 미리 말씀드립니다."

"어떤 점이?"

죠씨 뒤에 서 있던 야나기가 대뜸 물었다.

"조선인 남자 시종이 한 명 있는데, 뭘 물어봐도 대답하지 않을지도 모릅니다. 워낙 말이 없는 사람이니 불쾌히 여기지는 말아주십시오. 또 여자 시종이 한 명 있는데, 그 사람이⋯ 서양인입니다."

"서양인이라고요?"

스미레가 눈이 동그래져서 되물었다. 서양인을 직접본 적도 없는데 온천탕을 같이 쓰게 될지 모르니 당연한반응이었다.

"금발 벽안의 서양인입니다. 센다 님을 모시는 시종인데, 국어가 서투릅니다. 그리고⋯."

호기심이 눈에 그렁그렁 맺힌 스미레를 보며 죠씨가말을 이었다.

"센다 님은 몸이 불편하십니다. 목욕탕을 담당하는종업원에게 들었는데, 그분 몸에 크게 다친 흔적이 남아있다고 하더군요. 그러니 혹시라도 욕탕에서 마주쳤을 때놀라지 말아주셨으면 합니다."

죠씨가 목소리를 높였다.

"욕탕을 이용하고 싶으시다면 종업원을 부르십시오.

욕탕에서 쓰는 도구와 욕의를 챙겨줄 겁니다. 부족한 게 있다면 지체 없이 말씀해주십시오. 점심 식사는 12시에 방으로 갖고 오겠습니다. 그럼 두 분, 스미레장에서 편안한 휴식 즐기시길 바랍니다! 야나기 님은 절 따라오십시오!"

죠씨는 공손히 고개 숙인 뒤 미닫이문을 닫았다. 문이 닫히면서 날 노려보는 야나기의 시선도 사라졌다. 스미레가 내게 물었다.

"시로 씨, 어째서 이렇게 이상한 곳을 잡은 건가요?"

다행히 기분이 나빠서 한 말은 아니었다. 나는 속으로 안도하며 대답했다.

"나도 몰라."

뜻하지 않게 이상한 곳에서 묵게 된 모양이었다.

†

점심으로 따스한 소바와 덴푸라 몇 조각, 가지로 만든 쓰케모노가 나왔다. 아침을 제대로 먹지 못하고 배에서 내리자마자 자동차를 탔기에 여전히 속이 울렁거리던 참이라 가벼운 소바가 반가웠다. 나와 스미레는 얼른 소바 그릇을 비웠다. 스미레가 덴푸라를 하나만 먹고 나머지를 내 그릇에 옮겨주었고, 나는 그걸 다 먹었다.

식사가 끝난 뒤, 스미레는 짐을 풀어 옷을 걸고 화장수며 분통 따위를 거울 앞 작은 탁자에 꺼내놓느라 분주히 움직였다. 정리를 마치자 스미레는 목욕하겠다며 1층으로 내려갔다. 나는 욕탕에 가는 대신 빈방에 누운 채 앞으로 어떻게 할지 생각했다.

급작스러운 여행이었던 만큼 준비도 미흡했고 여러모로 성급했던 점도 많았다. 성급함이 이런 이상한 숙소를 잡게 된 원인이었다. 여행 중 뜻하지 않은 일은 계속될 것이고, 그럴 때마다 임기응변으로 해결해야 할 것이다. 적어도 스미레장에서 묵는 사흘 동안만은 머리 아플 일이 없기를 바랄 뿐이었다.

갑자기 미닫이문이 열렸다. 나는 벌떡 몸을 일으켰다. 문 너머에 불쾌한 남자가 서 있었다.

"야나기입니다."

문을 열기 전에 그 말부터 해야 하지 않나? 그렇게 꾸짖으려다가 참았다. 아무리 야단친다 해도 들을 것 같지 않았다. 야나기는 방으로 성큼성큼 들어온 뒤 문을 닫았다.

"스미레를 따라가지 않고 뭘 했나?"

"욕탕 앞까지 모셔다드리고 돌아왔습니다."

야나기가 선 채로 무뚝뚝하게 대답했다. 스미레의 시

종 자격으로 본가에서 파견된 그는 스미레를 깍듯이 모셨지만 내게는 무례하게 굴어댔다. 앉은 자세로 올려다보니 큰 몸이 더욱 위압적으로 보였다.

"시로 님, 언제 이혼하실 겁니까?"

야나기가 대뜸 물었다. 나는 모르는 척 되물었다.

"이혼이라니?"

"시로 님도 아실 겁니다. 가문의 명예를 지키려면 혼인 관계를 해소하고 시로 님을 호적에서 지워야 한다는 게 하자마가家의 입장이란 것을요. 시로 님이 불순한 행동을 저질러 하자마가의 이름에 흠이 갔으니 당연한 일입니다."

"내가 뭘 했는데?"

"간호사와 부적절한 관계를 맺었잖습니까?"

"그건 단지 소문일 뿐이야. 간호사와 손발이 잘 맞아야 업무에 지장이 없을 게 아닌가. 그 정도 교류일 뿐인데 그렇게까지 의심하는 건 너무하지 않나?"

나는 일부러 잠깐 뜸을 들인 뒤 말을 이었다.

"그건 마치 자네와 스미레의 관계를 의심하는 거나 마찬가지야. 자네도 스미레를 오래 섬겼으니, 둘 사이를 소문 속 나와 간호사의 관계처럼 여기는 자가 있어도 이상하지 않아. 혹시 다른 사람이 그렇게 소문내지 않던가?"

야나기의 표정이 굳어졌다. 그는 낮게 대답했다.

"윗분들은 이번 조선 여행 중 시로 님이 향후 거취를 정하길 바라십니다."

"왜… 그분들은 내가 죽기라도 바라던가?"

야나기는 대꾸하지 않았다. 고요하고 불쾌한, 독기 품은 시선이 나를 노려봤다.

"그것도 좋은 답이지요."

잠깐의 침묵 뒤 그렇게 말한 뒤 야나기가 등을 돌렸다. 나는 뭐라고 대꾸하려 했지만, 열려던 입을 다물었다. 야나기가 연 미닫이문 바깥에 쵸씨가 서 있었다.

"가보겠습니다."

야나기가 방을 나갔다. 복도의 쵸씨에게는 관심조차 보이지 않는 차가운 태도였다. 쵸씨는 멍하니 서 있다가 내 시선을 깨닫고 얼른 미소를 지었다.

"이것 좀 맛보시라고 가져왔습니다."

그가 바구니를 내밀었다. 안에 담긴 건 굴이었다.

"별거 아닙니다만, 에히메愛媛에서 난 굴입니다. 조선에는 굴이 흔치 않아서 일부러 내지 걸 들여왔지요."

겸양인지 자랑인지 모를 말과 함께 받아든 바구니의 묵직함을 느끼며, 여기엔 단순한 호의만 담긴 게 아니라는 것을 느낄 수 있었다. 나는 일부러 모르는 척 물었다.

"귤이라니, 비싼 게 아닌가? 이런 귀한 걸 다 대접하다니."

"귀하다니요. 특별한 손님을 맞으려면 이 정도는 당연하지요."

또다시 '특별한 손님'이란 말이 나왔다. 입에 발린 접대의 느낌도 없었다. 내가 바구니를 탁자에 놓자 죠씨가 낮은 목소리로 속삭였다.

"그런데 하자마 님, 혹시 하자마 후사타로 님과는 어떤 관계이신지요?"

"하자마 후사타로?"

"제가 최근 스미레장의 숙박 시설을 확장한 참입니다. 그런데 기대와는 달리 손님이 많지 않습니다. 관청 허가가 나지 않아 원했던 만큼 손보지 못한 탓이겠습니다만…. 만철滿鐵*과 동래면에서 운영하는 공중욕탕과 스미레장이 어떻게든 연계되면 좋을 거 같아, 그 구상을 하자마 님께 잘 설명해보고 싶습니다. 그런데 하자마 님을 따로 뵙기는커녕 여태 그분과 면식조차 없으니…."

죠씨의 입에서 나온 이름은 여전히 귀에 설기만 했다. 나는 그가 어떤 사람인지 되물었고 후잔 지역의 정·재계

* 남만주철도회사의 약칭.

를 아우르는 거물임을 알게 되었다. 그걸 설명하는 죠씨의 표정에 점점 실망감이 차올랐지만, 나는 못 본 척했다.

그제야 이달 초에 급하게 숙박을 문의했을 때 흔쾌히 허락한 이유를 깨달았다. 내 성이 하자마이기 때문이었다. 아마도 그는 내가 하자마 후사타로의 친척일 거라고 여겼고, 그래서 직접 후잔항까지 마중을 나왔던 것이다.

갑자기 불쾌감이 몰려왔다.

이놈도 저놈도 하자마라는 성 때문에 계속 찔러대지 않는가. 대체 이놈의 성이 뭐기에?

"나중에 아내에게 물어보지. 어쩌면 아내가 아는 분일지도 모르니까."

나는 괜한 기색을 드러내지 않으려 애쓰며 말을 돌렸다. 죠씨는 여전히 웃고 있었지만, 처음보다는 덜 밝아 보였다.

죠씨가 나간 뒤 바구니의 귤을 하나 집었다. 이 귤도 나름의 귀빈 대접을 위한 '성의 표시'였을 것이다. 하지만 나는 그가 원하던 귀빈이 아니었다. 조만간 그 귀한 성마저 사라질지도 모르는 처지였으나 이왕 받은 성의 표시를 외면할 필요는 없었다. 귤껍질을 까서 속살을 반으로 쪼갰다.

혹시 모르니 정말로 스미레에게 물어봐야겠군.

굴 한 조각을 씹으며 생각했다. 새콤하고 달았다.

스미레는 곧 돌아왔다. 얼굴이 보기 좋게 상기되어 있었다. 내가 하자마 후사타로라는 사람을 아느냐고 물어보기도 전에 그녀의 말이 더 빨랐다.

"당신, 센다 씨 봤어요?"

나는 고개를 저었다. 아직 투숙객을 만나기는커녕 야나기와 죠씨 때문에 방 밖으로 나서지도 못했다. 스미레가 흥분한 목소리로 말을 이었다.

"무척 이상했어요!"

스미레가 옷을 벗고 욕탕에 들어섰을 때 낯선 여자가 대리석 욕조 옆에 우두커니 서 있었다고 한다. 여자는 스미레를 가만히 바라볼 뿐 아무 말도, 아무런 행동도 하지 않았다. 스미레 역시 여자에게서 눈을 뗄 수가 없었다. 앞을 가린 수건으로는 여자의 몸 여기저기 난 상처 자국이 덮이지 않았기 때문이다.

"상처 자국이라니? 긁히거나 찔린 상처?"

"아니에요. 그건 분명히 화상 자국이었어요."

스미레는 꼼짝도 할 수 없었다. 여자는 무척 미인이었지만 몸은 핏기 없이 창백했고 붉고 거친 자국이 난폭하게 남아 있었다. 스미레는 백과 적의 대비에서 눈을 뗄 수 없었다. 처음엔 요괴가 나타난 걸까 생각했다가 뒤늦게 죠씨의 말을 떠올렸다.

센다 님은 몸이 불편하십니다.

스미레는 그녀가 센다라는 투숙객임을 알아차렸다.

"실례합니다."

스미레가 멍하니 서 있을 때, 이상한 억양의 국어가 뒤에서 들리더니 욕의를 걸친 키 큰 금발 여성이 지나갔다. 스미레는 서양인을 처음 봤고, 금발 여성의 걸음걸이며 몸가짐이 고귀한 사람처럼 보여서 그리로 눈이 가야 마땅했다. 하지만 센다 씨에게 눈이 더 가는 걸 어쩔 수 없었다. 센다 씨는 금발 여성의 부축을 받고 천천히 걸음을 옮겼다. 그녀는 다리를 다친 사람처럼 절뚝이며 한 발 한 발 다가왔다. 스미레는 저도 모르게 길을 비켜주었다. 그녀 옆을 지나치면서도 센다 씨는 아무런 반응을 보이지 않았다. 마치 아무것도 보지 못한 것처럼.

"거참 이상한걸."

내가 말했다.

갑자기 스미레가 입을 꾹 다문 채 나를 노려보았다.

"뭐예요? 당신, 그 여자에게 관심 있어요?"

"무슨 소리야? 이야기 들은 것만으로 어떻게 관심을 가질 수 있어?"

나는 고개를 저었다. 아무리 설명을 들었어도 한 번

마담 흑조는 감춰진 마음의 이야기를 듣는다

도 본 적 없는 사람에게 관심을 가질 이유는 없었다.

스미레의 표정은 쉽게 풀어지지 않았다. 스미레가 나에게 간호사와의 관계를 추궁하면서 지금과 같은 표정을 짓던 게 떠올랐다. 그녀의 의심이 괜한 방향으로 향하기 전에, 온천에 몸 담그고 오겠노라고 말하고 급히 방을 나섰다.

†

죠씨가 자랑한 대로 스미레장의 온천은 훌륭했다. 남탕 한가운데에 커다랗게 놓인 대리석 욕조는 본토의 온천에서도 찾기 어려울 정도로 호화로운 물건이었다. 나는 욕탕에 몸을 담그고 감겨오는 온기를 흠뻑 즐겼다. 토라이의 온천물이 좋다는 소문은 들었지만, 몸으로 스며드는 훈훈함은 확실히 소문 이상이었다. 나는 눈을 감고 앞으로 뭘 할지 생각했다.

이따 가볍게 온천장을 산책해도 좋을 것 같군. 온천 뒤로 우뚝 솟은 산은 카나이야金井山라는 이름이었던가. 산 중턱의 봉요지梵魚寺라는 절도 볼 만하다고 했었지. 내일은 스미레와 등산로를 따라 산꼭대기까지 올라가볼까? 꼭대기에서 바다가 보일까? 솔밭 어우러진 모래사장이 보기 좋다는 카이운다이海雲臺 해수욕장이 여기서 가까울까? 오늘 중으로 가볼 수 있을까?

앞으로 뭘 할지 두서없이 생각하다 보니 몸이 충분히 따스해졌다. 나는 노곤한 기분으로 가벼운 욕의를 걸친 뒤 밖으로 나왔다. 1층 저편으로 휴게실로 쓰는 넓은 공간이 보였다. 그곳을 어떻게 꾸며놓았을지 궁금해서 걸음을 옮겼다.

휴게실에는 스미레가 먼저 와 있었다. 그녀 옆 탁자 위에 귤 바구니가 놓여 있었다. 목련실에서 가져온 게 아니라 누가 새로 가져다준 모양이었다.

"탕은 어땠어요?"

"좋았어."

"물이 몸에 스며들죠?"

"응. 아주 좋던걸."

스미레 옆에 야나기가 앉아 있는 걸 무시하고 맞은쪽 옆자리에 앉았다. 야나기는 옷도 갈아입지 않은 채 나와 스미레를 지켜보고 있었다. 나는 그의 시선이 신경 쓰였지만, 스미레는 부담스럽지 않은 듯 태연히 귤을 까며 말했다.

"주인이 이걸 가져다주며 물었어요. 하자마 후사타로라는 사람을 아느냐고."

"그래서?"

"잘 모르겠다고 했어요. 그랬더니 실망한 표정을 짓는 거 있죠? 그래서 얼른, 그러고 보니 먼 친척 중에 그런 이름을 가진 분이 있는 것 같다고 둘러댔어요. 나중에 대답해준다고 했지요."

나는 스미레의 눈치 빠른 대처에 안심했다. 스미레장에서 우리에게 베풀어주는 귤 바구니와 같은 '특별한 손님' 대접은 당분간 이어질 것 같았다.

스미레가 자신이 깐 귤의 절반을 주려다 내가 집어든 귤을 보고는 그냥 탁자에 내려놓았다. 그 모습을 보지 못한 척 물었다.

"정말로 그런 친척이 있어?"

스미레가 휴게실 입구 쪽을 살핀 뒤 대답했다.

"후사타로라는 사람은 돈 많은 상인인가 본데 친척 중에 그런 사람이 있었으면 당신이 개업할 때 그렇게나 고생했겠어요?"

"하긴 그래. 그때 마련한 기구가 죄다 독일에서 들여온 거였으니까…. 뢴트겐이 비싸서 못 들여올 뻔했지."

병원을 개업하던 때를 생각하니 절로 한숨부터 나왔다. 하자마가의 도움이 없었더라면 고생할 엄두조차 내지 못했을 터였지만, 그래도 고생한 건 고생한 거니까.

그런 하자마가의 은혜를 배신하고 엉뚱한 여자랑 놀아났다는 거지?

야나기의 찌푸린 얼굴에 그런 빈정거림이 어른거리는 것 같았지만 무시하면 그만이다.

마룻바닥이 삐걱거리는 소리가 났다. 나와 스미레, 야나기의 고개가 동시에 돌아갔다.

세 사람이 휴게실로 들어오고 있었다. 한 걸음 앞에서서 안내하는 금발의 키 큰 여자, 누군가를 부축하는 남자, 그리고 걸음을 절룩이는 욕의 차림의 여자였다. 저들이 센다 씨 일행인 모양이었다.

야나기가 숨을 급히 들이쉬는 소리가 들렸다.

뜻밖에 센다 씨는 젊었다. 20대 초반으로 보이는 외모에 키도 커서, 거리에서 대중의 시선을 끌 법한 미인이었다. 하지만 다리를 절고 있었다. 왼쪽 다리에 심한 외상을 입은 후유증이 분명했다. 욕의 위로 보이는 목덜미 왼쪽의 붉은 흔적은 화상 자국이었다. 자국이 목덜미 아래로 이어져 몸 전체를 덮고 있을 것이다. 그녀의 온몸을 덮은 부자연스러운 재난의 흔적은 보는 이를 놀라게 하기에 충분했다. 조금 전 야나기가 그랬던 것처럼.

화재에 휩쓸렸던 걸까? 언제, 어디서?

센다 씨와 눈이 마주쳤다.

갑자기 온몸이 오싹해졌다.

검은 긴 머리 아래 창백한 얼굴, 나를 바라보는 깊고 공허한 두 눈. 그 눈은 시야에 담은 모든 걸 하나도 남김없이 집어삼킬 것처럼 아득하기만 했다. 영안실에서 본 시체가 떠올랐다. 마치 죽은 사람이 걷고 있는 것만 같았다.

스미레가 나를 툭 쳤다. 퍼뜩 정신을 차리고 얼른 의사가 환자를 응대할 때 짓는 사무적인 웃음을 지었다.

"안녕하십니까, 센다 씨 맞으시지요? 주인에게 이야기는 들었습니다."

창백한 여자와 금발 여자, 키 작은 남자가 걸음을 멈추었다. 우리를 보는 그들에게 애써 미소 지으며 인사를 이었다.

"반갑습니다. 하자마 시로라고 합니다. 이쪽은 제 아내 스미레입니다. 이곳에서 같이 묵게 되었군요. 잘 부탁드립니다."

스미레가 나를 쏘아보았다. 내 친절한 말투가 맘에 들지 않은 모양이었다. 하지만 곧 스미레도 센다 씨에게 웃어 보였다.

"스미레라고 해요. 이쪽은 야나기 마사무네 씨고요. 제 수행원이에요."

스미레는 내가 굳이 언급하지 않은 야나기까지 소개

했다. 야나기는 고개만 숙여 보일 뿐 침묵을 지켰다. 선자세 그대로 우리를 가만히 응시하던 센다 씨가 고개를 숙이며 말했다.

"센다 아카네라고 합니다."

나직하고 힘없는, 금방이라도 사그라질 것 같은 목소리가 이어졌다.

"이 지역 온천수는 자양강장과 피로 회복 효과가 있다고 합니다. 온천탕을 즐기며 의사 선생님 부부의 첫 조선 여행길에 쌓인 여독을 풀길 바랍니다."

"감사합니다. 센다 씨도 편안히 휴식을⋯."

인사에 답하던 도중 말문이 턱 막혔다.

의사 선생님 부부? 첫 조선 여행길? 어떻게 알았지? 오싹해졌다. 나는 상대방을 모르지만, 상대방은 나를 알고 있다. 일방적 알고 모름이 이렇게나 무서운 것이라니. 저 여자, 실은 요괴인 걸까? 마음을 읽는 요괴 사토리覚?

"묻고 싶은 게 있습니다."

야나기가 말했다. 그는 내게는 무례하게 굴었지만, 다른 사람들 앞에서 허락도 받지 않고 먼저 말을 꺼낼 만큼 무례하게 행동한 적은 없었다.

"시로 님이 의사인 걸 어떻게 알았습니까? 혹시 전부터 아는 사이입니까?"

나는 당황해서 그렇지 않다고 대답하려 했다. 어떻게 든 내 행실이 부적절하다는 꼬투리를 잡으려 드는 야나기에게 트집 잡히고 싶지 않았다.

"아닙니다. 하자마 시로 씨의 시선 때문이었습니다."

나보다 센다 씨의 말이 빨랐다.

"시선이라고 했습니까?"

야나기가 으르렁거렸다. 센다 씨의 대답 역시 오해를 살 만했기에 그의 말투가 더욱 난폭해진 건 당연했다. 스미레도 센다 씨를 뚫어져라 보았다. 센다 씨의 남자 시종이 야나기를 응시하며 몸을 굳혔다. 만약의 일이 벌어지면 그녀를 보호하려고 움직일 태세였다. 센다 씨는 우호적이지 않은 시선들을 받으며 평탄한 어조로 말을 이어나갔다.

"다른 분들은 나를 처음 보면 놀란 기색을 감추지 못하였습니다. 하지만 하자마 시로 씨는 휴게실로 들어오는 내가 다리를 절고 화상 자국이 있는 걸 보았음에도 침착함을 보였습니다. 이상해서 이유를 짐작해보니, 다친 곳을 보는 시선이 직업적으로 훈련된 것 같다는 생각이 들었습니다. 부상에 익숙한 군인이나 경찰일 가능성도 있지만, 하자마 시로 씨의 몸은 운동이나 훈련으로 단련되어 보이지 않았습니다."

센다 씨의 말이 잠깐 멈췄다. 여태까지 목소리를 낸 것만으로도 지친 게 분명했다. 그녀는 갈라진 목소리로 말을 이었다.

"그리고 휴게실로 들어오기 직전 들려온 대화가 직업을 추측하는 데 도움을 주었습니다. 우선⋯."

"잠깐만요!"

스미레가 외쳤다. 나는 깜짝 놀랐다. 화가 난 걸까? 그러나 스미레의 커진 목소리는 분노가 아니라, 들뜸 때문이었다.

"내가 맞혀볼게요! 조금 전 내가 '개업하면서'라고 말했잖아요? 그걸로 남편이 군인이 아니란 걸 확신한 거죠? 의사라는 건 남편이 '뢴트겐이 비쌌다'라고 한 말에서 짐작한 거고요."

"하자마 스미레 씨가 짐작한 대로입니다."

센다 씨가 고개를 끄덕였다.

"'독일에서 들여온 기구'라는 단어 역시 의사일 가능성에 힘을 실었습니다. 의사들이 의학이 가장 발달한 독일의 기구를 선호한다고 들었습니다. 그래서 하자마 시로 씨의 직업이 의사라고 추측했고, 신체 내부를 찍을 때 쓰는 뢴트겐 사진의 이름을 듣고 짐작이 확신으로 바뀌었던 겁니다."

"어머나!"

어느새 스미레의 표정이 풀어져 있었다.

"나, 셜록 홈스의 의뢰인이 된 것 같아요! 혹시 센다 씨는 탐정인가요?"

탐정?

그 물음을 들은 센다 씨의 무표정한 얼굴에 처음으로 감정이 드러났다. 그녀의 얼굴에 스쳤던 당혹스러워하는 표정은, 내 얼굴에도 나타났을 것이다.

"마님."

야나기가 급히 주의를 주었다. 하지만 스미레는 이미 잔뜩 들떠 있었다.

"안 그래요? 센다 씨는 잠깐 보고 들은 것만으로 시로 씨가 뭘 하는지 알았잖아요? 마치 탐정처럼요!"

스미레가 흥분할 만도 했다. 그녀의 취미는 정탐소설을 읽는 것이었다. 스미레가 내게 부탁하는 심부름 중 절반이 새로 나온 정탐소설을 사다달라는 것일 정도였으니까. 그녀는 이미 에도가 아란 포나 코난 도이루, 체스타톤 같은 유명 작가 외에도 아가사 크리스티, 도로시 세이야즈 같은 여류 작가, 심지어 코가 사부로나 에도가와 란포 같은 국내 작가까지 섭렵했다. 스미레의 정탐소설 취향은 무척 까다로웠다. 재미없는 소설을 사가면 짜증을 냈기 때문에 취향에 맞는 소설을 고르느라 애를 먹었다.

　스미레가 호기심 가득한 얼굴로 계속 말을 걸었기 때문에, 당혹스러움을 보이는 센다 씨에게 어떻게든 사정을 설명해야 했다. 하지만 정작 내가 묻고 싶은 건 따로 있었다.

　우리가 첫 조선 여행길이라는 건 어떻게 안 거지?

　센다 씨는 스미레를 차마 외면하지 못하고 말을 받아주고 있었다. 나지막한 목소리로 들려준 이야기에 따르면, 그녀는 부호의 딸이었다. 아버지의 부유함은 스미레장 전체를 딸 혼자 쓰도록 빌릴 수 있을 정도였다. 그녀는 케이조京城의 혼마치本町에서 '코쿠죠黑鳥'라는 작은 다방을 운영하고 있는데, 그곳에서 사람들의 이야기를 듣는 게 취미라고 했다.

　"어머나, 정말로 탐정 같잖아요! 구석의 노인! 그거 읽어봤어요?"

　"소설은 읽어봤습니다만, 나는 탐정이 아닙니다."

　탐정이 아니라고 딱 잘라 말하면서도, 그녀의 시선은 스미레와 야나기, 그리고 나를 훑어보고 있었다. 그 눈과 마주칠 때마다 온몸이 굳어지는 것 같았다. 야나기는 묵묵히 스미레와 센다 씨를 주시했다. 하지만 그의 눈빛에서 짙은 의혹이 스치는 걸 나는 놓치지 않았다.

대화를 나누는 동안 센다 씨 옆에 앉아 있던 금발 여자가 단정한 손놀림으로 탁자 위의 귤을 까서 한 조각씩 떼어 접시에 담았고 남자 시종은 커피 잔을 센다 씨에게 건넸다. 두 사람은 한마디도 하지 않았고, 그녀 역시 시종들의 행동에 신경 쓰지 않는 것처럼 보였지만 세 사람의 행동은 마치 한 몸인 것처럼 자연스러웠다. 중간에 죠씨가 귤 바구니를 가져오며 웃어 보였지만, 그녀는 고개만 숙일 뿐 더는 관심을 보이지 않았다.

스미레는 들뜬 목소리로 최근에 읽은 정탐소설 이야기를 꺼냈고, 센다 씨도 다방에서 들었다는 여러 이야기를 들려주었다. 엄연히 사건이라고 부를 만한 일들이었지만 그녀는 그저 재미있는 일화처럼 말할 뿐이었다. 대화를 들으며 나는 생각에 잠겼다.

이 만남은 우연인 걸까?

야나기가 앞을 지나가서 정신을 차렸다. 휴게실 밖으로 나간 야나기가 종업원을 불러 주인을 찾는 으르렁거림이 들렸다. 무엇 때문인지는 알 수 없었다.

스미레와 센다 씨의 대화는 쉼 없이 이어졌다. 센다 씨의 핏기 없는 얼굴에 지친 기색이 짙어지고 나서야 비로소 스미레도 말을 멈췄다.

"센다 씨와 이야기하는 건 무척 즐겁네요! 나중에 또

이야기해요!"

센다 씨는 나와 아내에게 인사를 건넨 뒤, 남자 시종의 부축을 받으며 응접실을 나섰다. 절룩이는 걸음을 안타깝게 쳐다보는 스미레의 얼굴은 처음과 달라져 있었다. 그사이 센다 씨에게 푹 빠진 게 분명했다.

"참 재미있는 사람이었어요, 그렇죠?"

이상한 사람이 아니라? 나는 그렇게 묻는 대신 고개를 끄덕였다.

"마님, 저 사람, 조선인입니다."

어느새 돌아온 야나기가 정색한 채 말했다.

"뭐? 조선인이라고?"

내가 되물었다. 야나기는 내 쪽으로 고개도 돌리지 않은 채 말을 이었다.

"센다라는 성으로 바꾼 조선인입니다. 저 여자의 지명이나 인명 발음이 이상해서 주인을 다그쳐 알아보니, 조선인 갑부의 딸이라고 합니다. 조선인과 가깝게 교류하시는 건 좋지 않을 듯하니…."

"조선인이면 뭐 어때요?"

스미레는 대수롭지 않게 대답했다. 그녀는 센다 씨를 꺼림칙하게 여기지 않는 게 분명했다. 기분이 나빴다면 조선인이라는 이유가 아닌 사소한 다른 것으로도 멀리해야 할 이유를 열 개라도 만들어냈을 것이다.

야나기의 표정이 나빠졌다. 야나기는 언제나 스미레가 호의를 표하는 사람을 경계하며 사적인 질투를 드러내곤 했다. 수행원으로서는 부적절한 자세였지만, 스미레를 어릴 적부터 모시던 자라는 이유로 무례함이 당연한 것으로 받아들여지고 있었다.

"센다 씨는 뭐 하는 사람일까요?"

스미레가 중얼거렸다.

"그녀가 말했잖아. 케이조 혼마치에서 찻집을 운영한다고."

"거기서 탐정 일을 하는 걸까요? '코쿠죠'라고 했었죠? 케이조에 가면 거기도 가봐야겠어요. 센다 씨의 이야기, 다 흥미로운 사건들이었잖아요?"

스미레는 혼자 들떠 있었다.

"왠지 두근거리는걸요. 어쩌면 이 여관에서도 뭔가 사건이 벌어지지 않을까요?"

"…그게 무슨 소리야?"

"탐정이 가는 곳에 사건이 따라온다는 거 몰라요? 요즘 소설은요, 의뢰인이 탐정을 찾아가는 걸로 시작하지 않는다고요. 탐정이 어딘가 갔다가 그곳에서 사건에 휘말리는 거죠. 만약 이 여관에서 무언가 사건이 벌어진다면,

센다 씨가 곧바로 조사를… 어머나?"

잔뜩 들뜬 목소리로 말하던 스미레가 탁자 위를 보았다.

"이거, 당신이 먹을래요?"

까놓은 채 그대로 놔둔 절반의 귤을 가리키며 스미레가 물었다. 나는 고개를 저었다.

"됐어. 이미 껍질이 딱딱해졌을 텐데."

"아직 껍질 안 깐 것도 있잖아요. 야나기는 귤을 싫어했지?"

그렇게 말하며 스미레는 까둔 귤을 입에 넣었다. 음식 남기는 걸 싫어하는 스미레다운 행동이었다. 귤을 우물거리다가 바구니에 남은 귤을 가리켰다.

"그것도 챙겨가요. 남기기 아까우니까."

"거참."

나는 먼저 일어선 스미레의 뒷모습을 보며 투덜거리면서도 바구니에 남은 귤 두 개를 집어들었다. 야나기가 나보다 먼저 스미레를 따라가서이기도 했고, 아내의 말을 굳이 거스를 필요가 없어서이기도 했다.

1928년 12월 22일, 토요일

마담 흑조는 감춰진 마음의 이야기를 듣는다

스미레는 스미레장을 마음에 들어 하는 눈치였다. 처음에 조선인 여관이라며 투덜거렸던 것치고는 이곳을 진심으로 만끽하고 있었다. 시설은 훌륭했고 욕탕과 객실, 응접실 등의 청소 상태도 흠잡을 데 없었지만, 나로서는 이곳의 접객이 좀 더 내지처럼 격식을 갖추었으면 했다. 하지만 스미레는 개의치 않았다. 평소에 내 행동거지 하나하나에 격식을 따지며 눈 흘기던 것과는 사뭇 다른 태도였지만, 굳이 지적하지는 않았다.

스미레는 하루에도 몇 번이나 온천에 몸을 담그러 갔다. 가끔은 나와 함께 욕탕 앞까지 가기도 했지만, 대부분은 혼자 움직였다. 그래서 혼자 남겨질 때가 많았다. 방에서 기다릴 때도 있었고, 휴게실에서 잡지를 읽으며 기다릴 때도 있었다. 온천장 거리를 구경하러 가자고 권해보았지만 스미레는 날 따라올 생각이 전혀 없었고, 대신 야나기가 따라오려고 해서 그냥 여관 안에 있기로 했다.

야나기가 여행에 따라온 진짜 이유를 알 수 없었다. 하자마 가문에서 내 행동을 감시하려고 붙인 걸까? 단둘이 나갔다가 산비탈에서 날 밀치기라도 한다면…. 그저 괜한 망상만은 아닐 것 같았다. 야나기의 큰 덩치와 마주칠 때마다 그런 생각을 떨칠 수 없었다.

센다 씨의 모습은 좀처럼 볼 수 없었다. 후잔의 다른

명소를 구경하러 외출한 건 아니었다. 무언가를 들고 우아한 걸음걸이로 걷는 금발 여자나 죠씨에게 무언가를 들으며 딱딱한 표정을 짓는 남자 시종만 종종 보일 뿐이었다.

어쩌면 스미레 때문일지도 몰랐다. 스미레와 센다 씨가 정탐소설과 사건 이야기를 주고받던 모습을 떠올리며 고개를 저었다. 그때처럼 욕탕에서 센다 씨에게 쉼 없이 수다를 떠는 스미레의 모습을 쉽게 상상할 수 있었다. 스미레장에서 스미레가 가장 마음에 들어 한 건 온천보다 센다 씨 같았다.

센다 씨를 다시 만난 건 그날 오후 휴게실에서였다.

그녀는 시종들과 함께 휴게실 탁자 앞에 앉아 있었다. 나를 보고 고개를 숙여 보인 것이 인사의 전부였다. 젖은 머리카락을 보면 갓 욕탕에서 나온 모양이었다. 커피 잔을 들고 홀짝이는 그녀에게서는 여전히 핏기라고는 찾아볼 수조차 없었다. 주위를 살피다가 야나기의 기척이 없는 걸 확인한 뒤에야 입을 뗐다.

"센다 씨, 묻고 싶은 게 있습니다."

세 사람이 동시에 나를 보았다.

"어떻게 우리 부부가 첫 조선 여행이란 걸 알아챈 겁니까?"

"알아챘다고 했습니까?"

센다 씨가 고개를 갸웃거렸다. 아무것도 모른다는 듯한 행동은 오히려 무언가를 숨기는 것처럼 보였다. 그런 가식적인 모습이 보기 싫어서 나는 따져 물었다.

"어제 센다 씨는 내 직업이 의사라는 걸 행동과 말로 알아맞혔지요. 하지만 아무리 생각해봐도 우리 부부가 조선 여행이 처음이라는 걸 알아낼 단서는 없었습니다. 어떻게 그걸 짐작한 겁니까?"

남자 시종의 눈빛이 날카로워졌다. 내 말투가 공격적으로 들린 모양이었다. 그가 풍기는 위압감은 마치 야나기가 스미레 외의 사람을 대할 때 같았다. 하지만 센다 씨의 공허한 눈빛은 변하지 않았다. 나는 그 빨려들어갈 것 같은 허무를 마주 보지 않으려 애썼다.

"부인 되시는 하자마 스미레 씨는 나를 셜록 홈스와 같은 이로 여기는 듯합니다. 하자마 시로 씨 역시 그처럼 여기리라고는 미처 짐작하지 못했습니다."

센다 씨의 말이 겸양인지 사실을 말하는 것인지 알 수 없었다.

"내가 어떻게 알게 되었는지를 말한다면, 하자마 씨는 웃어버리실 겁니다."

"그건… 셜록 홈스 소설의 인용인가요?"

"사실 그대로를 말씀드렸을 뿐입니다."

센다 씨는 나직이 한숨을 쉬었다.

"간단합니다. 스미레장의 주인에게, 내지에서 오는 손님이 있으니 양해를 구한다는 말을 들었습니다."

"네?"

"나는 애초에 이 여관을 혼자 사용하기로 했었습니다. 하지만 막상 도착했을 때 주인이, 조선 여행을 처음 오는 부부가 꼭 여기 묵어야 하는 사정이 있으니 양해해 달라고 부탁했습니다."

황당해서 말문이 막혔다. 추론으로 맞혔을 거라는 짐작이 허탈하게 어긋나버려서였다.

거기서 더 물어볼 수도 없었다. 휴게실 쪽으로 걸어오는 큰 발소리 때문이었다. 여관 주인과 종업원은 발소리를 내지 않았기 때문에 그게 누구인지는 분명했다. 나는 얼른 몸을 돌렸다. 괜한 오해를 살 필요는 없었다.

곧 야나기가 모습을 드러냈다. 손에는 귤 바구니가 들려 있었다. 내 앞 탁자에 바구니를 탁 소리 나게 내려놓는 행동에 공손함이라고는 없었다. 나는 아무 말도 하지 않았다.

다시 발소리가 들렸다. 야나기는 그쪽으로 고개를 돌렸지만, 나는 보지도 않고 귤을 집었다. 어차피 발소리를 내며 등장할 사람은 스미레밖에 없었다.

　　　마담 흑조는 감춰진 마음의 이야기를 듣는다

"당신, 여기 있었군요."

귤을 까는 나에게 스미레가 밝은 목소리로 말했다.

"그래."

나는 아무 의미 없는 대답을 하며 흘끗 센다 씨를 곁눈질했다. 다행히 센다 씨는 더는 내게 눈길조차 주지 않고 있었다. 스미레가 그녀에게 웃으며 손을 흔들어 보였다. 마치 친구에게 하듯 스스럼없는 동작이었다.

귤 한 조각을 입에 넣어 씹었다. 상큼한 즙이 입안에 퍼졌다. 귤 특유의 향기로움과 달콤함, 새콤함이 느껴졌다.

"목욕물은 어땠어?"

"좋았어요."

발그레하게 상기된 뺨을 보니 정말로 온천물을 충분히 즐긴 듯했다. 좋은 조짐이었다. 스미레가 귤을 집으려하기에, 내가 먹던 귤을 건넸다.

"이거 먹어. 방금 깐 거야."

"당신은요?"

"난 새로 까면 되지."

나는 야나기의 날카로운 시선을 외면한 채 바구니에서 다른 귤을 집었다. 스미레에게 조금이라도 다정하게 굴면 늘 따라오는 시선이었다.

스미레는 얼른 귤을 입에 넣었다. 몇 번을 오물거리

던 그녀가 얼굴을 찡그렸다.

"귤 맛이 이상해요."

"너무 시큼한가?"

"시큼한 게 아니라, 쓴맛도 아니고, 대체 이게 무슨 맛이람?"

"온천에서 나올 때 이 닦은 거지? 치약 때문에 그런 거 아닐까?"

"그런가 봐요. 이걸 어쩌. 남길 수도 없고."

내가 이미 까놓은 귤을 보며 스미레가 못내 아쉬운 표정으로 귤을 계속 입에 넣었다. 아마 내가 새 귤을 까지 않았다면 도로 주었을 게 분명했다. 스미레는 음식을 남기는 걸 두고 보지 못하니까.

센다 씨는 우리에게 관심을 보이지 않았고, 야나기도 웬일로 가만히 앉아 있었다. 평온한 적막감이 졸음을 불러왔다. 나는 서서히 감겨오는 눈꺼풀을 뜨려고 애썼다.

의자에 기대고 있던 스미레가 얼굴을 찌푸리며 작게 신음을 흘렸다.

"왜 그래?"

"머리가 아파요."

"갑자기 왜?"

"어지러워요…. 손발도 저리고…."

"몸살인가? 두통약이라도 가져올까? 아니면…."

스미레는 신음을 흘릴 뿐 대답하지 않았다. 돌연 그녀가 얼굴을 찡그린 채 맥없이 바닥에 쓰러졌다. 야나기가 벌떡 일어났다.

"스미레! 스미레! 무슨 일이야!"

내가 크게 소리쳤다. 스미레는 대답하지 못했다. 저편 탁자에서 센다 씨의 시종들이 벌떡 일어서는 게 보였다. 나는 그들에게 손짓하며 소리쳤다.

"당장 주인을 불러!"

숨을 헐떡이는 스미레에게 야나기가 인공호흡을 하려 했다. 나는 그를 밀쳐냈다.

"뭐 하는 거야, 너!"

흥분한 야나기가 소리쳤다.

"인공호흡은 안 돼!"

코끝에 스친 알싸한 향기. 맡은 적 있는 죽음의 냄새였다.

"이건 청산가리 중독 증상이야! 당장 의사를 불러야 해!"

야나기가 멈칫했다. 그의 얼빠진 표정을 그때 처음 보았다.

✝

스미레는 죽었다.

의사의 도착이 늦었다. 온천장 도로를 가득 채운 차 때문이라고, 죠씨는 땀을 뻘뻘 흘리며 말했다.

주인과 종업원들이 우왕좌왕하는 걸 보면서도, 야나기가 스미레 옆에 무릎 꿇은 채 부들부들 떠는 걸 보면서도, 센다 씨 일행이 꼼짝도 하지 못한 채 나와 스미레를 주시하는 걸 보면서도, 나는 눈물을 흘리지도 못한 채 멍하니 있었다.

청산가리 중독.

청산가리를 먹고 죽은 사람의 시체를 몇 번 본 적이 있었다. 하지만 눈앞에서 청산가리로 죽어가는 사람을 본 건 처음이었다. 게다가 그렇게 죽은 게 스미레였다.

정신을 차릴 겨를이 없었다. 누가 언제 불렀는지는 모르지만, 스미레장에 경찰이 들이닥쳤다.

인근 주재소에서 온 순사들이 사람들을 통제했다. 함께 온 젊은 의사가 새파랗게 질린 얼굴로 이미 숨이 끊어진 스미레를 살폈다. 조금 후에 그들보다 지위가 높은 게 분명한 사람이 도착했다. 제복을 단정하게 입고 말끔히 면도한 중년의 마른 남자는, 얼굴에 드리운 피로로 단정한 모습을 흐리고 있었다.

"경부 나카지마입니다."

목소리에 하품이 섞여 있었다. 나카지마 경부는 스미레의 시신과 경찰의 지시에 따라 자리를 지키고 있어야 했던 나와 야나기, 센다 씨 일행을 쭉 훑어보았다.

"사카모토 씨, 사인이 청산가리 중독이라고 했지?"

나카지마 경부는 가장 먼저 의사에게 질문을 던졌다. 의사가 얼른 대답했다.

"그렇습니다. 청산가리를 먹은 게 분명합니다."

"먹었다고? 주사 같은 게 아니라?"

"사망자의 입에서 청산가리 특유의 향이 나더라고요. 귤 향기도 섞여서 났는데…."

"귤!"

갑자기 야나기가 나를 가리키며 소리쳤다.

"스미레 님이 저놈이 준 귤에서 이상한 맛이 난다고 했습니다!"

"그래요? 그 귤은 어디 있습니까?"

나카지마 경부가 물었다. 나는 얼른 대답했다.

"귤은 스미레가 다 먹어버렸어요. 저기 껍질 보이지요?"

"조사해봐."

경부의 손짓에 서 있던 순사가 얼른 귤 바구니를 집어들었다. 나를 노려보는 야나기의 눈에 핏발이 서 있었다. 당장에라도 덤벼들 것만 같은 모습을 애써 못 본 척했다.

나카지마 경부는 휴게실을 쓱 돌아본 뒤 무릎을 굽혀 스미레를 확인했다. 건성으로 하는 듯해도 군더더기 없는 숙련된 모습이었다. 조사가 끝나자, 부하에게 시신을 옮기라고 지시한 뒤 몸을 일으키며 끙, 앓는 소리를 냈다.

"일단 어떻게 된 일인지 그것부터 알아야겠군요. 두 사람은 피해자와 무슨 관계입니까?"

나는 얼른 대답했다.

"전 스미레의 남편입니다. 야나기 마사무네 씨는 하자마가에서 스미레의 시종으로 파견된 사람이고요."

"그럼 당신부터 시작합니다. 이봐, 죠씨. 여기에 취조용으로 쓸 방이 있나?"

"무, 물론입니다. 저쪽에 작은 방이 있습니다!"

죠씨는 하얗게 질린 얼굴로 연신 고개를 끄덕였다. 얼굴은 땀범벅이었다.

멀리서 스미레를 보고 있던 센다 씨가 갑자기 고개를 들었다. 창백한 얼굴 가운데 허무한 눈동자와 마주치자 나는 그만 움찔하고 말았다.

저 여자는 불길하다.

그 생각을 도무지 떨칠 수 없었다.

†

죠씨가 취조용으로 제공한 방은 여관 종업원들이 휴게실로 쓰는 공간 같았다. 나카지마 경부는 탁자 주위로 비품들이 너저분하게 널려 있는 다다미 바닥에 털썩 주저앉았다. 잘 차려입은 제복에 어울리지 않게 무심하고 체통 따윈 없는 태도였다. 그가 탁자 맞은편을 가리켰다. 그 자리는 출입문과는 반대편이었다. 나는 어쩔 수 없이 거기 앉았다.

"하암… 이름은?"

반쯤 하품 섞인 질문으로 심문이 시작되었다.

"하자마 시로입니다."

"죽은 이와의 관계는?"

"남편입니다."

"이곳에는 무슨 일로 온 겁니까?"

"관광입니다. 최근 일이 바빠서 스미레와 함께 뭘 하지 못했고, 그러다가 여러 오해가 쌓이며 관계가 소원해지는 것 같았습니다. 이러면 안 되겠다 싶어 큰맘 먹고 조선 여행을 가자고 권했습니다. 조선 여기저기를 구경하면 좋을 것 같았지요…. 어제 후잔항에 내려 이곳 토라이에 왔습니다. 여기서 며칠 쉬고, 케이조를 구경한 뒤 다른 관광지도 가볼 예정이었어요. 그런데….”

나는 말을 멈추고 말았다. 잠시 기다리던 나카지마 경부가 쯧, 혀를 찼다.

“직업은?”

“의사입니다.”

“의사?”

경부가 되물었다. 나를 주시하던 경부가 작게 중얼거렸다.

“거참, 공교로운 일이군요.”

나카지마 경부가 곧바로 순사를 불렀다. 애송이로밖에 보이지 않는 순사에게 곧장 우리 방을 수색하고 특히 주사기와 청산가리가 있는지 조사하라고 지시했다. 나는 떨리는 손을 진정시키려 애썼다.

순사가 나간 뒤 경부는 당시의 상황을 진술해보라고 했다. 나는 본 그대로를 말했다. 내가 깐 귤을 건네받아 먹은 스미레가 잠시 후 두통을 호소하다가 쓰러졌고, 입에서 청산가리 특유의 냄새가 났다는 이야기를 들은 경부는 다시 혀를 찼다.

"증언을 들으니 당신이 아내를 죽인 것 같은데요."

나는 놀라지 않았다. 경부가 순사에게 내린 지시를 듣는 순간 나를 당장 체포해도 이상하지 않을 거라고 여겼기 때문이다. 하지만 놀라지 않은 것과 몸이 떨려오는 건 다른 일이었다.

대체 이 의심을 어떻게 풀어야 할까?

"청산가리가 귤에 혼입되었다는 것부터 무척 의심스러워요. 귤은 껍질을 벗겨서 먹는 과일이잖습니까? 그러니 청산가리를 겉에 발라봤자 치사량만큼 입에 들어가지는 않아요. 결국 청산가리를 껍질 안에 집어넣어야 하는데, 그러려면 도구가 필요하겠죠. 어떤 도구가 필요할까요? 의사가 갖고 다니는 주사기가 그런 용도로 쓰기 딱좋지 않겠습니까? 공교롭게도 하자마 씨는 의사이고요."

나카지마 경부가 거기서 말을 끊었다. 덜덜 떠는 나를 보며 경부는 태연하게 하품했다.

"의사들은 여행 중에도 간단한 응급용 약품과 도구를 지니고 다니더군요. 하자마 씨가 주사기를 가지고 왔다면 그걸로 청산가리를 귤에 주사하는 게 어렵지 않았을 겁니다. 게다가 하자마 씨는 독극물의 치사량도 당연히 알고 있을 테지요. 만약 내가 당신 입장에서 아내를 죽이려 했다면, 아내 몰래 바구니에 청산가리를 주사한 귤을 넣어둘 겁니다."

나는 겨우 말을 꺼냈다.

"하지만 경부님, 저는 제가 먹으려고 깐 귤을 스미레에게 양보했습니다. 그전에 저도 한 조각 먹었고요."

"그런 위장은 쉽게 할 수 있는 거 아닙니까?"

경부는 품 안을 뒤적거리더니 작은 귤 하나를 꺼냈다. 어디서 들고 온 것인지 알 수 없었지만, 태연스레 귤껍질을 깠다.

"음, 맛있군."

경부가 껍질을 깐 귤 한 조각을 입에 넣어 우물거리며 말했다.

"보세요. 귤은 과육들이 얇은 막으로 감싸여 있지 않습니까? 만약 당신이 귤 한두 조각에만 청산가리를 주사한다면, 주사하지 않은 귤 조각을 하나 먹어 보인 뒤 태연히 아내에게 건넬 수 있겠지요."

얼굴에 땀이 가득 맺혔다.

"만약 제가 그런 계획을 세웠다면, 귤의 어느 조각에 청산가리를 주사했는지 알고 있어야 합니다. 하지만 그건 어렵지 않습니까? 제가 휴게실에서 곧바로 주사를 찌르지 않은 이상에는…."

"…그게 무슨 말입니까?"

"귤은 겉이 매끈하지 않습니까? 주인이 우리 부부에게 무척 신경을 써줘서인지 흠집 없는 귤만 골라서 내왔더군요. 만약 제가 경부님 말처럼 귤에 주사기를 찔렀다면, 제가 찌른 곳이 어디인지를 분간해낼 수도 있어야 하는데, 그게 어떻게 가능합니까?"

경부가 얼굴을 찌푸리더니 귤껍질 여기저기를 살펴보았다. 내가 봐도 귤껍질에는 작고 푸른 꼭지 외에는 그저 노란색만 매끄럽게 반들거릴 뿐, 아무런 흠도 보이지 않았다. 경부는 순사를 불러 귤 하나를 더 가져오게 한 뒤, 그것도 찬찬히 살폈다. 귤을 이리저리 돌려보며 그가 중얼거렸다.

"확실히 그렇군요. 미리 청산가리를 주사한 귤을 가져왔다고 해도, 어디에 주삿바늘을 찔렀는지 알아보기 어렵다, 그게 하자마 씨의 주장이지요?"

"주장이 아니라 사실입니다. 게다가 귤 바구니를 가져온 건 야나기예요. 그렇다면 야나기가 귤에 청산가리를 넣었다고 의심하는 게 맞지 않습니까? 어째서인지 저를 무척 싫어하는 눈치니, 저를 죽이려고 그런 무모한 짓을 했을지도 모릅니다."

나는 덜덜 떨면서 겨우 말을 끝맺었다. 경부의 눈초리에 실린 의심이 사라지지는 않았지만, 고개는 끄덕였다.

"말은 되는군요."

그때 애송이 티를 벗지 못한 순사가 돌아와 잔뜩 긴장한 얼굴로 보고했다.

"남자 가방 안에 상비약과 빈 주사기가 있었습니다."

"청산가리는?"

"없습니다. 쓰레기통에 피해자가 썼던 빈 분통과 귤껍질 따위가 버려져 있을 뿐, 방 안에 수상한 건 없었습니다."

"좀 더 수색해봐. 상비약도 전부 확인해보고. 사카모토 선생에게 도움을 요청해. 선생이 무슨 약인지 알아보겠지."

순사는 경례한 뒤 다시 방을 나갔다.

몇 가지 의례적인 질문이 이어진 뒤 취조가 끝났다. 경부의 의심쩍은 눈빛은 사라지지 않았어도 날 범인이라고 단정 짓지는 않았다. 다행이었다.

"마지막으로 하나만 더 묻죠. 혹시 하자마 후사타로 님과는 무슨 관계입니까?"

아주 잠깐, 친척이라고 거짓말하고픈 충동이 일었다. 하지만 거짓말을 할 수는 없었다. 나는 솔직하게 누구인지 모른다고 말했다. 경부가 고개를 끄덕였으나 무슨 의미인지 알 수는 없었다.

"그러고 보니 이곳 주인이 그 사람과 잘 아는지 제게 묻고 그와 사업적으로 친분을 쌓고 싶다고 말했습니다."

경부가 고개를 갸우뚱했다.

"그거 이상하군요. 스미레장에서 자체적으로 사용할 온정溫井 굴착권을 얻으려 시도했었는데, 그걸 저지한 게 하자마 후사타로 님이었단 말입니다. 그 일로 이곳 주인이 그분에게 큰 원망을 품었다고 알고 있는데요."

나카지마 경부는 바깥에 있는 순사를 불렀다.

"하자마 씨를 휴게실로 모시도록. 그리고 여기 주인을 불러와."

내 심문은 그렇게 끝났다.

†

스미레의 시신은 치워진 뒤였다. 나는 그녀가 죽은 곳을 멍하니 보았다. 겨울의 차가운 바람이 가슴 한가운데를 찌르는 것만 같았다.

조선은 처음 가본다고, 내가 구해온 홍보지들을 보며 들떠 하던 모습이 떠올랐다. 그때 그녀는 설마 조선 땅을 밟은 지 하루 만에 죽을 거라고는 생각하지 못했을 것이다. 오늘은 동지였다. 세상에 가장 어둠이 짙게 드리운

날. 스미레는 어둠에 잡아먹히고 말았다.

내 상념은 성큼성큼 다가온 야나기 때문에 막히고 말았다. 그가 곧장 내 멱살을 잡았다.

"스미레 님을 죽여놓고 뻔뻔하게 돌아왔나!"

급히 달려온 순사가 야나기를 제지했다. 나는 목을 몇 번 쓰다듬으며 헛기침했다.

"그건 내가 할 말이다, 야나기. 네가 가져온 바구니에 청산가리가 든 귤이 있었어. 어떻게 된 거지? 어제는 주인이 직접 바구니를 가져왔어. 그런데 오늘은 왜 네가 들고 온 거야?"

"주인에게 받아왔을 뿐이야!"

"네가 흉계를 꾸미고 일부러 가져온 게 아니고?"

"조용히 해라! 자리에 앉도록!"

순사가 버럭 소리쳤다. 명령에 순순히 따랐다. 나는 야나기와 멀찍이 떨어져 앉았다. 나란히 앉아 있다가는 어떤 일이 더 벌어질지 알 수 없었다.

저편에서 센다 씨가 이쪽을 응시하고 있었다. 나와 눈이 마주치자, 그녀가 고개를 숙였다.

"고인의 명복을 빌겠습니다, 하자마 시로 씨. 반려의 갑작스러운 일에 상심이 크겠습니다."

나는 더듬더듬 대답했다.

"감사합니다…. 솔직히 그저 멍할 뿐입니다. 정말로 일어난 일이라는 실감이 들지 않아서…."

"실감이 들지 않는다고? 네놈이 스미레 님을 죽여놓고?"

야나기의 외침은 순사가 크게 기침하자 멈췄다. 센다 씨가 나직이 말했다.

"하자마 시로 씨, 잠시 이야기를 나눠도 좋겠습니까."

"이야기…요?"

나는 멍하니 되물었다.

센다 씨가 손짓하자 남자 시종이 그녀를 부축했다. 그녀는 절룩거리는 걸음으로 위태롭게 다가왔다. 그녀가 내 옆 빈자리에 앉는 동안 여자 시종은 마시던 커피 잔을 들고 왔다. 휴게실 입구를 지켜선 순사는 그녀의 행동을 제지하지 않고 그저 지켜보고 있었다.

"스미레 씨가 왜 죽었는지 짚이는 데가 있습니까."

센다 씨의 질문은 직설적이었다. 나는 주먹을 꽉 쥔 채 대답했다.

"…스미레는 청산가리로 죽었습니다. 입에서 특유의 냄새가 났어요. 그게 귤 향기와 같이 났으니, 누군가 귤에 청산가리를 넣었던 거겠지요."

"내가 묻는 건 죽음의 직접적인 원인이 아닙니다. 스미레 씨가 죽어야 할 이유, 그것이 알고 싶습니다."

말문이 턱 막혔다. 센다 씨는 내 반응에는 아랑곳하지 않고 나지막하게 중얼거렸다.

"사람이 죽음이라는 허무로 돌아가기까지의 여정을 돌이켜보면 발자취가 선명하게 남아 있습니다. 때로는 발을 잘못 디뎠거나 밟아야 할 방향을 다르게 했기에 죽음과 만나는 이가 있고, 삶과 죽음의 갈림길에서 일부러 죽음을 향해 걷는 이가 있습니다. 하지만 내가 목격한 스미레 씨의 죽음은, 실수로건 의도적으로건 스스로 걸어간 것으로는 보이지 않았습니다. 그녀는 평범한 이들이 가질 법한 걱정과 근심 이상을 품은 걸로는 보이지 않았기에, 죽음을 향해 걸어가기로 결심할 가능성은 낮을 겁니다. 그래서 그분을 죽음으로 가는 길로 던져 넣은 타인의 존재를 의심하고 있습니다."

영문 모를 말을 하는 센다 씨를 보다가 나는 문득 이질감을, 혐오감을, 거부감을 느꼈다. 조선인이라서 그런 게 아니었다. 그녀는 인간이 아닌, 그저 인간을 닮았을 뿐인 다른 존재처럼 보였다. 인간을 그럴듯하게 흉내 내는….

나는 퍼뜩 정신을 차렸다.

"…대체 왜 그런 질문을 하는 겁니까? 탐정 흉내라도 내려는 겁니까?"

어제 스미레가 했던 말이 떠올랐다. 탐정이 가는 곳에 사건이 따라온다.

어쩌면 스미레를 덮친 살의는 센다 씨를 따라 이 온천에 스며든 건지도 모른다. 사람에게 달라붙으려고 꿈틀거리는 시커먼 악의의 그림자를 떠올린 나는 몸을 떨었다. 목소리가 절로 높아지고 말았다.

"센다 씨가 스미레의 죽음을 기이한 사건쯤으로 여기는 것 같으니 분명히 말하지요. 아내의 갑작스러운 변고는 당신이 유희로 즐길 게 아닙니다!"

"나는 스미레 씨의 죽음을 유희로 여긴 적이 단 한순간도 없습니다."

"네?"

"스미레 씨와는 어제와 오늘, 이틀 동안 대화를 나눈 게 전부였습니다. 하지만 그분은 나를 단순한 흥밋거리로 보지 않았습니다. 내가 겪은 일들을 진심으로 경청하고 받아들여주었습니다. 스미레 씨와 대화하며 오랜만에 친구와 이야기하는 기분을 느꼈습니다."

센다 씨의 창백한 얼굴에 잠깐 스친 것은 슬픔처럼 보였다.

149

"짧은 만남이었지만 나는 스미레 씨를 친구로 여겼습니다. 친구의 죽음을 슬퍼하고 진상을 밝히려는 건 자연스러운 행동입니다. 그렇지 않습니까, 하자마 시로 씨."

말이 되지 않았다. 고작 이틀 동안의 교류로 그렇게까지 생각한다니! 하지만 그녀는 정말로 그런 생각을 품은 듯했다. 대체 왜? 나와는 전혀 다른 사고방식을 가진 존재라서?

"감히 스미레 님과 친구인 것처럼 말하지 마! 조선인 주제에! 스미레 님을 죽인 건 이자야! 그런데 왜 이자에게 계속 말을 거는 거지?"

야나기가 불쑥 끼어들었다. 얼굴에 난폭한 분노가 일렁이고 있었다. 평소 나만을 향하던 분노가 스미레의 이름을 언급하는 센다 씨를 겨냥했다. 그의 병적인 집착은 대상을 잃고 폭주하고 있었다. 센다 씨는 전혀 동요하지 않았다.

"야나기 마사무네 씨, 하자마 시로 씨가 스미레 씨를 죽일 이유는 무엇입니까."

"이자가 바람을 피웠기 때문이야! 하자마 가문이 차려준 병원에서, 간호사와 관계를 맺고 스미레 님을 배신했던 게 들켰기 때문이지! 이자는 조선 여행을 빌미로 스미레 님을 죽이려고 기회를 엿보다가 결국 여기서 흉악한 짓을 벌인 거야!"

더는 의심받고 싶지 않았기에 난 급히 끼어들었다.

"스미레는 질투가 심해서 의심도 많았습니다. 얼마 전에도 내가 다른 여자와 바람을 피웠다고 의심했습니다. 괜한 의심을 푸느라 무척 고생했지요."

"의심이 아니라 사실이잖아!"

"나는 스미레에게 조선으로 여행을 가자고 제안했습니다. 좋은 경치를 보며 푹 쉰다면, 날 의심하는 감정적 날카로움이 누그러질 것 같았으니까요."

센다 씨는 반응을 보이지 않았다.

"압니다. 이게 무척 그럴듯한 살해 동기가 될 수 있다는 것을. 하지만 생각해보십시오. 야나기는 내가 스미레를 죽이려 조선에 왔다고 했지만, 굳이 이 먼 곳까지 와야 할 이유가 있을까요? 게다가 내가 스미레를 죽이려는 치밀한 계획을 세웠다고 의심하지만, 스미레가 죽으면 가장 먼저 내가 의심받을 겁니다. 그걸 알면서도 굳이 일을 벌일 이유가 있겠습니까?"

"거짓말하지 마!"

"하자마 시로 씨의 말대로입니다."

야나기가 소리치는 걸 무시하고 센다 씨가 말했다.

"나는 이 사건이 어느 정도는 즉흥적으로 꾸며졌다

고 생각합니다. 범인이 치밀한 계획을 짰다면 흔적도 없이 죽이는 방법을 찾았을 겁니다. 하지만 이 사건은 너무나도 명확하게 타살의 흔적을 남겼습니다. 그러니 하자마시로 씨의 주장은 일견 타당합니다."

"뭐? 조센징! 너, 한패지?"

야나기가 벌떡 일어나는가 싶더니 센다 씨에게 덤벼들었다. 내가 어떻게 해볼 겨를도 없었다. 하지만 센다 씨의 남자 시종이 재빨리 앞을 막아섰다. 야나기가 주먹을 날렸지만 시종이 머리를 살짝 돌려 피하며 그의 팔을 두 손으로 붙잡아 그대로 비틀었다. 야나기가 꼴사나운 비명을 질렀다.

"조용히 해라!"

뒤늦게 순사가 소리쳤다. 남자 시종이 야나기를 의자로 밀쳤다. 억지로 다시 제자리에 앉고 만 야나기가 팔을 만지며 신음을 흘렸다. 그는 더 공격하려는 의지를 잃어버린 듯, 센다 씨를 노려보기만 할 뿐이었다. 우뚝 선 남자 시종과 어느새 센다 씨를 감싸는 자세를 취한 여자 시종이 맞받아 노려보는 시선이 따가웠다. 평소 싸움 실력 좋다고 으스대던 그가 자기보다 작은 남자에게 순식간에 제압당한 걸 멍하니 지켜보다가, 표정 변화조차 없는 센다 씨를 보고서야 겨우 정신을 차렸다.

"당신은 탐정입니까?"

내 물음에 센다 씨는 고개를 저었다.

"아닙니다. 나는 이야기를 듣길 좋아하고 이야기의
진짜 모습을 탐구하길 즐기는 사람일 뿐입니다."

죠씨가 순사에 이끌려 휴게실로 들어왔다. 얼굴이 창
백해진 채 덜덜 떠는 모습이 꼴사나워 보였지만, 동정심이
일기도 했다. 죠씨는 나카지마 경부에게 혹독하게 추궁당
했을 것이다. 조선인이기 때문에 나보다 강도가 훨씬 셌을
거라고, 공포에 잔뜩 물들어버린 모습을 보며 막연하게
짐작할 뿐이었다.

"야나기 마사무네 씨, 따라오시오."

죠씨를 데려온 순사가 말했다. 야나기는 여전히 팔을
감싸쥔 채 자리에서 일어섰다. 그는 나와 센다 씨를 노려
보더니 휴게실을 경계하는 순사에게 말했다.

"저들을 잘 감시하시오. 한편이 되어 스미레 님의 죽
음을 덮을 음모를 꾸밀지 모르니까!"

내가 대꾸할 새도 없이 야나기는 쿵쿵거리는 걸음으
로 휴게실을 나가버렸다. 센다 씨의 시종들도 자기 자리
로 돌아갔다. 아무 일도 없었다는 듯 태연한 태도였다.

죠씨가 멀찍이 놓인 탁자 옆 의자에 주저앉은 채 머
리를 싸맸다. 넋 놓은 표정으로 알아들을 수 없는 말을

중얼거리고 있었다. 거친 조선어는 조선 사람이라도 알아듣지 못할 것 같았다.

희멀건 무언가가 내게 다가왔다. 나는 움찔해서 몸을 뒤로 뺐다. 그것은 센다 씨의 핏기 없는 하얀 손이었다. 그 손이 앞에 놓인 커피 잔을 집었다.

목이 말랐다. 귤 바구니는 이미 경찰이 들고 가버린 뒤였다. 나는 힘없이 중얼거렸다.

"갈증이 나는데 정작 이럴 때 귤이 없군요."

커피 잔을 내려놓으며 센다 씨가 말했다.

"귤 바구니에 손댔다가 증거를 훼손할 수도 있습니다."

"증거를 훼손하다니요?"

"바구니에서 청산가리가 든 귤이 또 나올지 모릅니다. 경찰은 그걸 조사하고 있을 겁니다."

"…잠깐만요, 센다 씨."

나는 그녀의 말이 무엇을 가리키는지를 알아차렸다.

"설마 범인이 노린 건 스미레만이 아니라는 겁니까?"

"만약 바구니에서 청산가리가 든 귤이 더 발견된다면, 그럴 가능성도 무시할 수 없게 됩니다. 범인은 하자마 시로 씨나 야나기 마사무네 씨를 노렸을 수도 있습니다."

정작 무서운 말을 하는 센다 씨의 목소리가 나른하

게 들렸다. 나는 이를 악물었다. 미처 생각해보지 못한 가능성이었다. 꽉 쥔 주먹이 부들부들 떨렸다.

"그렇다면 설마, 범인이 야나기라는 겁니까?"

"그가 범인이라고 생각하는 이유는 무엇입니까."

"야나기는 나를 싫어했습니다. 짐작이지만, 저자는 어릴 적부터 스미레의 시종이었는데, 내가 그녀를 빼앗아 갔다고 여겼습니다. 그래서 내가 불미스러운 누명을 썼을 때 누구보다도 그게 사실임을 밝히려고 애썼지요. 야나기가 조선까지 우리를 따라온 것도, 하자마가에서 파견한 감시인이라는 명분 아래 날 죽일 기회를 찾으려던 것인지도 모릅니다!"

문득 떠오른 생각이 점점 모양을 갖추어갔다. 나는 급히 말을 이었다.

"조금 전 보인 태도도 이상합니다. 저자는 본래 무척 폭력적이지만, 그 모습을 교묘하게 감추어왔어요. 그런 자가 센다 씨에게 울컥해서 폭력을 쓰려고 한 게 이상해요. 어쩌면 일부러 동요한 모습을 보인 건지도 모릅니다. 자신이 범인이 아니라는 걸 보이려고요!"

"그렇다면 그가 어떤 수법을 쓴 것 같습니까."

"야나기가 귤 바구니를 직접 가져왔습니다. 그때 청산가리를 주사한 귤을 넣은 거겠지요. 내가 온천욕을 하는 사이 내 주사기를 써서요. 실제로 그 귤을 내가 집어들었고요! 그게 결과적으로는 스미레를 죽이는 게 되었지만요. 게다가 야나기는 귤을 무척 싫어합니다. 스미레도 나도 그걸 잘 알고 있어서 그에게는 귤을 권하지 않았어요!"

"다르게 생각할 여지도 있습니다. 야나기 마사무네 씨가 귤 바구니를 받았을 때, 이미 귤에 청산가리가 들어 있었을지도 모릅니다."

"아니, 잠깐만요. 그렇다면 여관 주인 죠씨가 범인이라는 겁니까?"

나는 목소리를 겨우 낮추고 질문을 이을 수 있었다. 센다 씨는 나른하게 대답했다.

"그것도 흥미로운 이야기입니다. 하지만 그 경우에는 하자마 씨 부부와 주인 사이에 무슨 일이 있었는지, 주인이 하자마 씨 부부를 살해할 동기가 있는지 알아야 합니다."

저편에서 뭔가 중얼거리는 죠씨는 여전히 넋이 나간 표정이어서 우리 대화에 귀를 기울이는 걸로 보이지 않았다. 나는 그의 눈치를 살피며 말했다.

"죠씨와 만난 건 후잔항에서였습니다. 처음에는 그가 운전사인 줄 알았는데⋯."

정신을 차려보니, 어느새 어제부터 오늘까지 있었던 일을 죽 말하고 있었다. 왜 센다 씨에게 이런 이야기를 하는 것인지 알 수 없었다. 뭔가에 홀린 듯한 기분이었다.

"…그러고 보니 취조 말미에, 하자마 후사타로라는 이름이 죠씨와 함께 언급되었어요. 온정을 뚫는 허가 문제로 이권 다툼이 있었고, 주인이 하자마에게 원한을 품게 됐다고 경부가 말했습니다."

머릿속에서 새롭게 떠오르는 것들이 있었다. 나는 급히 말했다.

"잠깐만요, 청산가리의 출처를 알 것 같습니다. 이 여관에서 쓰는 쥐약 성분을 조사해봐야 합니다. 얼른 경부에게 알려야 해요!"

흥분한 나와 달리 센다 씨는 표정의 변화가 없었다.

"쥐약이라고 했습니까."

"청산가리는 독이라서 일반적으로 상비할 물건이 아닙니다. 하지만 여관에서는 위생을 위해 쥐약을 쓸 테고, 쥐약에 청산가리 성분을 쓰는 경우가 많지요!"

"쥐약이 청산가리가 아닐 수도 있습니다."

"그렇다면 근방 약국을 조사해야겠지요. 아…. 후잔항 근처의 약국도 조사해봐야 할지 모릅니다. 죠씨가 의심을 피하려고, 일부러 우리를 마중 나왔을 때 그곳 약국에서 청산가리를 샀을지도 모르니까요!"

센다 씨는 고개를 끄덕였다.

"하자마 시로 씨는 탐정의 소질이 있는 듯합니다."

스미레의 정탐소설 취향에 맞추려고 노력한 결과입니다, 그렇게 대꾸하고 싶었다. 센다 씨는 커피 잔을 들어 커피를 홀짝인 뒤 무언가를 골똘히 생각했다.

"만약 경찰이 그 의견을 긍정적으로 듣는다면, 청산가리를 찾기 위해 여관 전체를 수색하게 될 겁니다. 그렇게 되면, 어쩌면⋯."

그녀가 나지막하게 중얼거렸다. 뭘 생각하는지 물어보고 싶었지만 입을 뗄 수 없었다. 잔을 내려다보며 고민하는 그녀의 모습은 내가 뭐라고 해도 듣지 못할 것처럼 보였다. 마치 다른 세상에 가 있는 사람 같았다.

"하자마 시로 씨의 이야기는 흥미롭습니다."

이어진 중얼거림에 나는 정신을 차렸다.

"그래서 묻고 싶은 게 있습니다. 스미레장에 묵으면서 무언가 이상하게 여긴 게 있다면 이야기해주십시오. 옛 친구가 '이상한 것은 이상해야 할 이유가 있기에 이상해 보이는 것이다'라는 말을 종종 했었습니다. 하자마 시로 씨가 이상하게 여긴 것들을 돌아보고 이유를 짐작해본다면 진범이 명확히 드러나는 이야기를 만들어낼 수도 있을 겁니다."

나는 곧바로 말했다.

"솔직히 말하자면, 여기서 내가 가장 이상하게 본 건 센다 씨, 당신입니다."

센다 씨는 꼼짝도 하지 않았다. 놀란 기색조차 보이지 않는 것은 조금 뜻밖이었다. 나는 재차 말했다.

"센다 씨가 스미레와 어울리는 모습이 무척 이상해 보였어요. 게다가 야나기가 당신의 뒷조사를 했더군요. 센다 씨, 당신은 조선인이지요?"

"그렇습니다."

그녀가 곧바로 인정했다. 김이 빠졌지만 어쨌든 말을 이었다.

"처음 보는 내지인이 계속 귀찮게 구는 게 무척 신경 쓰였겠지요? 조선인들이 내지인에게 반감을 품고 있다는 건 나도 압니다. 조선이 일본의 땅이 된 지 오래지만, 조선인들은 아직도 인정하지 못한다면서요?"

그녀는 아무 말이 없었다.

"센다 씨는 굴에 청산가리를 넣을 도구도 가지고 있을지 모릅니다. 센다 씨의 몸에 남은 화상 흔적을 보면 아직도 후유증으로 큰 고통을 느끼고 있겠지요. 어떻습니까?"

나는 이어진 침묵을 긍정으로 받아들였다.

"고통을 다스리려면 무척 강한 약이 필요할 겁니다. 그게 내복약일지 주사제일지는 모르겠지만 센다 씨가 주사기를 가지고 있을 가능성은 분명히 있습니다. 센다 씨가 귤에 청산가리를 주사한 뒤, 시종을 시켜 귤 바구니 사이에 섞었을 수도 있어요. 독이 든 귤을 내가 먹을지 스미레가 먹을지는 알 수 없지만, 어느 쪽이라 해도 스미레가 당신에게 들러붙는 건 멈출 겁니다. 어떻습니까?"

"그 또한 그럴듯한 이야기입니다."

대답이 곧바로 나왔다. 자신을 범인으로 의심하는 말을 듣고도 그녀의 반응은 희미했다. 놀랄 기력조차 없는 듯한 무기력함은 결백한 이의 모습으로도, 범인의 모습으로도 보였다.

"즉 하자마 시로 씨가 보기에는 귤에 청산가리를 넣은 건 본인이나 스미레 씨 중 누구라도 해치려는 목적 때문이고, 야나기 마사무네 씨와 여관 주인 정씨 그리고 나를 유력한 용의자로 여기고 있다고 정리하면 되겠습니까."

"그렇습니다."

나는 고개를 끄덕였다.

"감사합니다. 도움이 되었습니다."

그렇게 말하며 센다 씨가 처음으로 미소를 지었다.

창백한 미소를 본 순간, 갑자기 소름이 끼쳤다. 무언가 잘못되었다는 불길한 예감이 들었다. 하지만 대체 무엇이 잘못된 건지는 도통 알 수 없었다.

발소리가 들렸다. 야나기가 휴게실 문 앞에 나타났다. 시뻘건 얼굴은 여전히 분노로 가득 차 있었다. 나를 노려보는 핏발 선 눈을 피하고 싶었다.

"센다 아카네 양, 따라오시오."

순사가 무뚝뚝하게 말했다. 센다 씨는 남자 시종을 불러 귓속말을 건넨 뒤 여자 시종의 부축을 받아 몸을 일으켰다.

걸음을 옮기려던 그녀가 돌연 위태롭게 휘청거리더니 힘없이 주저앉고 말았다. 나는 자리에서 벌떡 일어났다. 공교롭게도 그녀가 주저앉은 곳은 스미레가 쓰러진 곳이었다. 마치 죽은 스미레의 혼령이 발목을 붙들기라도 한 것처럼, 그 자리에 깔린 죽음의 기운에 발을 헛디디기라도 한 것처럼.

"괜찮습니다…. 어지럼증이 왔을 뿐입니다…."

센다 씨가 나직이 중얼거렸다. 바닥을 짚을 수 있어서 겨우 쓰러지지 않았을 뿐, 스미레처럼 그곳에 쓰러진 채 의식을 잃었을지도 모를 일이었다. 시종의 부축으로 겨우 몸을 일으킨 그녀가 휴게실에서 나간 뒤에도, 나는 그쪽을 계속 지켜보고 있었다.

†

센다 씨의 취조는 생각보다 오래 걸렸다.

나와 야나기, 남자 시종만이 휴게실에 남아 있었다. 분위기는 살벌했다. 야나기는 나와 남자 시종 양쪽을 노려보며 거친 숨소리로 분노를 드러냈다. 남자 시종은 야나기에게는 신경조차 쓰지 않는 태도로 그의 화를 더욱 돋웠다. 자리를 떠나는 건 허용되지 않았다. 화장실조차 순사가 동행해야 한다는 말을 듣고 나는 한숨을 쉬었다.

밖에서 분주한 발소리가 연신 들렸다. 발소리만으로는 이 일이 언제 끝날지 알 수 없었다. 불안함과 초조함이 커져만 갔다.

조명이 켜졌다. 노랗게 빛나는 백열등이 어둠을 떨쳐내듯 빛났다. 그 빛과 함께 센다 씨가 돌아왔다. 창백한 얼굴에 홍조가 떠올라 있었다. 홍조의 이유는 알 수 없었지만, 어쩌면 취조를 받으며 느낀 정신적 압박 탓인지도 몰랐다.

그녀를 부축하는 금발 여자 옆으로 나카지마 경부가 따라왔다. 그새 구김이 간 경찰 제복은 피로해 보이는 얼굴과 좀 더 어울리는 모습이 되어 있었다.

관찰은 나카지마 경부의 말 때문에 중단되었다.

"하자마 시로 씨, 같이 갑시다."

경부는 피곤한 얼굴로 순사들에게 손짓했다.

"하자마 스미레 씨를 살해한 혐의입니다."

나는 이를 악물었다. 각오하던 말이었다. 궁지에서 벗어날 길은 아직도 막연했다.

야나기의 얼굴에 떠오른 미소가 보였다. 분노와 쾌감이 섞인, 기묘하게 일그러진 미소였다.

1928년 12월 23일, 일요일

토라이 경찰서의 유치장에서 끌려 나와 취조실에서 나카지마 경부를 다시 대면한 건 점심을 훌쩍 넘긴 늦은 오후였다. 나는 이미 지칠 대로 지쳐 있었다.

"억울합니다! 나는 결백합니다!"

나는 나카지마 경부를 보자마자 크게 소리쳤다. 경부는 하품했다. 정말로 피로한 건지, 아니면 이런 말을 자주 들어서 그런 건지 알 수 없었다.

"굴에 청산가리를 넣은 건 내가 아닙니다! 누군가 굴에 청산가리를 넣고 스미레를 죽이려 한 거예요! 어쩌면 나를 죽이려 한 건지도 모르고요!"

"하자마 씨를 죽이려 했다고요?"

경부가 심드렁하게 되물었다. 나는 어제 센다 씨와 나눈 대화를 되새기며 외쳤다.

"나는 우연히 청산가리가 들어 있지 않은 귤 조각을 먹고 살아남은 것뿐입니다! 만약 다른 조각을 먹었다면 죽은 건 나겠지요! 그런 일이 벌어진다면 경부님은 스미레에게 왜 남편을 죽였냐고 다그칠 겁니까?"

"죄 없는 사람에게 그렇게 하면 안 되지요."

"그런데 왜 이러시는 겁니까? 나는 의사니 여행할 때도 상비약을 챙기는 건 당연해요. 하지만 상비약으로 청산가리를 들고 오지는 않았어요! 짐을 조사해보세요! 설마 아직도 조사 중인 겁니까?"

"아, 조사는 다 끝났습니다. 하자마 씨의 말대로, 본인 가방 안에는 먹는 약과 주사제 병 몇 개, 주사기 하나만 있더군요. 모두 청산가리와 무관하다는 걸 사카모토 씨가 확인했고요."

갑자기 나카지마 경부가 제복 주머니에 손을 넣었다. 거기서 나온 건 귤이었다. 나는 멍하니 그 귤을 보았다. 갑자기 저게 왜 나온 걸까?

귤을 만지작거리며 경부가 중얼거렸다.

"그런데 꽤 재미있는 이야기를 들었습니다. 하자마 씨, 내연 관계인 분이 있지요? 야나기 씨가 그리 증언하기에 본토에 연락해 확인해보았어요. 거짓말은 아니더군요. 몇 달 전 간호사와 부적절한 관계를 맺다가 부인에게 들켜서 곤욕을 치렀다지요?"

"그건…"

내 반응을 보지도 않은 채 경부는 말을 이었다.

"그 일이 있고 곧바로 조선 여행을 떠난 거지요. 화해를 위한 여행이었습니까, 아니면 이별을 위한 여행이었습니까? 영원한 이별로 귀찮고 성가시지만 차마 떼어놓기 망설여지는 아내를 합법적으로 없애려고 온 게 아니었나요? 하자마 시로 씨는 데릴사위라면서요? 아내의 가문이 위세가 좋아서 원래 성을 버리고 그리로 들어갔다던데요. 그러니 아내와 쉽게 이혼할 수는 없었겠지요. 여태 누리던 걸 포기해야 하니까요."

나는 이를 악물었다. 경부는 내게 불리하게 작용할 이야기를 너무 많이 알고 있었다. 하지만 범인으로 몰리는 걸 가만히 두고 볼 수는 없었다.

"다 내가 어제 말한 것 아닙니까? 제가 간호사와 잠깐 그런 관계를 맺은 것까지 말할 필요는 없었지만, 그래도 나머지는 솔직히 말했어요."

"그렇지요. 필요한 만큼의 이야기는 들려주었지요."

나는 얼른 내가 떠올린 생각들을 말했다. 어제 센다 씨 앞에서도 했던 이야기라서 훨씬 매끄럽게 제시할 수 있었다. 야나기가 날 죽이려고 바구니에 청산가리가 든 귤을 집어넣었을 가능성, 죠씨가 하자마가에 원한을 품고 나와 스미레를 살해하려 했을 가능성, 센다 씨가 스미레의 입을 다물게 하려는 목적으로 살인을 저질렀을 가능성. 내가 열거한 가능성을 들으며 경부는 귤에 코를 대고 킁킁, 냄새를 맡았다. 까닭 모를 행동에 나는 더욱 초조함을 느꼈다.

"그런데요, 하자마 씨. 거짓말을 잘하는 방법이 뭔지 압니까?"

경부는 갑자기 이상한 말을 꺼냈다.

"거짓말이라는 게 말이죠, 있었던 일을 없었다고 반대로 말하는 것만이 전부가 아니에요. 있었던 일을 다 말하지 않는 것 또한 꽤 훌륭한 거짓을 만들거든요. 듣는 사람의 오해를 불러일으키는 아주 그럴듯한 방법이지요."

나를 보지 않은 채 나카지마 경부는 계속 중얼거렸다.

"하자마 씨가 한 이야기들은 어딘가 하나씩 빠져 있는 것들이었습니다. 가령 조금 전 본인의 짐을 조사해보라고 했지요? 그런데 이상하게도, 아내 스미레 씨의 짐을 조사해보라고는 하지 않았어요."

"당연하지 않습니까? 스미레가 자기를 죽인 독을 들고 올 리 없으니까요!"

"하지만 하자마 씨가 내놓은 가설들 모두 본인이 청산가리를 먹었을 수도 있었다는 가정을 담고 있었죠. 그렇다면 스미레 씨가 하자마 씨를 죽이려 했을 수도 있지 않나요?"

"…네?"

"나는 그게 더 있었을 법한 일처럼 보입니다. 초면인 죠씨나 센다 아카네 양이 당신을 죽이려 했다는 것보다는 바람피우는 남편을 죽이려고 아내가 독을 가지고 왔다는 것이요. 하지만 하자마 씨는 아내가 범인일 가능성은 전혀 생각하지 않는군요. 어째서지요?"

숨이 턱 막혔다. 경부가 하품했다. 그 모습이 이제 더는 허술하게 보이지 않았다.

"하자마 씨의 방을 수색하니 재미있는 물건이 나왔어요. 텅 빈 분통이 쓰레기통에 들어 있더군요."

"그건… 스미레가 분을 다 써서 버린 거겠죠."

"센다 아카네 양의 의견은 다르더군요."

갑자기 나온 이름에 등골이 오싹해졌다. 경부는 귤을 만지작거리며 말을 이었다.

"조선에 갓 도착했는데 분이 다 떨어진 게 이상하지 않느냐는 의견이었습니다. 여자들은 긴 여행을 가게 되면 화장품을 새것이나 가득 든 걸로 지참하는 게 일반적이라는 겁니다. 아, 왜 갑자기 센다 양 이름이 나오는지 궁금하지요?"

나카지마 경부가 고개를 들어 나를 응시했다. 식은 땀이 흘렀다.

"처음 센다 양을 불렀을 때는 단순히 목격 진술을 듣기 위해서였습니다. 그런데 센다 양이 진술을 마친 뒤, 흥미로운 추론을 꺼내지 뭡니까? 수사에 민간인이 개입하는 게 싫어서 처음에는 그녀의 추론을 반박했지요. 그러다 하자마 씨의 방을 수색한 이야기를 했더니 센다 양이 빈 분통이 버려진 게 이상하다면서 좀 전의 의견을 제시하더란 말입니다. 통 안에 정말로 분이 들어 있었는지 확인해달라고 하더군요. 그랬더니 분통 안에서는 아무것도 검출되지 않았어요."

"그것 보십시오! 센다 씨의 추측이 틀렸다는 거잖습니까!"

"내가 말한 '아무것도'는 '청산가리가 없었다'는 뜻이 아니라, '안에 있었어야 할 분가루조차 없었다'는 뜻입니다. 이상하지 않습니까? 분을 다 쓰고 버렸다면 미세한 분가루는 남아 있어야 하는데 말이에요. 더 웃기는 게 뭔 줄 압니까? 분통에서는 지문조차 나오지 않았어요. 스미레 씨의 지문조차요."

나는 마른침을 삼켰다.

"그래서 혹시나 해서 분 뚜껑을 조사했더니, 이럴 수가! 거기에 극미량의 청산가리가 묻어 있더란 말입니다."

나는 꼼짝도 할 수 없었다. 나카지마 경부가 나를 보며 씩 웃었다.

"하자마 씨, 아내의 빈 분통에 청산가리를 넣어서 가져온 거죠? 청산가리를 사용한 뒤, 빈 통은 깨끗이 씻어다 쓴 것처럼 버렸고요. 이왕 씻는 김에 뚜껑도 꼼꼼하게 씻지 그러셨습니까? 조사해보니까 주사기도 깨끗했지만, 며칠 동안 한 번도 쓴 적이 없었을 주사기에 약간이지만 물기가 남아 있었어요."

나는 벌떡 일어났다.

"이건 음모입니다! 뭐, 뭔가 잘못된 겁니다! 주사기는 분명 범인이 나 몰래 꺼내서…."

금방이라도 쓰러질 것만 같은 어지러움이 일어서 말을 끝맺을 수 없었다. 나카지마 경부는 그저 하품만 길게 할 뿐이었다.

"센다 양의 의견은 이랬습니다. 하자마 씨는 본토를

떠날 때부터 여행 도중 틈을 봐서 하자마 스미레 씨를 죽이려는 마음을 품고 있었다고요. 그래서 아내가 버린 분통을 하나 챙겨 거기에 청산가리를 담아왔지요. 기회는 뜻밖에 금방 찾아왔습니다. 조선에 도착한 첫날, 스미레 장에서 귤을 대접받는 순간 그럴듯한 수법을 떠올린 겁니다. 하자마 씨는 아내가 온천욕을 하는 사이 청산가리를 귤에 주사했습니다. 주사기와 분통을 씻은 뒤, 주사기는 다시 가방에 넣고 분통은 쓰레기통에 버렸지요. 휴게실에서 기다리다 스미레 씨가 돌아올 때에 맞춰 대담하게 청산가리를 주사한 귤을 직접 깠습니다. 당신은 주사하지 않은 쪽을 한입 먹은 뒤, 나머지를 스미레 씨에게 건넸습니다. 아내가 음식 남기는 걸 싫어하니 건넨 귤을 먹을 거라는 확신이 있었겠지요. 남은 귤을 야나기 씨가 먹을 걱정도 없었을 겁니다. 야나기 씨는 귤을 무척 싫어한다고 하니까요."

몸의 떨림이 점점 커졌다.

"그런데 왜 당신은 자신이 범인으로 몰릴 게 뻔한데 그런 위험한 짓을 했을까요? 센다 양의 의견에 따르면, 남편을 의심하던 아내가 죽으면 당연히 남편에게 가장 먼저 혐의가 가지만, 혐의를 벗는다면 그 뒤로 남편은 '누가 나에게 일부러 누명을 씌우려 했다!'고 당당히 외칠 수 있게 된다는 겁니다. 즉 시로 씨는 자신도 아슬아슬하게 죽음을 피한 것뿐이라고 주장하며 다른 사람에게 혐의를 돌리려 했던 거지요. 그렇다면 왜 굳이 조선에서 그런 짓을 벌인 걸까요? 하자마 씨, 혹시 당신은 조선 땅의 경찰이 내지 경찰보다 수준이 떨어질 거라고 생각했습니까? 이곳에서는 범행을 들킬 위험이 낮을 것 같았나요? 이거 참 안타깝군요. 적어도 나는 당신이 생각하는 멍청한 경찰은 아니었던 모양이니까요."

나카지마 경부의 눈이 매서워졌다. 나는 급히 반박했다.

"하지만 어제도 말씀드렸잖습니까? 귤에 주사를 놓았다고 해도, 어디에 놓았는지 알 수는 없다고요. 게다가 미리 귤에 청산가리를 주입해서 들고 갔다고 한다면, 더욱 알기 어려울 겁니다. 계속 귤을 잡고 있었다고 해도 여차하면 주사한 위치를 까먹을 겁니다. 하물며 품에 품었다가 다시 꺼냈다면 더더욱 그렇고요!"

이제 내가 매달릴 것은 그것밖에 없었다. 그새 목소리가 갈라져 있었다. 목이 타는 듯 말랐다.

"하지만 표식이 있었다면?"

나카지마 경부가 심드렁하게 꺼낸 말에 나는 충격을 받았다. 경부는 만지작거리던 귤을 취조실 탁자에 내려놓았다.

"이 귤 보십시오. 참 예쁘지요? 아직도 참 싱싱해 보이네요. 특히 여기, 꼭지에 이파리가 달려 있어서 더 그렇게 보이는군요. 참 이상하지 않습니까? 이 이파리, 마치 화살표처럼 보인단 말입니다. 무언가를 가리키는 것처럼. 가령 이파리 끝이 가리키는 방향에 청산가리를 주사하면 어떨까요? 그다음에 그곳과는 정반대 위치의 귤을 보란 듯이 먹는 거죠. 마치 귤 전체가 무해하다는 듯이."

머리가 멍해졌다. 귤 꼭지에 달린 이파리를 손가락으로 툭툭 건드리며 경부가 무심하게 말을 이었다.

"그런데 휴게실을 조사했더니 공교롭게도 스미레 씨가 먹은 귤의 껍질에 이파리가 붙어 있더라고요."

"그럴 리가! 난 분명 이파리를 떼어냈…."

나는 급히 입을 다물었다. 하지만 이미 말이 새어나온 뒤였다. 나카지마 경부의 표정이 딱딱해졌다.

"맞습니다. 당신 말대로 이파리는 떼어져 있었습니다. 센다 양이 그걸 발견했어요. 시신이 있던 곳 옆에 떨어져 있었다고 하더군요. 평소 늘 깨끗이 청소된 바닥에 귤이파리가 떨어져 있는 게 이상했다던가요."

나는 그제야 센다 씨가 스미레가 죽은 자리에서 넘어진 이유를 알아차렸다. 그 여자는 거기에 떨어진 귤 이파리를 발견하고 일부러 넘어진 척했던 거였다. 내가 계속 품고 있던 귤에서 떼어낸 이파리를 확인해보려고…….

"하자마 시로 씨. 이제 슬슬 자백하는 게 어떨까요?"

나카지마 경부가 이죽거렸다.

나는 의자에 털썩 주저앉았다. 더는 다리에 힘이 들어가지 않았다.

여행 도중에 적당히 틈을 노려 스미레를 죽일 생각은 있었다. 하지만 어떻게 죽일지, 방법은 정하지 못했다. 빈 분통을 몰래 챙겨 거기 청산가리를 담아서 가져온 것도 만약을 생각해서였다.

그러다 죠씨가 목련실로 가져온 귤 하나에 이파리가 달린 걸 본 순간 계획을 떠올렸다. 계획대로 일이 풀린다면 내가 의심받아도 의심이 사실로 입증되기는 어려울 터였고, 확실한 증거가 나오지 않는다면 경찰은 여관에 있던 다른 사람을 의심하고 그들을 추궁하게 될 터였다. 흐름을 잘 타게 된다면 꼴도 보기 싫은 야나기나 스미레장의 주인 죠씨, 혹은 창백한 얼굴의 센다 씨를 범인으로 몰아갈 수도 있었다. 그들이 범인으로 의심받고 추궁을 받는 동안 나는 아내의 죽음을 마주한 것으로도 모자라 범인으로 의심받기까지 한 불쌍한 남편을 연기하면 될 줄 알았다.

모든 게 허무하게 끝났다. 조선 여행도, 내 앞날도, 모두.

문득 나를 보던 센다 씨의 공허한 눈빛이 떠올랐다. 그 눈이 응시하던 걸 이제야 알 수 있었다. 그녀는 내가 마음속에 품고 있던 살의를 보고 있던 거였다. 마음을 읽는 요괴 사토리처럼.

아득해지는 머리를 부여잡고 중얼거렸다.

"그 여자, 인간이 아니야…. 분명히 요괴야. 요괴라고…."

1928년 12월 24일, 월요일

제비꽃 여관, 일본어로는 스미레장이라고 부르는 우리 여관에 묵었던 손님 중 세 명이 어제 이곳에서 나갔다. 한 명은 싸늘한 주검이 되어, 한 명은 그 사람을 죽인 범인으로 체포되어, 그리고 나머지 한 명은 그 일을 알리기 위해 내지로 돌아갔다. 남은 손님 세 명도 오늘 아침, 예정된 일정보다 하루 이르게 여관을 떠나게 되었다. 그 점이 못내 미안했다. 나는 센다 아카네, 조선 이름으로는 천연주 양에게 정중히 고개를 숙였다.

"죄송합니다. 뜻하지 않은 소란 때문에 편히 쉬시지

도 못했으니….”

“괜찮습니다, 정 선생님. 오히려 예약된 날짜보다 하루 빠르게 떠나게 되어 죄송합니다. 하루치 숙박비는 제하지 않고 모두 지불하겠습니다.”

연주 양의 조선어는 부산에서 들을 수 없는 경성 특유의 매끈하고 단조로운 말투였다. 나는 얼른 경성 사람들의 말투를 흉내 내어 대답했다.

“아닙니다. 오히려 제가 더 미안할 따름입니다.”

솔직히 그랬다. 병약한 아가씨가 경성에서 동래까지 먼 길을 왔는데, 온천에서 제대로 쉬지도 못하고 흉흉한 살인사건에 말려들었으니…. 아무리 추위를 막기 위해서라지만, 흑록색 드레스를 덮은 담비털 코트에 짓눌린 듯한 모습은 여간 안쓰러워 보이는 게 아니었다.

내가 연주 양에게 느끼는 감정은 미안함만은 아니었다.

“그리고 정말로 고맙습니다.”

“고맙다고 하셨습니까.”

연주 양의 의아해하는 표정을 보며 나는 얼른 말했다.

“사건이 빠르게 해결된 게 센다 님 덕분이라고 들었습니다. 실은… 이 사건을 담당하신 나카지마 경부님이 우리 여관 온천물을 좋아하셔서 종종 목욕하러 들르십니다. 이번 일의 자초지종도 경부님께 들었습니다. 센다 님이 경부님께 적절하게 조언해준 덕분에 경찰이 여관 전체를 샅샅이 뒤지기 전에 해결될 수 있었다고요."

연주 양은 나직이 아, 소리를 냈다. 그녀의 창백한 얼굴에 미세하게 표정 변화가 있었다. 무언가를 알아차렸다는 표정이었다.

"누구에게나 숨기고 싶은 비밀은 있는 법입니다."

"무슨 말씀이신지요?"

"경찰이 스미레 씨의 방과 휴게실을 수색하는 건 어쩔 수 없는 일입니다. 그걸로 범인이 특정되지 못한다면 저와 정 선생님도 용의자로 의심을 받아 스미레장 전체가 수색 대상이 될 겁니다. 저는 제가 가져온 여러 가지 것들, 가령 아픔을 잊으려 복용하는 특수한 성분의 약 때문에 곤란한 일을 겪을지도 몰라, 수색이 확대되기 전에 짐작한 진상을 경찰에게 말했습니다. 돌이켜보면 경찰에게 들키면 안 될 것을 감추고 있는 건 정 선생님도 마찬가지인 듯합니다."

나는 그만 굳어져버렸다.

"예약 당시 제가 여관을 혼자 쓰겠다고 요청한 걸 잊지 않으셨을 겁니다. 그런데도 정 선생님이 하자마 씨 부부를 숙박시킨 게 이상했습니다. 다른 손님들이 더 숙박했다면 그저 겨울에 손님을 여럿 받고 싶어서라고 여겼을 겁니다. 하지만 온천장 거리는 여행객으로 번잡했지만 이 여관에는 하자마 씨 부부 말고는 손님이 없었습니다. 그러다가 정 선생님이 하자마 후사타로라는 사람과의 관계를 하자마 씨 부부에게 물었다는 이야기를 들었습니다."

겨울바람이 얼굴을 때렸다. 섬뜩한 차가움이 온몸을 감쌌다. 아직 그녀의 말은 끊어지지 않았다.

"하자마 후사타로 씨는 부산의 정치와 경제를 좌우하는 거물이라고 들었습니다. 저는 정 선생님이 그런 거물과 가까워질 좋은 기회라 여겨, 친인척일지도 모를 하자마 씨 부부를 어떻게든 스미레장에 묵게 한 거라는 가설을 먼저 떠올렸습니다. 그러다 제가 조선에서 내로라하는 부호의 딸이라는 걸 다시금 되새겼습니다."

"대체 무슨 소리를 하시는 건지…."

"정 선생님이 하자마 시로 씨에게 동래온천의 공중욕탕과 연계하여 숙박업을 확장하는 데 투자받고 싶어 했다고 말했다는 걸 나카지마 경부님에게 들었습니다. 저는 그런 투자 제안을 단 한 번도 듣지 못했습니다. 저 역시 투자를 권유받을 만한 사람이었는데도 말입니다. 그래서 투자 외의 다른 목적, 하자마 후사타로 씨와 가까워져야 알 수 있는 것을 얻을 목적으로 하자마 부부에게 접근한 거라고 짐작해보았습니다. 그것이 무엇인지 굳이 알 필요는 없지만, 경찰이 찾아낸다면 신변에 달갑지 않은 일이 생길 만한 것이라고 짚어보았습니다."

연주 양의 말이 뚝 멈췄다. 뒤에 할 말이 더 있는 게 분명했지만, 그녀는 몸을 돌렸다. 문득 어제저녁 나카지마 경부에게 들은 말이 떠올랐다.

'시로라는 자, 완전히 넋이 나가서 중얼거리더군. 센다 아카네는 사람이 아니라고, 요괴 사토리라고 말이야. 죠씨, 사토리가 뭔지 아나? 사람의 속마음을 들여다보고 읽어내는 요괴야. 웃기지 않나? 범인에게 명탐정은 마치 요괴처럼 보이나 봐.'

"혹 알고 계시는 게 있다면, 제발 부탁입니다. 꼭 비밀로 해주십시오."

외국인 시종의 부축을 받아 고급 자동차에 올라타는 그녀에게 나는 간신히 말했다.

"저는 그저 이야기를 만들어보았을 뿐입니다. 방금 들려드린 이야기가 사실인지 알 방법은 없습니다. 그렇기에 그걸 자랑스레 말하고 다닐 이유도 없습니다."

나는 두려웠다. 연주 양은 어쩌면 내가 그저 여관 사업에 욕심내는 사람으로 위장하고 있을 뿐이라는 걸, 백산 선생*과의 은밀한 연줄을 백산상회가 망한 지금까지도 이어오고 있다는 걸, 그리고 상해 임시정부에 일본의 동향을 전할 목적으로 하자마 후사타로에게 접촉하려 했다는 걸 눈치챘는지도 모른다.

사토리.

나는 낯선 일본 요괴의 이름을 떠올렸다. 정말로 탐정이란 마음을 들여다보는 요괴 같은 존재인지도 모른다. 속마음을 꼭꼭 숨기고 살아야만 하는 이런 세상에서는 정말 달갑지 않은 존재였다.

센다 씨의 차가 온천장 도로를 달려 나갔다. 나는 멍하니 차가 사라지는 걸 지켜보았다. 부디 센다 씨가 무사히 돌아가기를, 그리고 다시는 여기에 오지 않기를 속으로 바랐다.

"손님은 갔십니꺼?"

여관 문이 열리고 아들이 물었다. 나는 고개를 끄덕였다.

"그라믄 오늘은 손님 더 없는 거지예?"

"뭐라카노. 손님이 언제 갑자기 들이닥칠란가 모른다. 니는 얼른 청소나 마저 해라!"

나는 일부러 목소리를 높였다. 아들은 투덜거리면서

---

* 독립운동가 안희제(安熙濟, 1885~1943)를 가리킨다. 백산(白山)은 그의 호다.

머리를 벅벅 긁었다.

"아부지, 내일 예약한 손님, 으데서 주무십니꺼?"

"어데, 함 보자. 하이고, 일단 오늘 중으로 전부 다 청소해야 한다. 방이 전부 다 예약 잡히가 있다. 내일은 엄청 바쁠 끼구마."

"하이고야, 참말로. 내일도 또 이래 이상한 일 벌어지믄 골치 아플 낀데예."

"뭐라카노, 재수 없는 소리 집어치아라."

탐정이 범인과 함께 여관에 숙박하는 그런 끔찍한 일이 또 일어날 리는 없다고, 나는 속으로 중얼거렸다.

마담 흑조는 감춰진 마음의 이야기를 듣는다

마담 흑조는 지나간
흔적의 이야기를
듣는다

부산역, 장수통 일대 지도

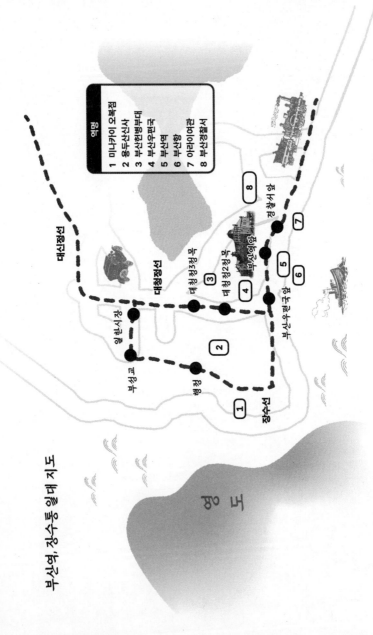

범례

1 마리아나마루
2 용두산신사
3 부산헌병파출대
4 부산우편국
5 부산항
6 부산항
7 아라이여관
8 부산경찰서

대신정선

대청정선

대청정2정목

대청정정목

부성교

일한시장

행정

장수선

부산우편국

청정서 앞

절영도

1928년 12월 24일, 월요일

오전 11시, 채상미

상미는 우뚝 멈춰 섰다. 저 앞에 회색 중절모 쓴 남자가
보였다.

검은 외투와 갈색 목도리 차림의 남자는 신문을 펼친
채 우두커니 서 있었다. 상미는 떨리는 손을 핸드백으로
감춘 채 남자를 주시했다. 회색 중절모의 장식 띠에는 아
무것도 꽂혀 있지 않았다.

저 사람은 아니겠지.

상미는 다시 걸음을 옮겼다.

부산우편국에서 뜻밖에 시간을 많이 썼다. 숙소인 아
라이여관荒井旅館에서 우편국까지는 걸어서 10분이면 충분
히 닿을 거리였기에, 여관을 나설 때만 해도 어제처럼 금
방 다녀올 수 있다고 생각했다. 하지만 부산항과 부산역
이 있는 대창정大倉町에 갑자기 불어난 사람을 고려하지
않은 게 실수였다. 게다가 부산우편국은 부산의 최대 번
화가인 장수통長手通과도 맞닿아 있었다. 그 탓에 수많은
사람 사이에서 전보 부칠 차례를 기다리는 데 너무 많은
시간을 버리고 말았다.

크리스마스이브를 맞아 주변 도로에 들뜬 분위기가 아른거렸다. 가볍고 둥실거리는 공기가 칼날 같은 바닷바람과 비릿한 짠 내와 섞여 퍼져나갔다. 멀리서 뱃고동 소리가 한가롭게 울렸다. 갈매기는 유유히 바람을 타고 머리 위를 날았지만, 날개 없이 발로 걷는 사람은 초조할 뿐이었다.

부산역의 시계가 11시를 가리키고 있었다. 걸음이 더욱 급해졌다. 숙소를 오래 비워서는 안 되었다. 11시까지는 숙소에 돌아가기로 연인인 경석과 약속했다. 늦게 도착하면 걱정할 것이다. 그저께와 어제의 일 때문에 신경이 곤두서 있을 그를 생각하면 얼른 얼굴을 보여야 했다.

하지만 상미는 또 다른 회색 중절모 쓴 자를 보고 걸음을 멈추었다.

지난 이틀 동안 겪은 일 때문이었다. 오늘 몇 번이나 머뭇거렸던 걸음이 앞으로 몇 번 더 멈출지 알 수 없었다.

경찰서 앞 정거장으로 들어서는 전차가 보였다. 전차가 들어설 길을 트려고 행인과 인력거꾼과 차들을 쫓아내는 순사의 호각 소리가 시끄러웠다.

조금만 더 가면 여관인데!

핸드백을 쥔 손에 힘이 들어갔다.

전차가 통과하자 인파가 곧바로 다시 움직였다. 상미

도 발걸음을 옮겼다.

전차 정거장 너머에 숙소인 아라이여관이 있었다. 그곳을 예약한 건 상미였다. 처음엔 의논도 없이 숙소 잡은 데 불만을 보이던 경석도 여관 이름을 듣고 좋은 곳을 잡았다고 말했다. 3층짜리 여관은 부산에서도 손꼽히게 큰 숙박 시설이었고, 부산역과 부산항을 이용하는 사람들이 지위 고하를 막론하고 묵기 때문에 언제나 붐빈다고 했다. 부산을 잘 아는 경석의 설명이니 믿을 수 있었다.

여관 앞에 고급 외제 자동차가 멈춰 서려는 게 보였다. 출입문 쪽에 서 있던 검은 양복 차림의 남자가 옆으로 피해 차가 들어설 길을 터주었다. 남자가 손에 든 모자를 본 순간 상미는 안도감이 들었다. 아무 꾸밈 없는 검은 띠를 두른 진회색 중산모.* 절로 걸음이 빨라졌다.

"여기야, 여기!"

상미는 크게 외치며 손을 흔들었다. 그 남자, 경석이 고개를 돌리고 모자 쥔 손을 들어 보였다. 그녀의 외침을 들은 건 경석뿐만이 아니었다. 고급 자동차에서 내리던 검은 옷의 여자가 상미 쪽으로 고개를 돌렸다. 여자의 얼굴

---

* 가운데가 주름 없이 볼록 튀어나온 형태의 모자. 부드럽고 하늘하늘한 다른 모자와는 달리, 보호모의 용도로 만들어졌기 때문에 펠트를 질산수은으로 굳힌 재질을 써서 딱딱한 게 특징이다.

을 본 순간 상미는 또다시 우뚝 멈춰 서고 말았다.

순간 유령을 본 줄 알았다.

여자는 상미가 무척 잘 아는 이의 얼굴을 가지고 있었다. 그 사람이 이렇게 무기력하고 덧없는 모습일 리 없었다.

"상미 언니."

검은 옷을 입은 여자가 말했다. 목소리도 그대로였다.

"연주… 야?"

상미는 저도 모르게 지인의 이름을 불렀다. 창백한 여자의 얼굴에 힘없는 미소가 떠올랐다.

"오랜만입니다, 상미 언니."

갑자기 상미의 눈앞이 흐릿해졌다.

상미는 평소 눈물이 헤프지 않다고 생각했었다. 하지만 뜻밖의 만남으로 받은 충격이 감정을 마구 뒤흔들었다. 상미를 보며 놀란 기색을 감추지 못하는 경석의 얼굴도, 연주와 그 옆에 서서 자신을 보는 두 남녀의 얼굴도 눈물에 가려 일렁였다.

오후 12시 30분, 박경석

"이게 대체 어떻게 된…."

경석은 무심코 튀어나온 말을 다시 멈췄다. 벌써 몇 번이나 꺼낸 중얼거림이었다. 맞은편에 앉은 두 사람이 자기 말에 제대로 답해줄 리 없다는 건 이미 알고 있었다. 남자 운전수는 여관에 들어오자마자 자리에 앉아 침묵만 지킬 뿐이었고, 그 옆에 앉은 금발의 외국인 여자는 경석이 질문하면 서툴고 이상하게 들리는 일본어로 형식적인 대꾸만 반복했다. 이래서야 대화는커녕 의례적인 말문조차 틀 수 없었다.

경석은 여관 응접실에서 무작정 기다리는 상황이 황당했다. 자연히 눈은 2층 객실로 가는 계단 쪽을 향했다. 상미가 내려올 낌새는 없었다.

상미를 고보 후배였다는 창백한 여인이 데리고 간 뒤 한 시간이 지났지만 여태 감감무소식이었다. 두 사람이 객실에서 뭘 하는 건지, 심지어 누구의 객실로 간 건지조차 모르는 상황이었다. 초조함이 커질 수밖에 없었다.

여관 종업원들은 창백한 여인의 수행원들에게 굽실거리며 밝은 미소를 보였다. 경석에게 보이는 형식적이면서 무례함이 섞인 태도와는 확연히 달랐다. 그럴 수밖에 없었다. 상미의 후배라는 사람은 본인은 물론이고 수행원들조차 경석보다 값나가는 차림이었다. 남자 운전수가 품에서 꺼낸 수첩을 금발 여자에게 건네자 그걸 보며 여자가 서툴고 짧은 일본어로 묻고 남자가 고개를 끄덕이거나 가로저었다. 여자가 단답형으로 묻는 것도, 남자가 말없이 하는 고갯짓도 자연스러워 보였다. 금발 여자는 여관에서 내놓은 값싼 차를 마실 때조차 기품 있는 자세를 흩트리지 않았고, 남자 운전수는 사소한 움직임에도 군더더기가 없었다.

여관 종업원들은 나를 이 둘의 종자로 볼지도 모르겠군.

경석은 손에 든 진회색 중산모를 만지작거렸다. 경석은 지인들에게 '채플린 씨'나 '찰리', '떠돌이'라고 불렸다. 하필 그의 낡은 중산모가 채플린이 영화에서 떠돌이 부랑자로 나올 때 쓰는 것과 똑같이 생겨서 그런 별명이 붙어버렸다. 별명이 탐탁지 않은 경석은 평소에도 모자를 쓰기보다는 손에 들고 있길 좋아했다.

가난하다고 무시당하는 건 익숙했다. 하지만 아무렇지도 않은 적은 한 번도 없었다.

괜한 생각에 씁쓸해졌다. 여전히 상미와 여자가 내려오는 기색은 없었다.

"분명…."

상미가 여자를 연주라고 불렀었지.

경석은 다시 입에서 튀어나온 중얼거림을 멈췄다.

연주라는 이름의 여자는 분명 부잣집 사람이었다. 잠깐 본 것뿐이지만 몸에 걸친 털외투는 엄청난 돈을 줘야 살 수 있는 물건이었다. 경석이 얼마나 노동해야 살 수 있는지 짐작도 가지 않는 비싼 옷을 당연하게 입는 사람. 병약해 보이는 몸조차 부에 걸맞은 사치처럼 보였다.

저 여자는 수행원들을 부리고 고급 자동차를 타는 걸 당연하게 여길 것이다. 가난한 사람은 저런 몸으로 하루를 살아가는 것조차 고역이니까….

괜한 생각을 버리려 경석은 차를 홀짝이는 시늉을 했다. 찻잔은 이미 바닥을 보였다.

벽시계가 12시 반을 알리는 종을 울릴 때, 소리에 맞추듯 상미가 나타났다. 상미는 연주 양을 부축하며 계단을 내려왔다. 수행원 두 사람이 벌떡 일어나 연주 양에게 다가갔다. 경석도 상미에게 가려 했지만 그녀가 눈짓으로 제지했다. 상미가 경석 옆자리에 앉고 연주 양이 수행원에게 부축을 받으며 맞은편에 앉았다.

"경석 씨, 늦게 와서 미안해요. 얘랑 할 이야기가 워낙 많아서…."

상미가 미안함을 보였다. 연주 양도 고개를 숙이며 잠깐 경석을 살핀 것 같았다. 그 눈길에 무슨 의미가 있는 건지 좀처럼 읽히지 않았다.

"회포를 풀었으니 잘됐네."

태연하게 대답하려 애썼지만, 경석은 내심 초조했다.

경석과 상미는 오늘 밤 10시에 출항하는 시모노세키 행 쾌속선 창경환昌慶丸에 탑승할 예정이었다. 경석은 취직, 상미는 유학의 사유로 도항증명서를 발급받은 이 여행은, 진짜 목적을 깊이 숨기고 있었다. 혹여나 그걸 들키지 않을까 전전긍긍하며 출항 시간만 기다리던 참이었다.

그런데 공교롭게도 출항 직전 갑자기 연주 양이 나타났다.

괜한 생각을 버리려 애쓰며 경석이 인사했다.

"박경석이라고 합니다. 상미 씨의 후배 분은 성함이…."

"저는 천연주라고 합니다. 연주라고 부르시면 됩니다."

그녀의 나직한 대답은 여관 입구의 소란스러움에 파묻혀버릴 뻔했다. 여관에 들어온 자가 투숙 절차를 밟는다며 벌인 소란이었다. 시끄러움이 잦아든 뒤, 경석은 정말로 알고 싶었던 걸 물었다.

"연주 양도 여기 묵습니까? 우리처럼 내지행 배를 타려는 겁니까?"

"투숙하는 건 맞습니다. 하지만 두 분과 같은 이유는

아닙니다."

그녀의 억양은 인위적으로 깎여 나간 듯 단조롭고 나직해서 이상한 주문처럼 들렸다. 때마침 종업원이 차를 가져왔다. 찻잔을 받아 들고 차를 한 모금 홀짝인 뒤 연주 양이 말을 이었다.

"정양을 목적으로 동래온천에 며칠간 머무는 일정이 오늘 끝났습니다. 갑작스레 불어난 인파로 인해 경성으로 가는 기차를 놓치고 말았습니다. 그래서 여관에서 하룻밤 쉬고 내일 오전 출발하는 기차로 돌아가려 합니다."

경석은 안도했다. 그녀의 말이 이어졌다.

"우려하시는 것과는 달리, 저는 두 분의 내지행과 무관합니다. 박경석 선생님이 본래 모습을 숨기고 대학생처럼 꾸민 이유는 궁금하지만, 그걸 굳이 파헤치려 드는 건 실례가 되겠지요. 저는 그걸 알아보려고 두 분 뒤를 몰래 밟을 만큼 음습하지 않습니다."

'음습하지 않다'라고 자신을 설명하는 이가 어둡게만 보이는 모순 때문에 경석은 뒤늦게 놀라고 말았다. 그는 급히 물었다.

"상미 씨, 어떻게 된 거야? 혹시 우리 이야기를 했어?"

대답한 사람은 상미가 아닌 연주 양이었다.

"저는 그저 보고 짐작한 대로 말했을 뿐입니다."

"네가 학교 다닐 때 곧잘 하던 거로구나. 이번엔 경석 씨의 옷을 본 거니?"

상미가 태연히 던진 말에 연주 양이 고개를 끄덕였다. 경석은 상미를 보았지만, 정작 그녀는 연주 양에게 말을 재촉하는 손짓만 할 뿐이었다.

"박경석 선생님은 갓 유학길에 오른 대학생처럼 보입니다. 하지만 양복의 만듦새나 옷감의 광택은 새것이 분명하지만, 구두는 심하게 낡은 데다 크게 긁힌 흔적이 여럿 있고, 회색 볼러햇Bowler Hat의 오래된 모양 또한 새 양복과 어울리지 않습니다. 유학을 떠나는 대학생이라면 양복과 구두와 모자 모두 새것으로 맞추거나, 늘 입던 차림 그대로 유지하는 게 자연스러울 겁니다."

모자를 쥔 손에 힘이 들어가고 말았다. 일본행을 앞두고 동료들이 돈 모아서 지어준 양복이 아직도 익숙하지 않았다.

"저는 오늘이 12월 24일이라는 점에 생각이 미쳤습니다."

"성탄절 전날이라서입니까?"

"크리스마스이브란 걸 주목한 게 아닙니다. 내지와 조선의 모든 학교가 이즈음에 겨울방학을 시작하기 때문입니다."*

경석은 애써 침착하게 대꾸했다.

"그렇군요. 경성제국대학이 생긴 게 불과 2년 전이니 방학을 맞아 내지에서 조선으로 건너오는 대학생은 많겠지만, 반대는 드물 겁니다. 게다가 내 입으로 '우리처럼 내지행 배를 타는지'를 물었으니, 내지에서 갓 건너온 걸로 볼 수는 없었겠군요."

"학기 중 피치 못할 일로 잠시 조선에 왔다가 돌아가는 것 같지도 않았습니다. 입학을 목적으로 도항한다 해도 4월이 입학 시기인 걸 생각하면 역시 그럴듯한 설명이 아니었습니다. 그래서 대학생처럼 보이는 행색은 겉꾸밈일 뿐이라고 짐작했습니다. 그리고…."

연주 양이 거기서 말을 멈췄다. 얼굴을 찌푸린 채 심호흡하는 그녀를 보며 상미의 표정이 어두워졌다. 잠시 뒤 말이 이어졌다.

"제 짐작을 뒷받침해준 건 박경석 선생님의 손입니다. 손은 사람이 하는 일을 드러내는 표지입니다. 선생님의 손은 무척 거칠어 보입니다. 학생이나 사무직의 손보다는 노동자의 손에 더 가까워 보여, 새 양복보다는 구두와 모

* 일본의 학교는 3학기를 운영하며, 그중 2학기는 12월 22~23일경에 끝나고 겨울방학에 돌입한다.

자가 손의 본질과 더 어울리는 듯했습니다. 그래서 저는 박경석 선생님이 학생으로 위장한 사람이라는 짐작을 굳혔습니다."

"…당신, 대체 뭐 하는 사람입니까?"

경석은 저도 모르게 물었다. 애써 숨긴 가난을 꿰뚫어본 부자의 말에 그만 날카로워지고 말았다. 질문에 대답한 건 상미였다.

"이 아이, 지금 경성에서 탐정 일을 한대."

"그렇지 않다고 말씀드렸잖습니까, 상미 언니."

연주 양의 목소리가 높아졌다. 속삭임이 낮은 중얼거림으로 바뀐 정도의 변화일 뿐이었지만, 그것만으로도 당혹스러움이 온전히 전해졌다.

"저는 본정 구석에서 작은 다방을 운영하고 있을 뿐입니다. 그곳에서 간혹 다른 이들이 가져오는 이상한 이야기를 듣길 즐기는 게 고작입니다."

"그러고 나서 꼬인 일을 바로잡을 조언을 해준다며? 탐정이라는 게 바로 그런 걸 하는 사람 아니었니? 너도 예전엔 그렇게나 탐정을 동경했잖니."

"상미 언니."

두 사람이 대화하는 사이 경석은 연주 양의 옷을 찬찬히 살폈다. 가까이서 보니 고급스러움이 더욱 돋보였다. 검은 외투는 좋은 가죽을 아낌없이 사용했고, 흑록색의 긴 옷 또한 매무새가 예사롭지 않아 관리에 전문적인 손길이 닿아야 할 것으로 보였다. 옷으로 드러난 그녀는 분명히 부잣집 여식이었다. 몸가짐과 언행부터 노동자와는 다른, 시중 받는 걸 당연하게 여기는 사람.

그 와중에도 연주 양의 시종들은 미동도 하지 않고 있었다. 연주 양이 먹던 걸 흘리면 그게 옷에 닿기도 전에 닦아낼 수 있을 것처럼, 그녀의 거동에만 온전히 집중하고 있었다.

뜨겁고 진득한 감정이 끓었다. 분노와 질투. 경석이 꿈조차 꾸지 못한 걸 꿈꿀 필요조차 없는 사람, 그게 연주 양이었다. 그 감정은 그녀를 보며 들었던 또 다른 느낌, 영문 모를 차갑고 막연한 두려움과 마구 뒤섞였다.

경석은 뒤늦게 연주 양이 자신을 보는 걸 알아차렸다. 그녀가 나직이 말했다.

"그러고 보니 두 분은 저 때문에 점심도 드시지 못하셨을 겁니다. 그걸 사죄하고 회포를 조금 더 풀자는 의미를 더해, 제가 점심을 대접하고 싶습니다. 어떠십니까."

오후 1시, 채상미

195

경성의 정화여자고등보통학교에 다니던 시절 상미는 연극부의 두 학년 아래 후배였던 연주와 가깝게 어울렸다. 그때의 연주는 활기찬, 그늘이라고는 찾아볼 수 없는 건강하고 순수한 아이였다. 자신이 살던 기숙사까지 놀러 와서 웃고 떠드는 연주를 보며 단 한 번도 밝음이 사라지리라 상상해본 적이 없었다.

상미가 고보를 졸업한 건 다이쇼 15년, 서력으로는 1926년이었다. 그때부터 겨우 2년이 지났을 뿐인데 연주는 너무나 달라져 있었다. 밝음은 전혀 찾아볼 수 없는, 마치 어둠에 잡아먹혀버린 듯한 모습이었다.

대체 무슨 일이 있었던 건지 묻고 싶었다. 하지만 그러지 못했다.

연주의 몸은 몹시 약해져 있었다. 여관에서 단둘이 이야기하는 도중에도 힘겨워하는 기색을 보이며 말을 쉬었다. 기숙사에서 재잘거리던 시절에는 한 번도 보지 못했던 모습이라는 걸 떠올린 상미는 다시 차오르려는 눈물을 참았다. 고급 자동차의 뒷자리에서 시내를 내다보는, 소위 '드라이브'를 만끽하는 중인데도 바깥 풍경이 눈에 들어오지 않았다. 옆에 앉은 연주에게 계속 눈이 갔다.

"어디로 가는 겁니까?"

조수석에 앉은 경석이 물었다. 연주가 대답했다.

"여관 식사로 '대접한다'고 하기 민망합니다. 지금 가는 곳 역시 썩 훌륭하진 않을 듯합니다만, 그래도 여흥을 겸하여 들르고픈 데가 있습니다."

차가 거칠게 덜컹거렸다. 운전하는 사람은 고보 시절 교문 앞에서 두어 번 본 적 있는, 강 선생이라는 남자가 아니었다. 강 선생은 여관에서 출발하기 전 연주가 귓속말로 길게 내린 지시를 듣고는 부산역 쪽으로 갔다. 운전석에는 상미도 처음 보는 금발의 외국인 여자가 앉아 있었다. 연주가 '야나 씨'라고 부르는 걸 보면 러시아 사람인 것 같지만, 그녀의 정체 또한 물어볼 겨를이 없었다.

사람들을 헤치며 느리게 달리던 자동차가 석조 건물이 즐비한 거리로 들어섰다. 꾸밈이 화려한 고층 석조 건물 사이로 나무로 된 단층 건물이 죽 늘어서 있었다. 경성의 번화가 못지않은 거창한 위용이었다. 건물마다 화려한 일본어 간판이 달려 있었다. 경성보다 일본 본토의 모습을 빼닮았을, 조선에서 가장 조선 같지 않은 장소가 부산의 번화가 장수통 일대였다.

자동차가 도착한 곳은 용두산신사* 아래편 거리에 우뚝 선 미나카이오복점三中井吳服店**이었다. 상미도 전혀 예상하지 못한 장소였다. 번화가 한가운데에서 비릿한 내음이 풍겼다. 높은 건물들 바로 뒤에 펼쳐진 바다의 냄새

197

였다.

연주가 야나 씨의 부축을 받아 차에서 내렸다. 연주는 지팡이를 짚은 채 앞장서 오복점으로 들어갔고 상미와 경석이 뒤를 따랐다.

평소에도 온갖 물건들이 화려하게 진열되어 눈길을 잡아끄는 장소가 크리스마스를 맞아 이국적이고 찬란한 장식을 곳곳에 더하고 있었다. 연주가 '여흥을 겸하여'라고 한 건 이 휘황찬란함을 구경하고 싶어서일 거라고 상미는 생각했다. 고보 시절 연주가 반짝이고 신기한 것에 눈을 반짝였던 기억 때문이었다. 하지만 연주는 오복점의 장식과 물건에 눈길도 주지 않고 걸음을 옮겼다. 백화점을 가득 채운 사람들 때문에 일행의 걸음은 느렸다.

"상미 씨, 연주 양은 부자야?"

뒤를 따라오던 경석이 나직이 물었다. 경석이 연주에게 불편함을 느끼는 걸 상미도 알고 있었다. 상미는 작게 대꾸했다.

"맞아요. 연주 아버지가 누구인지 경석 씨도 알걸

* 조선시대 왜관이 있을 때부터 세워진 신사들을 1899년에 통합하면서 용두산신사(龍頭山神社)라고 이름 붙였다. 1916년 현 용두산공원 자리로 옮겨졌다.
** 일제강점기 때 조선과 만주 각지에 세워진 미나카이백화점의 전신.

요?"

"누군데?"

"'수염 남작' 천민근 씨."

상미의 예상대로 경석의 입에서 신음이 흘러나왔다.
부자를 싫어하기 때문인지 천민근이라는 이름의 악명 탓
인지는 알 수 없었다.

천민근. 조선 최고의 부자이면서 최악의 부자라는 평
을 듣는 조선인 자본가. 돈을 벌기 위해서라면 뭐든 저지
른다는, 심지어 나라가 넘어갔을 때도 제가 더 비싸게 팔
지 못한 걸 애통해했다는 악독한 자. 그런 악당의 딸이
저런 모습이라는 게, 게다가 연인과 선후배 사이로 가깝
게 지냈었다는 게 경석에게 무척 놀랍게 다가왔을 게 분
명했다.

오복점 신관 3층에 식당가가 있었다. 연주가 양식을
파는 식당으로 두 사람을 안내했다. 종업원의 살가운 인
사와 함께 네 사람은 창가 자리로 안내받았다. 창밖에 큰
섬이 보였다. 섬이 무척 가까워서 해협을 분주히 오가는
나무배들이 아니었다면 그저 산으로 착각할 것 같았다.

"영도가 그렇게 신기해 보여?"

해안가에 정박한 배들과 그 위를 나는 갈매기들을
지켜보는 상미에게 경석이 참견했다. 인상적인 광경을 보

면서도 담담한 얼굴인 건 경석이 이런 경치를 많이 보아서일 것이다. 평소 무뚝뚝한 성격이지만 감성적인 일 앞에서는 감정을 곧잘 드러냈다. 경석이 시를 좋아하고 문학도를 동경하는 것도 당연했다.

"이렇게 배가 많은 건 처음 봐서 그래요. 저 섬 이름이 영도예요?"

"연주 양도 처음 봅니까?"

바깥을 응시하던 연주가 고개를 끄덕였다. 경석이 설명했다.

"바다에 뜬 목선은 겉보기엔 보잘것없지만, 영도를 육지와 잇는 생명줄입니다. 저 배로 사람과 자동차, 온갖 화물을 나릅니다. 한용운의 시에 '나는 당신을 안으면 깊으나 옅으나 급한 여울이나 건너갑니다'라는 대목이 나오는데, 저 목선이 꼭 그러하지요. 하지만 부산부에서 영도와 연결하는 큰 다리를 놓을 계획이라고 하니, 몇 년 안에 바다에서 목선 대신 다리를 볼 수 있을지도 모릅니다."

연주의 아버지가 누구인지 들었는데도 그런 티를 내지 않고 침착하게 말하는 경석을 상미는 말없이 지켜보았다. 속마음을 함부로 드러내지 않는 태도는 경석이 여기저기서 험한 일을 겪으면서, 혹은 동지들과 비밀리에 뜻을 나누는 과정 중에 자연스레 몸에 밴 것이다. 설명을 들은 연주가 고개를 끄덕였다.

"박 선생님은 이곳 사정을 잘 아시는 듯합니다."

"부산이 고향은 아니지만, 여기서 오래 일했습니다. 지인들에게 아직도 이곳 사정을 전해 듣습니다."

그 말이 사실이기는 했지만 모든 걸 담고 있지도 않았다. 경석의 지인 중에는 일터에서 맺은 인연 말고도 다른 이유로 교류하는 사람들이 있었다. 두 사람이 창경환을 타려는 목적 역시 '다른 이유'와 관련 있었다. 경석은 굳이 그걸 연주에게 밝히지 않았다. 상미 역시 이렇게 사람 많은 곳에서 입에 담고 싶지는 않았다.

종업원이 테이블로 오자 연주가 일본어로 음식을 주문했다. 태연한 태도와 깔끔한 발음 때문에 내지에서 갓 건너온 일본인처럼 보였다. 상미는 연주의 행동에 굳이 참견하지 않았고, 경석 역시 말없이 지켜볼 뿐이었다. 고급 식당 종업원이 일본인과 조선인, 부자와 가난한 사람을 대하는 태도가 하늘과 땅만큼 차이가 난다는 건 잘 알고 있었다. 자신과 경석은 학생 같은 차림새 때문에 홀대받을 게 분명했다.

종업원이 떠난 뒤, 상미는 옛 기억을 떠올렸다.

"일본어 발음이 좋구나. 혹시 동경으로 유학 떠난 과외 선생이 일본어 발음도 고쳐준 거니? 그 사람과는 다시 만났니?"

"상미 언니, 갑자기 무슨 말씀을⋯."

상미의 기대대로 연주가 당황해했다. 고보 시절 연주
가 과외 선생을 사모했었고, 그 사람 이야기를 꺼내면 유
독 수줍어하던 기억이 남아 있었다.

"선생님과 연락이 끊긴 지 오래입니다. 언젠가 그분
을 다시 만나 뵙고 싶습니다만⋯."

얼버무리는 연주의 얼굴이 유독 어두웠다. 괜한 걸
물었다 싶었다. 마침 음식이 나와 다행이었다.

경석과 야나 씨는 비프커틀릿을, 상미와 연주는 라이
스카레를 먹었다. 상미와 경석에게는 고급 음식이었지만
부잣집 딸인 연주에겐 퍽 소박한 음식일 게 분명했다. 하
지만 연주는 아무렇지 않게 음식을 먹었다. 그녀의 얼굴
에 드리워졌던 근심도 서서히 사라졌다. 야나 씨가 식사
할 때 양식기를 쓰는 자세가 마치 귀족의 몸가짐을 보는
듯했다. 그러면서도 그녀는 옆자리의 연주가 식사하는 걸
능숙하게 거들었다. 시종이라기보다 누나가 동생을 돌보
는 것 같은 친근한 모습이었다.

식사가 끝나갈 즈음이었다. 스푼을 내려놓은 연주가
나직이 말했다.

"누군가 우리를 보고 있습니다."

"누가?"

경석이 중얼거렸다. 상미는 연주의 시선이 간 곳을 보았다. 시선 끝, 식당과 바깥 사이를 나누는 창문 너머로는 그저 걸음을 옮기는 사람들만 보일 뿐이었다.

"바깥에서 우리 쪽을 계속 응시하다가, 제가 쳐다보자 급히 가버렸습니다. 회색 모자를 쓴 남자였습니다."

"회색 모자?"

"그냥 우연히 눈이 마주친 것일지도 모르잖아."

경석에 이어 상미가 말했다. 여전히 창문을 응시한 채 연주가 말을 이었다.

"그 남자를 아라이여관 앞에서도 보았습니다. 여기로 오려고 차를 탈 때 멀리서 우리를 주시하던 회색 모자와 마스크를 쓴 사람이었습니다. 무엇보다도 모자에 깃털 장식이 꽂혀 있었기 때문에 같은 사람임을 확실히 알 수 있었습니다."

"예? 깃털 장식이라니요?"

경석이 황망하게 되물었다. 주위를 살핀 뒤 상미가 작게 중얼거렸다.

"설마… 경석 씨, 그 사람 아닐까요? 부산에 왔을 때부터 계속 날 미행했던. 깃털 꽂은 회색 중절모 말이에요!"

경석의 눈동자가 흔들렸다. 연주가 끼어들었다.

"미행이라니, 대체 무슨 말입니까. 상미 언니, 자세한 이야기를 들려주시겠습니까."

상미는 고보 때 연주가 신경 쓰이는 화제를 들려달라고 재촉하던 기억을 떠올렸다. 지금 연주의 모습에 그때의 흔적이 남아 있었다. 당혹감을 숨기지 못한 채 경석이 말했다.

"이건 우리 문제입니다. 사소한 일이 분명하니 신경쓰지 않아도⋯."

"마침 잘되었구나. 연주야. 내 이야기를 한번 들어보겠니?"

상미는 일부러 천연덕스레, 연극적인 어조를 과장해서 흉내 내었다. 도중에 말이 끊긴 경석이 눈을 껌벅였다.

"상미 씨, 하지만⋯."

"걱정 마요. 연주가 겉모습은 좀 맹해 보이지만, 의외로 사물을 무척 날카롭게 살필 줄 안답니다. 조금 전 여관에서 얘가 하던 걸 봤잖아요?"

경석이 떨떠름한 표정을 지었지만 더는 반박하지 않았다.

"학창 시절에도 얘가 종종 이랬거든요. 그때는 얘가 제 동기랑 함께 어울려 다니며 여러 일을 더러 알아맞혔

어요. 마치 소설 속 탐정처럼요. 그러면서 온갖 골치 아픈
일을 저지르고 다녀서 뒤치다꺼리하느라 어찌나 힘들었던
지…."

"상미 언니, 옛이야기는 그만둬주시겠습니까."

연주의 대꾸에 당혹감이 섞여 있었다. 오랜만에 보는
옛 모습의 흔적이었다.

오후 2시, 박경석

마치 소설 속 탐정처럼요.

상미가 입에 담은 한마디가 신경 쓰였다.

경석은 가난한 노동자였지만 최신 학문이라는 문학
에 관심이 깊었고, 일부러 시집을 찾아 읽으며 마음에 드
는 시를 수첩에 베껴 쓰곤 했다. 그는 내지 일본인들의 독
서 취향에도 관심이 많았다. 부산은 조선에서 내지의 책을
가장 쉽게 구할 수 있는 곳이었다. 부산에서 일할 때 먹물
묻은 내지 사람들과 접하며 자연스레 정탐소설이라는 게
인기 있다는 걸 알고서 호기심에 몇 권을 빌려 읽은 적도
있었다. 서양 작가 것과 일본 작가 것 모두 어김없이 사람
이 죽는 기묘하고 잔혹한 사건이 벌어지면 탐정이라는 인
물이 등장해 명쾌하게 해결하는 내용이었다.

경석은 다시금 연주 양을 보았다. 상미는 연주 양이 탐정 일을 한다고 말했었다. 정탐소설 속 탐정은 뛰어난 두뇌 못잖게 몸놀림 또한 민활하여 능히 범죄자와 맞서 싸웠다. 하지만 연주 양의 무기력한 모습은 전혀 탐정처럼 보이지 않았다. 오히려 잔혹한 범죄에 희생되는 가련한 피해자라면 모를까….

아니, 뭔가 다르다. 연주 양의 모습은 탐정도 피해자도 아닌, 정탐소설 속 다른 무언가를 닮았다. 대체 뭘까?

"우리가 부산에 온 건 이틀 전이었어. 정확히는 경석 씨가 하루 먼저 내려왔지만."

이질감의 정체를 고심하던 경석은 정신을 차리고 상미의 이야기에 동참했다. 혼자보다는 두 사람이 사건을 설명하는 편이 나았다.

21일에 먼저 부산에 내려와 부산항에서 가까운 아라이여관에 숙소를 잡은 경석이 다음 날 아침 역으로 상미를 마중 나갔을 때만 해도 문제는 없었다. 상미의 부산행이 하루 늦어진 건 경찰의 도항증명서 발급이 늦어진 탓이었지만, 일정이 지연될 가능성 정도는 예상했기에 두 사람은 24일에 출항하는 배표를 사두었다.

22일 오후, 외출을 마치고 숙소로 돌아온 상미의 얼굴이 창백하게 질려 있었다. 낯선 사람이 뒤를 계속 따라

와서 그랬다는 걸, 경석은 다음 날에야 들을 수 있었다.

"22일 오전에 부산우편국에 다녀왔을 때까지는 아무렇지 않았어. 그런데 오후 3시였나? 물건도 살 겸 시내 구경이나 하려고 다시 외출했거든. 한참을 걸어 이 근처까지 왔는데 어느 순간부터 뒤가 신경 쓰이더라고. 마침 여기가 번화가라서 화장을 고치는 척 진열창 유리로 뒤를 보았더니 세상에, 멀리서 나를 보는 회색 중절모 남자가 있었지 뭐니!"

"어떻게 생긴 사람이었습니까."

"얼굴은 보지 못했어. 마스크를 쓰고 있었거든."

"여긴 바다가 바로 옆이라 바람이 거셉니다. 방한 목적으로 마스크를 쓰는 사람도 있습니다."

"박 선생님이 상미 언니를 따라가지 않은 이유가 궁금합니다."

"부끄럽지만 배탈이 났었습니다. 전날 노점에서 사먹은 음식 때문이었나 봅니다. 부산역으로 상미 씨를 마중나간 뒤로는 줄곧 여관에 누워 있어야 했습니다. 상미 씨가 그때 외출하는 김에 정로환을 사왔고, 그걸 먹은 뒤에도 어제 점심까지 계속 배앓이를 했습니다."

"경석 씨가 끙끙거리는 게 애처롭더구나. 늘 펼치곤 하던 시 적어둔 수첩조차 잡을 엄두를 내지 못할 만큼 아파하는 게 참…. 아무튼, 난 혹시나 해서 좀 더 걸어가보기로 했어. 그러다가 슬쩍 진열창을 보니, 이번에도 역시 뒤에 그 남자가 있지 않겠니?"

"회색 모자는 흔한 물건이지 않습니까. 박 선생님의 모자도 회색입니다."

경석은 얼른 자기 모자를 들어 보였다.

"생김새가 다릅니다. 이 모자도 회색이지만, 이건 중산모입니다. 주름진 곳 없이 위가 볼록하고 단단하지요. 상미 씨가 본 그자의 모자는 앞부분이 움푹 파여 있었다고 했습니다. 중절모는 멋진 모양을 만들려고 일부러 그렇게 주름을 잡습니다."

"큰 도움이 되었습니다."

연주 양이 고개를 끄덕여 감사를 표했다. 경석은 급히 모자를 테이블 아래로 감췄다. 종업원이 비웃을까 봐 따로 맡기지 못한 채 계속 손에 쥐고 있던 모자였다. 그런 걸 화려한 식당 한가운데서 들고 떠든 꼴이 어떻게 보였을까? 뒤늦게 얼굴이 화끈거렸다. 연주 양은 모자를 보고도 아무렇지 않게 굴었지만, 그건 부자의 눈에 새 옷이나 헌 모자나 모두 똑같은 싸구려로 보여서일 수도 있었다.

"그 사람의 모자는 움푹 팬 주름이 있는 중절모였어. 게다가 거기에 꽂은 깃털 장식도 똑똑히 봤거든. 분명 같은 사람이었어. 날 따라오는 걸 보니, 덜컥 겁이 나더구나. 연주야, 너도 알지? 낯선 남자가 따라오는 게 얼마나 무서운지."

"물론입니다."

"그래서 나는 얼른 여기, 미나카이로 들어왔지. 다행히 안까지 따라오지는 않더구나. 여기에 일부러 얼마간 머물다가 남자가 떠났겠다 싶을 즈음 나와서 행정幸町으로 갔단다. 그쪽에 약을 유통하는 회사가 있어서 약국 또한 잘 갖춰놓았다고 경석 씨가 말했었거든. 경석 씨가 추천한 약국에 가서 정로환을 산 뒤 무심코 매대의 거울을 보았단다. 그런데 세상에, 맞은편 가게 앞에 그 남자가 있지 않겠니? 분명히 그자였어. 주름 잡힌 회색 중절모, 깃털 장식!"

"어떤 상의와 하의를 입었습니까."

"알 수 없었어. 무릎 아래까지 덮는 검은색 긴 코트를 입고 있었거든."

상미가 크게 한숨 내쉬는 모습이 과장되어 보였다. 상미는 중요한 일을 할 때 종종 그렇게 연극적으로 행동하는 버릇이 있었다.

"그때 마침 내 앞으로 전차가 지나가기에 안으로 무작정 뛰어들었지. 남자는 내가 전차에 탄 걸 눈치채지 못했어. 주위를 두리번거리던 그자가 뒤늦게 전차 쪽을 보더구나. 하지만 그때는 이미 한참 멀어진 뒤였지. 혹시라도 쫓아올까 걱정했지만, 다행히 그자는 도망치더구나. 그렇게 미행에서 벗어났단다."

"전차를 타고 곧바로 여관으로 가신 겁니까."

"아니. 하필 전차가 여관과 반대 방향이었어. 다행히 몇 정거장 지나지 않아 종점이 나오더구나. 곧바로 여관 쪽으로 가는 전차를 탔지."

"장수선 전차 종점인 부성교富城橋가 행정에서 두 정거장 뒤입니다. 거기서 상미 씨가 다른 전차를 탈 수 있었던 겁니다."

"돌아가는 전차 안에서도 몸을 움츠리고 밖에서 보이지 않게 하려고 애썼어. 그렇게 덜덜 떨며 겨우 돌아오니 경석 씨도 나 못잖게 못 볼 꼴이더구나. 누운 채 땀을 뻘뻘 흘리며 끙끙거리는데 이부자리며 옷이며 축축하게 젖은 게 얼마나 안쓰럽던지…. 그때는 정로환을 먹이느라 그 일을 미처 말하지 못했어."

"그때 알았더라면 다음 날에는 나도 상미 씨를 따라나섰을 겁니다."

경석이 덧붙이자 연주 양이 고개를 갸웃거렸다.

"그때에도 무언가 일이 있었던 겁니까."

상미가 고개를 끄덕였다.

"맞아. 경석 씨는 그날도 복통 때문에 숙소에 있었어. 그렇게 오래 아픈 모습도 신선했단다. 평소 경석 씨가 무척 활동적이거든. 늘 몸을 움직여야만 직성이 풀리는 사람이고, 앓는 소리 한번 낸 적 없었지."

"선생님의 구두에 왜 상처가 많았는지 이제 이해했습니다."

연주 양의 대답은 나직했고, 조금은 새침하게 들렸다. 경석은 발을 의자 아래로 끌어당겼다. 낡은 구두를 부자가 눈여겨보았다는 게 부끄럽고 화가 났다.

"우리 객실은 2층인데 창으로 여관 아래 도로가 보이거든. 오전 11시 정도였을까? 무료하게 방 안을 거닐던 경석 씨가 창밖을 가리키며 말하는 거야. '저 회색 중절모 쓴 남자, 뭔가 이상한데? 아까 전부터 계속 이 방을 보는 것 같아. 나랑 눈이 마주치자 모자에 꽂은 깃털을 쓱 뽑았어'라고. 내가 보니 경석 씨가 가리킨 곳, 저만치 떨어진 정거장에 회색 중절모를 쓰고 마스크를 남자가 서 있지 않겠니?"

"난 그 사람의 행동이 의아했을 뿐이었습니다. 그런데 상미 씨가 깜짝 놀라 '저 사람, 어제 날 쫓아오던 사람일지도 몰라요!'라고 외쳤습니다. 무슨 일인지 몰라도 일

211

단 나가보려는데, 상미 씨가 '아픈 사람은 누워 있어요. 내가 가서 직접 물어봐야겠어요'라고 하더니 외투조차 챙기지 않은 채 서둘러 나가버렸지요."

"학교에서도 상미 언니는 언제나 무척 우아한 몸가짐을 보이셨지만, 막상 해야 할 일이 닥치면 곧바로 몸부터 움직이고 보는 분이었습니다."

"연주야⋯."

상미의 얼굴에 민망해하는 기색이 역력했다.

"그사이 그자는 부산역 쪽으로 가버렸습니다. 얼마 지나지 않아 밖으로 나오는 상미 씨가 보여서, 창문을 열고 '회색 중절모, 역 쪽으로 갔어!'라고 소리쳤어요. 상미 씨가 곧바로 알아듣고 움직였습니다."

"역 쪽으로 가며 행인들을 샅샅이 살폈지. 회색 중절모 쓴 사람은 여럿 보였고 마스크 쓴 사람도 여럿이었지. 하지만 가까이 가서 보면 다른 이였고, 그자는 보이지 않았어. 반시간 넘게 헤매다가 결국 허탕 치고 돌아왔어."

"그 역시 상미 언니답습니다. 상미 언니는 문제에 당면할 때마다 쉽사리 포기하지 않고 끈질기게 달라붙곤 하셨습니다."

연주 양의 평에 상미가 다시 얼굴을 붉히는 게 보였다. 경석은 궁금해졌다. 상미 씨는 대체 학창 시절에 어떻게 지냈을까?

경석이 알고 있는 건 여고보 시절 상미가 연극부 활동을 했다거나 가까운 이들을 모아 비밀리에 일본의 지배에 대항하는 학생 결사를 조직했다거나 대학 공부를 하고 싶어서 이런저런 방도를 모색했다는, 언뜻 흘린 게 전부였다. 아무리 연인이라고 해도 경석이 상미에게 제 모습을 온전히 보이지 않는 것처럼, 상미 역시 경석이 모르는 부분을 더러 품고 있었다.

"그 뒤로는 무슨 일이 있었습니까."

"돌아온 상미 씨에게 뒤늦게 전날 일의 자초지종을 전해 들었습니다. 불안해지더군요. 그즈음에는 뱃속도 진정되어서 오후엔 몸도 추스를 겸 혼자 바깥에 나가봤습니다. 나를 따라오는 사람은 없었습니다. 상미 씨는 그날은 더 외출하지 않았습니다. 상미 씨와 내가 창밖을 틈틈이 살폈지만, 그자는 보이지 않았습니다."

"그러고 나서 너를 만날 때까지는 아무 일도 없었어. 그런데 네가 그 남자로 짐작되는 사람이 식당 밖에 있는 걸 봤다고 했던 거야."

"흥미롭습니다."

모든 이야기가 끝나자 연주 양이 나직하게 감상을 말했다.

"엊그제와 어제 봤다는 그 회색 중절모 쓴 남자의 행동들은 분명 이상합니다. 왜 그래야 했는지 이유가 궁금합니다. 이야기의 전체 모습을 신중히 파악해야 그다음에 무엇을 할 수 있을지 알 것 같습니다."

의미 불명의 말이었다. 경석은 이어질 말을 기다렸다. 하지만 연주 양은 침묵했다.

연주 양은 더 이상 그 일을 화제에 올리지 않았다. 상미가 이런저런 이야기를 꺼내면 맞장구치기만 할 뿐, 더는 사건에 관심을 보이지 않았다. 식당에서 나와 오복점을 구경하면서도 크리스마스 기념으로 파는 편지지와 편지 봉투를 산 게 전부였다.

부자라면 좀 더 값진 걸 아무렇지도 않게 사야 하지 않나?

경석은 괜한 생각을 눌렀다. 연주 양의 태도는 경석이 아는 부자와 비슷했지만 어딘가 달랐고, 그 다름이 계속 속을 자극했다.

여관으로 돌아가는 차 안에서도 경석은 뒷자리의 연주 양과 상미를 흘끔거렸다. 상미가 요즘 어떻게 지내고 있는지를 물으면 연주 양이 나직이 대답했다. 두 사람은 안부와 학창 시절의 추억을 다정하게 주고받았다. 오가는 이야기는 빨랐다. 둘이 회포를 풀 수 있는 시간은 저녁

8시까지였다.

　빠른 대화와 대조적으로 차의 움직임은 느렸다. 도로를 메운 차와 전차, 행인들 때문이었다. 고운 기모노 위에 털옷을 걸치고 마스크를 낀 여자들, 공무원이나 회사원으로 보이는 지친 표정의 양복 입은 남자들, 짐을 잔뜩 진 채 종종걸음 걷는 허름하고 낡은 옷차림의 일꾼들, 조선옷을 입고 한 손에는 보따리를 들고 다른 손으로는 아이의 손을 잡은 채 터벅터벅 걷는 아낙네, 큰 몸짓을 곁들여 대화를 주고받는 화려한 비단옷 차림의 중국인들, 학생복을 입고 어딘가로 달려가는 남학생들, 잘 차려입은 근사한 양복에 털목도리까지 두르고 팔짱을 꼭 낀 채 황급히 걸어가는 중년의 사내와 그에게 호객하려고 크게 외치는, 목에 헌 수건 두른 인력거꾼. 사람들 옆으로 늘어선 그럴듯한 건물들과 허름한 건물들이 일본어 일색의 간판에 뒤덮여 섞인 풍경은 이곳이 일본 내지인지 조선인지 분간하기 어려웠다.

　경석에게는 익숙한 풍경이었다. 그도 저 혼돈의 일부였다.

　연주 양이 운전하는 외국인 여자에게 나직이 말했다. 명령하는 어조여서 지시라는 걸 알았지만 내용은 알 수 없었다. 조선어도 일본어도 아닌, 영어인 듯한 서양 언어로 말해서였다. 뒷자리를 비추는 거울에 보인 상미는 외국인 여자가 연주 양과 주고받는 대화를 태연히 듣고 있었다. 낯선 외국어 대화가 어색한 건 경석 혼자뿐이었다.

문득 어지러움을 느끼고 눈을 감았다. 김소월의 시가 떠올랐다.

초닷새 달 그늘에 빗물이 운다.
내 가슴에 조그만 설움의 덩이.

여태 혼돈에서 벗어나려 애를 써왔다. 하지만 과연 언제 벗어날 수 있을지, 정말로 벗어날 수는 있는지를 고민할 때마다 절로 아득해지기만 했다. 감은 눈 안도 바깥도 모두 혼돈이었다.

손에 쥔 모자가 혼돈에서 딸려 나온 조각 같았다. 낡고 오래된 자신의 회색 중산모가 더더욱 꼴 보기 싫었다.

오후 3시 50분, 채상미

거리의 인파를 뚫고 아라이여관에 겨우 도착했다. 차에서 내리기 전에 상미는 괜히 연주의 손을 잡았다. 장갑을 낀 손이 너무나도 가냘파 마른 나뭇가지를 움켜쥔 것만 같앉다. 기억에 남아 있는 생기 넘치고 말랑하던 감촉과는 전혀 달랐다.

"상미 언니."

연주도 상미의 생각을 짐작했는지 그렇게 속삭일 뿐이었다.

여관 안에 들어서자 연주가 주위를 둘러보며 말했다.

"아직 강 선생이 오지 않은 듯합니다. 배는 몇 시에 출항합니까."

"내일 아침 7시에 시모노세키에 도착하는 배라서 오늘 밤 10시에 출발한다더구나. 배를 타려면 늦어도 8시엔 여기서 나가야겠지."

"배에 타기 전 항구 옆 수상경찰서에서 승선 허가를 받아야 합니다. 요즘 도항하려는 사람이 많아서 늦게 갔다가는 배를 놓칠 수도 있습니다."

경석이 설명했다. 연주가 고개를 끄덕였다.

"강 선생이 올 때까지만 좀 더 이야기 나누는 게 어떻겠습니까."

"그러자꾸나. 경석 씨는 피곤하면 방에 올라가 있어요. 우리 이야기를 듣고만 있어야 할 텐데, 무척 지루할걸요? 방에서 시라도 읽고 있는 편이 나을 거예요."

제안을 들은 경석이 웃는 걸 보니 계속 남아 있을 모

양이었다. 경석은 자기가 없는 곳에서 상미가 다른 사람과 어울리는 걸 좋아하지 않았다.

"괜찮아. 연주 양, 제가 있어도 되겠습니까?"

"물론입니다."

연주가 즉답했다. 야나 씨가 연주의 외투를 벗기는 사이 상미와 경석은 먼저 응접실 의자에 앉았다.

"박경석 상?"

여관 종업원이 두 사람에게 다가왔다.

"내가 박경석입니다만."

경석이 의아해하는 얼굴로 종업원을 보았다. 종업원이 접힌 종이를 내밀며 퉁명스레 말했다.

"전할 게 있습니다."

고개를 갸우뚱거리며 종이를 받은 경석이 접힌 종이를 펼친 순간 돌연 외마디 소리를 냈다. 야나 씨의 부축을 받아 자리에 앉으려던 연주가 움직임을 멈췄다. 하지만 종이를 뚫어져라 쳐다보는 경석은 얼어붙은 것처럼 꼼짝도 하지 못했다. 상미는 종이를 보았다.

観ている

灰色の帽子

'지켜본다. 회색 모자'라는 짧은 글이 반듯하고 정갈한 필체로 적혀 있었다. 상미가 얼른 종업원에게 물었다.

"이거, 누가 줬나요?"

"어떤 남자분인데… 방금 나가신 저분입니다."

퉁명스러운 말투로 종업원이 입구 쪽을 가리켰다. 그리로 고개 돌린 연주가 말했다.

"그 사람입니다. 식당 밖에서 우리를 보던 자입니다."

여관 입구로 고개를 돌린 상미는 저도 모르게 크게 소리치고 말았다.

"회색 중절모!"

경석이 벌떡 일어났다.

"어서 쫓아가요!"

당혹스러워하는 경석에게 상미가 크게 손짓했다.

두 사람은 급히 밖으로 나갔다. 여관 앞을 지나는 인파 사이에서 회색 중절모는 보이지 않았다.

"도망쳤나 봐요!"

"대체 이게, 이게 무슨 일이야?"

경석이 황망히 중얼거렸다. 뒤에서 나직한 음성이 들렸다.

"저길 보십시오."

연주의 시선이 전차 정거장을 향하고 있었다. 막 도착한 전차에 올라타는 사람들이 보였다. 그들 사이에….

"저기! 회색 중절모!"

상미가 소리쳤다.

승객들 사이에 회색 중절모를 쓴 남자의 머리가 보였다. 모자를 장식하는 깃털이 삐죽 튀어나와 있었다. 경석이 급히 숨을 삼키는 소리가 들렸다. 남자가 올라타자 곧전차가 움직였다.

"저 사람을 쫓아가요! 연주야, 네 차로 가자!"

상미가 외쳤다. 연주는 이미 홀로 힘겹게 자동차로 가고 있었다. 상미는 얼른 그녀를 부축했다. 야나 씨는 벌써 운전석에 앉은 뒤였다.

"괜찮겠니, 연주야?"

"네."

상미의 걱정스러운 물음에도 연주의 대답은 짧았다. 두 사람이 뒷자리에 타고 경석도 뒤늦게 조수석에 올라탔다. 잠깐 보인 그의 얼굴에 놀라움과 의아함, 공포가 드리워져 있었다.

"저 전차를 쫓아갑시다. 야나 씨, 뒤를 따라가주십시오."

힘없는 연주의 지시에 야나 씨가 짧게 대답했다. 곧

바로 시동이 걸리고 자동차가 출발했다.

오후 4시, 박경석

경석이 본 정탐소설 중에는 도망치는 범인을 뒤쫓는 탐정
의 이야기가 더러 나왔다. 이야기대로라면 추적이라는 건
피가 끓어오르는 흥분 가득한 일이었다. 셜록 홈스 이야
기 중 <네 개의 서명>에서 가장 짜릿한 부분도 범인이 탄
배를 뒤쫓는 장면 아니던가! 물 냄새 가득하고 독화살이
날아오는 아슬아슬하고 맹렬한 쫓고 쫓김!

　　하지만 갑작스레 시작된 추격은 그런 빠르고 정신없
는 것과는 달랐다.

　　저만치 앞에 느릿느릿 움직이는 전차가 보였다. 자동
차도 그 뒤를 느리게 따라갔다. 길을 메운 사람들 때문에
간격은 좀처럼 좁혀지지 않았다. 옛날에 만들어진 좁은
도로가 자동차와 전차와 사람 모두를 넉넉히 수용할 수
는 없었다. 기모노 입은 여성이 종종걸음으로 차 앞을 지
나갔다.

　　"크리스마스이브라서일까? 사람이 너무 많은데…."

　　뒷자리에서 상미가 초조히 중얼거렸다.

　　손에 꼭 쥔 종이가 바스락거렸다.

경석은 혼란스럽기만 했다. 아찔한 현기증을 닮은 혼란은 추격 탓만은 아니었다. 자기에게 온 쪽지, 의미심장한 문구, 회색 중절모 쓴 남자. 대체 지금 무슨 일이 벌어지고 있는 건지 도무지 이해할 수 없었다.

자동차는 겨우 전차 가까이에 붙었다.

"전차를 보십시오."

연주 양의 목소리에 경석은 급히 시선을 돌렸다. 경석은 저도 모르게 숨을 삼켰다. 전차 유리창 너머로 회색 중절모가 보였다. 중절모에는 분명, 깃털이 꽂혀 있었다.

"저 사람입니다!"

경석은 저도 모르게 소리쳤다.

뒷모습을 보이는 저 정체불명의 사내가, 미나카이에서 여관까지 계속 뒤를 밟은 자다.

다시 손에서 바스락 소리가 났다. 경석은 얼른 양복 주머니에 종이를 감추듯 집어넣었다.

"우리를 따라오던 사람, 그리고 지금 우리가 뒤쫓는 사람을 '회색'이라고 부르겠습니다."

연주 양의 목소리가 들렸다.

"미리 말씀드리자면, 지금 저기 보이는 사람이 '회색'이라고는 확신하지 못합니다."

"저 사람은 회색 중절모를 썼습니다. 그리고 깃털을

보면…."

"회색 중절모는 많습니다. 당연히 같은 모자를 쓴 사람이 전차에 두 명 탔을 우연도 배제할 수는 없습니다. 깃털 장식은 그보다는 드물지만, 비슷한 장식을 단 사람이 전차에 둘 이상 탈 가능성이 전혀 없지는 않습니다."

경석은 저도 모르게 실망스러운 한숨을 내쉬었다. 아랑곳하지 않고 연주 양이 말을 이었다.

"'회색'을 쫓는 목적은 그가 누구이며 왜 우리를 따라다니는 건지를 알아내려는 것입니다. 창 너머 사람의 동태와 하차하는 인원 양쪽을 계속 살핍시다. '회색'이 전차에서 내리는 게 확인되면 즉시 그를 따라갑니다. 설혹 '회색'이 눈치채고 전차에서 내리지 않는다 해도 상관없습니다. 결국 전차는 종점으로 향하니, 그곳에서 '회색'을 잡으면 됩니다."

소음 때문에 나직한 목소리가 잘 들리지 않았지만, 연주 양이 상황을 냉정하게 파악하고 있다는 게 전해졌다.

경석은 급히 기억을 더듬었다. 부산우편국 정거장에 분기점이 있다. 전차가 장수선을 탄다면 장수통의 부산부청과 미나카이오복점 앞을 거쳐 부성교까지 간다. 대청정선을 탄다면 부산우편국 앞에서 보수정寶水町으로 꺾이는 노선을 타고 일한시장日韓市場*을 거쳐 부성교에 도착한다. 하지만 전차가 대신정선을 탈 수도 있다. 그러면 보수정에서 일한시장으로 꺾지 않고 법원 쪽으로 직진한 뒤, 얼마 전 개장한 부산운동장**까지 간다. 여기서 꽤 먼 곳까지 가게 되는 셈이다.

전차가 부산역 앞 정거장에 멈췄다. 경석은 눈을 부릅뜨고 전차를 보았다.

회색 중절모 쓴 사람의 뒷모습은 유리창 너머에서 꼼짝하지 않았다. 많은 사람이 전차에서 내렸지만 회색 중절모는 없었다. 차 앞을 지나는 인파 때문에 혹여나 놓칠세라 경석은 전차 안을 계속 노려보았다.

대체 저자는 누구지? 무엇 때문에 우리를 쫓아오는 거지?

부잣집 아가씨인 연주 양을 협박하려는 건가? 하지만 쪽지는 내게 오지 않았던가? 왜 내게 그런 쪽지를 보낸 걸까? 설마 나를 감시하는 자인가? 내가 무슨 일을 어떻게 하는지 지켜보려고? 대체 누가 그걸 알고서?

머릿속이 복잡해졌다. 초조해진 경석이 외쳤다.

"얼른 전차로 가서 그자를 잡읍시다! 사람들 때문에

---

* 1910년 개설되어 1915년 공설시장으로 운영된 시장. 지금의 부평깡통시장.

** 지금의 구덕운동장.

전차가 속도를 못 내고 있으니 그게 더 빠를 겁니다!"

"안 됩니다. 박경석 선생님의 제안대로 행동했다가 자칫 '회색'이 눈치채고 전차에서 도망칠 수도 있습니다. 그러면 뒤를 감당할 수 없게 됩니다. 우리 쪽에서 제대로 움직일 수 있는 인원은 안타깝게도 둘 뿐입니다."

잠시 어리둥절했던 경석은 곧, 외국인 여자는 차를 운전해야 하고 연주 양 자신은 다리가 불편하기에 움직일 수 있는 인원에서 제외했음을 깨달았다.

"뒤를 밟는 건 다른 목적도 있습니다."

"다른 목적?"

"목적지를 확인하려는 겁니다. 그가 하차하는 곳을 알면 그의 정체와 우리 뒤를 밟는 이유도 짐작할 수 있을 것입니다. 어디로 들어가는지 확인한다면 더욱 좋습니다. 그러면 그를 잡은 뒤 사정을 추궁하기 용이할 겁니다."

장소로 '회색'의 정체를 짐작한다. 미처 생각지 못한 발상이었다. 상미가 시작한 돌연한 추적이었지만, 거기 휘말린 연주 양은 상황을 분석하고 앞으로 할 일을 자연스레 지시하고 있었다. 아무 말도 하지 못하는 경석에게 상미가 말했다.

"경석 씨, 놀랐어요? 연주가 이런 걸 퍽 잘하거든요. 고보에서도 잠깐 사이 그럴듯한 꾀를 짜내서 제 원하는 대로 일을 진행했어요."

백미러로 보이는 연주 양의 창백한 얼굴에 당혹스러움이 스쳤다. 전차가 움직이자 그녀의 표정이 다시 진지해졌다.

전차는 화려한 부산역 건물과 서양식 탑이 우뚝 솟은 부산세관 건물 옆을 지난 뒤 멈췄다. 서양풍으로 지어진 2층짜리 부산우편국 건물 앞 정거장에서 사람들이 우르르 내렸다. 회색 중절모는 그대로 전차에 머물러 있었다.

그때 상미가 소리쳤다.

"저기! '회색'이!"

경석은 눈을 부릅떴다.

하차하는 이들 사이에 회색 중절모가 있었다. 깃털 장식도.

모자와 깃털은 순식간에 인파 속으로 사라져 더는 보이지 않았다. 여전히 꼼짝하지 않는 전차 너머의 회색 중절모를 노려보며 경석은 초조해졌다.

누가 진짜인 걸까? 어떻게 해야 하지?

"상미 언니, 하차한 이를 쫓으십시오. 우리는 전차를 따라가겠습니다."

"알았어!"

대답과 함께 상미가 차 문을 열고 뛰쳐나갔다.

"추적이 끝나면 여관으로 돌아가십시오. 부디 조심하시길 바랍니다."

연주 양이 말을 끝내기도 전에 문이 닫혔다. 상미가 하차한 사람들 쪽으로 달려가는 걸 멍하니 지켜보다가, 전차가 움직이자 그제야 경석은 급히 상황을 살폈다. 전차의 움직임은….

"우회전! 대청정선을 탑니다!"

"그쪽에 무엇이 있습니까."

"일한시장이 나옵니다. 그 사이에 조선은행과… 허, 헌병분대가 있습니다."

말을 더듬고 말았다. 갑자기 입안이 바짝 말랐다.

'회색'이 헌병, 그러니까 육군과 관계있는 자라면? 내가 하려는 일이 방첩기관에 알려진 걸까?

자신이 해야 할 일을 지시 내린 이의 모습이 떠올랐다. 부드럽고 밝은 얼굴, 일이 성공할 것을 확신하는 순수한 목소리. 지금까지 경석은 그가 부탁한 일을 잘 수행했다. 그런데 경석의 행동이 모르는 새 육군에 알려졌다면?

"헌병분대의 위치는 어디입니까."

연주 양의 목소리에 경석은 퍼뜩 정신을 차렸다. 나직하고 어두운 목소리가 그를 현실로 잡아끌었다.

"…그게, 대청정2정목과 3정목 정거장 사이입니다.

거리로는 2정목 정거장과 가깝지만, 한 정거장 더 가야 하니 3정목에서 내리는 게 나을 수도 있습니다. 만약 저자가 헌병과 관계있다면….”

“‘회색’이 헌병과 관계있는 자라면, 박 선생님이나 상미 언니에게 곤란한 게 있습니까.”

백미러에 고개를 갸웃거리는 연주 양이 비쳤다. 하얀 얼굴 한가운데 칠흑처럼 검은 눈동자가 그를 주시하고 있었다. 어쩐지 냉랭한 시선을 느낀 경석은 급히 말을 돌렸다.

“그, 그럴 리가요. 군대와 엮여서 좋을 일이 없잖습니까. 그게 겁날 뿐입니다.”

얼버무림을 들은 연주 양은 침묵했다.

전차가 대청정3정목 정거장에 멈췄다. 하차하는 사람 중 회색 중절모 쓴 자는 없었다. 그때 문득 스친 생각이 있었다.

“만약 하차한 사람 중 ‘회색’으로 의심 가는 자를 내가 쫓아갔는데, 사실 전차에 남은 게 ‘회색’이라면 큰일 아닙니까? 그자가 연주 양을 습격하면, 지금 남자 운전수도 없는데….”

“제 신변을 걱정해주셔서 감사합니다. 하지만 괜찮습니다. 야나 씨.”

운전석에 앉은 여자가 품 안에 손을 넣었다가 뺐다. 경석은 질겁했다. 그녀가 손에 쥔 권총 때문이었다.

"Я готов."

그녀는 일본어도 조선어도 영어도 아닌 낯선 외국어로 짧게 말한 뒤 권총을 품 안에 다시 넣었다. 단아한 몸가짐 때문에 경석은 여태 남자 운전수가 호위이고 금발 여자는 그저 시중드는 자라고 짐작했었다. 그런데 그녀가 꺼낸 권총은 모형이 아니라, 정말로 화약 냄새 밴 것이 분명했다. 대체 뭘 하는 사람이기에 권총을 소지한 걸까?

경석이 혼란에 빠진 사이 차가 멈췄다. 전차가 대청정2정목 정거장에 멈춰 있었다. 하차하는 승객을 살폈지만, 회색 중절모 쓴 사람은 없었다. '회색'은 여전히 유리창 너머에 있었다.

헌병과 관계된 자가 아니구나. 경석은 갑자기 안도감이 들었다.

"이제 일한시장입니다. 여기서 직진하면 부산운동장으로, 좌회전하면 부성교로 갑니다."

전차가 움직이자 얼른 말했다. 연주 양은 미동도 하지 않았다. 그녀는 오른손을 이마에 짚은 채 어두운 표정으로 생각에 잠긴 채였다.

'회색'이 시장 상인과 관계있다고 여기나? 우리에게

상인들이 달라붙을 이유는 없는데? 그들이 연주 양 자신을 노린다고 생각하는 걸까?

전차가 크게 덜컹거렸다. 육중한 몸이 서서히 왼쪽으로 나아갔다.

"대청정선을 탔습니다! 부성교 종점으로 갑니다!"

"그곳까지 몇 정거장 남았습니까."

"둘, 일한시장 정거장과 부평정3정목 정거장입니다! 그 사이에 시장과 유곽 따위가 있습니다."

"시장과 유곽 모두 '회색'이 두 분을 쫓을 이유와 어떤 연관이 있을지 모르겠습니다. 저를 쫓았던 거라면 시장과 관계가 있는 자일 가능성은 있습니다만."

연주 양은 담담하게 대꾸했다. 그녀 역시 경석과 같은 생각을 하고 있었다.

일한시장과 부평정3정목 정거장에 전차가 섰다. 어느 정거장에서도 '회색'은 내리지 않았다.

"이제 부성교입니다. 근처에 대정공원大正公園이 있고 해수욕장도 있습니다."

"그곳 역시 '회색'의 정체를 짐작할 만한 장소가 아닙니다."

경석의 말에 연주 양이 대답했다. 흔들리지 않는 차갑고 나직한 말투였다. 전차 유리창 너머의 회색 중절모에 꽂힌 깃털이 전차의 움직임 따라 흔들렸다.

저자는 누구일까? 왜 저걸 쓰고 있는 걸까? 대체 왜 우리를 이렇게 집요하게 쫓아왔던 걸까?

의문이, 두려움이, 초조함이 점점 커졌다.

전차가 종점인 부성교 정거장에 섰다. 경석은 사람들이 우르르 내리는 걸 뚫어져라 지켜보았다. 하차한 사람들 속에 회색 중절모를 쓴 자는 없었다.

뭐지?

전차 안에 여전히 '회색'이 있었다!

"내리겠습니다!"

경석은 급히 차 문을 열었다. 연주 양의 대답을 기다릴 틈도 없었다. 손에 든 중산모를 휘두르며 정거장에 선 인파를 헤치고 빈 전차 안으로 뛰어 들어갔다. 차장이 소리치며 저지하려 했지만 어떻게든 전차 뒤편으로 몸을 뒤틀다가, 우뚝 멈춰 섰다.

두꺼운 갈색 하오리를 걸친 짙은 남색 승복 차림의 늙은 승려가 뒷자리에 홀로 앉아 있었다. 꾸벅꾸벅 조는 노승의 머리에 커다란 회색 중절모가 어울리지 않게 씌워져 있었다. 고개가 흔들릴 때마다 모자에 꽂힌 기다란 깃털이 흔들렸다.

노승의 코 고는 소리가 커졌다. 경석은 차장의 거친

손길에 떠밀리며 멍하니 승려를 쳐다봤다.

전차 밖으로 쫓겨난 뒤로도 그저 황당하기만 했다.

"어떻게 되었습니까."

연주 양이 어느새 다가와 있었다. 경석은 힘없이 대답했다.

"'회색'이 아니었습니다. 늙은 중이 회색 중절모를 쓴 채 졸고 있었습니다. 이 근처에 일련종日蓮宗* 포교원이 있으니 그곳 사람일 겁니다. 대체 '회색'은 어디에⋯."

순간 등골이 오싹해졌다. 경석은 크게 소리쳤다.

"부산우편국으로, 상미에게 갑시다! 어서!"

연주 양이 말없이 그를 보았다. 설마, 눈치채지 못한 건가?

"상미가 진짜 '회색'을 쫓아간 거예요!"

외침을 듣고서야 연주 양이 움직였다. 그녀가 외국인 여자의 부축을 받아 차에 타고 출발하는 과정이 너무나 느리게 느껴졌다. 이미 조수석에 탄 경석은 중산모 잡은 손을 꽉 쥐었다 펴기만을 반복했다. 그것 말고 할 수 있는 건 아무것도 없었다. 아찔한 무력감이 몸을 감쌌다.

"야나 씨, 여관으로 돌아갑니다."

* 일본의 승려 니치렌(日蓮)을 따르는 이들이 세운 불교 종파.

연주 양이 외국인 여자에게 지시했다. 경석은 급히 물었다.

"왜입니까! 당장 부산우편국으로 가야…."

"언니가 추적에 실패하고 여관에 돌아왔는지, 그것부터 확인해야 합니다."

"하지만…."

"조급해한다고 해서 지금 여기서 할 수 있는 건 없습니다."

나직하지만 차갑고 싸늘한 말이었다. 그제야 경석은 백미러로 연주 양의 얼굴을 볼 수 있었다. 창백한 얼굴이 차가움을 휘감은 두꺼운 얼음장 같았다.

저 냉정함 속에 과연 상미를 걱정하는 마음이 있기는 한 걸까?

그제야 경석은 여태 연주 양에게 느낀 위화감을, 자신이 느낀 본능적인 거부감의 이유를 알아차렸다. 연주 양은 정탐소설 속 피해자의 무기력함을 두른 게 아니었다. 그녀는 정탐소설을 지배하는 죽음과 한 몸 같은 존재였다.

오싹함이 불안과 섞였다.

연주 양은 곧 닥칠 누군가의 죽음을 알리러 나타난 것이 분명하다. 하지만 누구의 죽음을? 설마, '회색'을 뒤

쫓아간 상미의 죽음을 고하려고?

인파를 아슬아슬하게 제치는 자동차가 느리게만 느껴졌다. 마음만은 당장에라도 뛰쳐나가 부산우편국까지, 여관까지, 상미가 있는 곳까지 달려가고 싶었다. 하지만 아무리 달려도 자동차보다 늦게 도착할 거리였다. 초조히 몸을 움직일 때마다 바스락거리는 소리가 들렸다. '회색'의 협박장이 비수의 날처럼 몸속으로 파고드는 것만 같았다.

경석의 걱정은 여관 응접실에 앉아 있는 사람의 모습을 본 순간 끝났다.

"경석 씨, 어떻게 되었어요? 내가 쫓은 사람은 '회색'이 아니었어요."

경석은 한달음에 달려가 상미를 와락 껴안았다.

"다행이다, 다행이야. 정말로 다행이야⋯."

경석은 몇 번이나 그렇게 중얼거렸다. 눈앞이 흐려졌다. 상미는 안긴 채 꼼짝도 하지 못했다. 그녀 몸의 잔잔한 떨림이 품 안으로 온전히 느껴졌다.

오후 5시 30분, 채상미

"회색 중절모 쓴 사람은 금방 찾았어요. 그런데 평범한 조선 사람이더라고요. 뚱뚱한 중년 아저씨가 두루마기 걸치고 팔자걸음으로 휘적휘적 걸어가는데, 그 사람이 '회색'일 리 없었어요. 그렇다고 전차를 다시 쫓아가기도 늦어서 여관에 돌아올 수밖에요."

어떻게 추적했는지를 말하며 상미는 경석을 살폈다. 경석은 빨갛게 달아오른 얼굴로 괜히 창밖만 보고 있었다. 조금 전 경석이 자신을 껴안았을 때의 감촉이, 그때의 떨림이 아직도 몸에 남아 있었다. 무뚝뚝한 경석이 그렇게 격렬한 감정을 드러낼 거라고는 미처 알지 못했다.

"경석 씨 쪽은 어떻게 되었나요?"

"실패했어."

고개를 돌린 채 경석이 힘없이 말했다.

추적 도중에 있었던 자초지종을 경석이 말하는 중에 여관 문이 열리고 강 선생이 들어왔다. 강 선생은 응접실 의자에 나른하게 앉은 연주에게 다가가 뭔가를 속삭였다. 연주는 표정 변화 없이 고개를 끄덕였다. 강 선생은 뒤로 물러나 야나 씨에게 갔다. 야나 씨가 서툰 일본어로 강 선생에게 조금 전 일을 전하려 애쓰는 걸 곁눈으로 보며 상미는 경석의 이야기에 귀 기울였다.

전차 유리창으로 보이던 뒷모습이 알고 보니 중절모를 쓴 일련종 승려였다는 걸로 경석의 설명이 끝났다.

"대체 '회색'은 어디로 간 건지…."

"그자는 추적을 알아차리고 우리를 따돌릴 술수를 급히 꾸몄을 겁니다."

경석의 우울한 중얼거림을 들은 연주가 대답했다.

"전차 안에서 모습을 완전히 바꾸는 변장은 할 수 없었을 것입니다. 하지만 '회색'은 자기 모습 가운데 가장 강력한 특징을 감출 수는 있었습니다. 아마 모자를 벗어 외투 안에 감춘 뒤 적당한 장소에서 내려 추적을 따돌리려 했을 겁니다. 그자의 시도는 성공했습니다. 우리가 이렇게 소득 없이 모인 게 증거입니다."

마치 연극의 기나긴 독백처럼 들리는 나직한 중얼거림이었다.

상미는 예전 학교에서 '춘향전'을 공연했을 때 연주와 함께 무대에 올랐던 기억을 떠올렸다. 그때 연주는 보잘것없는 역할을 맡았지만 당당하고 또렷하게 대사를 외쳤었다. 2년 사이에 그 모습은 사라지고 말았다.

대체 어떻게 하면 연주가 그때의 모습을 되찾을 수 있을까?

"그자를 찾을 방법은 없는 겁니까?"

경석의 목소리에 상미는 상념에서 깨어났다.

"'회색'을 잡을 함정을 팔 수는 있습니다. 유인할 방법도, 다시 추적할 방법도 계획할 수 있습니다."

연주의 대답을 들은 경석이 깜짝 놀라는 게 보였다.

"문제는 시간입니다. 두 분은 오늘 저녁에 배를 타야 합니다."

여관 벽시계가 소리를 냈다. 5시 30분이었다. 저녁 8시에는 여기서 나가야 했다. 남은 시간은 두 시간 반.

"그때까지 '회색'을 잡을 함정을 놓을 방법이 저로서는 없습니다."

연주의 목소리는 여전히 나직해서 마치 감정이라곤 없는 것처럼 들렸다.

"저는 잠시 방에서 쉬겠습니다. 두 분이 떠나기 전에 다시 내려와 인사드리겠습니다."

연주는 강 선생과 야나 씨의 부축을 받아 자리에서 일어섰다. 연주가 느린 걸음으로 계단을 오르는 모습을 상미는 말없이 지켜보았다. 경석은 안도하는 눈치였다. 경석이 연주를 불편하게 여길 이유는 여럿 있었기에 상미도 굳이 묻지는 않았다.

"자존심 강한 사람이네, 천연주 양은."

연주의 모습이 사라지자, 경석이 말했다.

"그게 무슨 소리예요?"

"갑자기 낯선 사람을 쫓게 된 것치고는 연주 양이 즉

석에서 짜낸 계획은 그럴듯했어. 게다가 자동차를 제공하기까지 했잖아? 우리가 비난할 이유는 전혀 없지. 하지만 연주 양은 계획이 실패해서 실망한 거 같아. 그러니 우리를 피해 혼자 객실로 간 거겠지."

"연주를 쉽게 판단하지 말아요."

"그게 무슨 소리야?"

"자신이 짠 계획이 실패해서 연주가 크게 실망했다는 건, 경석 씨의 짐작일 뿐이죠? 저 아이는 경석 씨가 생각하는 것보다 더 똑똑하고 철저한 아이예요. 섣부르게 판단한 게 큰 실수라는 걸 알게 될 때가 올지도 몰라요."

말뜻을 이해하지 못한 눈치였지만 경석은 더는 묻지 않았다.

"그 쪽지, 내게도 보여줄래요?"

상미의 말을 들은 경석이 주머니에서 쪽지를 꺼냈다. 쪽지를 잡자 바스락거리는 소리가 났다. 쪽지에 적힌 단정한 일본어 필체와 어울리지 않는 딱딱한 문장을 보며 상미는 조금 전 일을 다시 돌이켜보았다.

문이 열리고 손님이 들어왔다. 손님이 짐을 옮기느라 열어둔 문으로 찬바람이 들어왔다. 상미는 몸을 움츠렸다. 돌아온 뒤 객실에 코트를 벗어둔 게 새삼 후회되었다. 열린 문을 응시하던 경석이 문득 물었다.

"혹시 연주 양에게 우리가 왜 배를 타는지 말했어?"

"난 묻지도 않은 일을 먼저 밝히지는 않아요. 그러는 경석 씨는요?"

"마찬가지야."

잠시 침묵을 두고 경석이 말했다.

"오늘 처음 만난 사람에게 그걸 말할 순 없어. 아무리 당신 후배라도 말이야. 당신도 당신이 맡은 일을 내게도 비밀로 하고 있잖아. 아무리 우리가 교제 중이라 해도 철저히 비밀을 지키고 있으니까. 그것과 같은 거지."

"그랬군요."

아라이여관 문으로 계속 손님들이 드나드는 모습을 지켜보며 상미는 짧게 대답했다. 문 너머에 어느새 어둠이 자욱하게 깔려 있었다.

오후 8시, 박경석

경석이 상미를 처음 만난 건 그가 몸담은 조직과 상미가 속한 조직의 회합 자리에서였다. 두 조직은 겉으로 표방하는 모습이나 내부적인 활동 성향에 다소 차이는 있었다. 그러나 양쪽이 추구하는 대의는 '조선 독립' 네 글자로 일치했다.

경석과 상미 역시 마찬가지였다. 상미는 경성에서 쭉 살며 좋은 학교에서 교육받은 신여성이었고, 경석은 부산과 경성 등을 옮겨 다니며 일하는 노동자였다. 살아온 결이 달랐던 두 사람은 조선이 독립해야 한다는 열망으로 의기투합했고, 문학을 좋아한다는 공통점을 발견한 뒤 서로에게 더욱 친근한 감정을 느껴 교제하게 되었다.

하지만 경석은 가끔 상미가 걸어온 전혀 다른 삶의 궤적과 맞닥뜨릴 때가 있었다. 그때마다 자신이 상미를 제대로 알고 있는지 의문이 생겼다. 상미의 우아한 몸가짐과 언동 아래 피 끓는 열정과 행동력, 올곧은 신념이 깃들어 있다는 건 알고 있었다. 그러나 종종 이해되지 않는 모습도 더러 보였다. 가령 후배인 연주 양을 대하는 태도가 그랬다.

'회색'의 추적이 실패한 뒤 그를 찾아낼 방법이 없음을 시인하는 연주 양의 목소리에서는 감정이 느껴지지 않았다. 안타까움도, 분노도, 초조함도, 모든 감정이 휘발된 뒤 사실만을 담은 잿더미만 남아 있었다. 자신이 세운 계획이 보기 좋게 실패했다는 걸 직시하는 건조함은 파괴할 것조차 남지 않은 존재가 자신을 비웃는 것처럼 보이기까지 했다.

그런데도 상미는 연주 양을 섣부르게 판단하는 건 실

수라고 했다. 후배의 실패를 감싸주려는 선배의 모습이었을까? 경석은 상미가 진심으로 그렇게 말했다는 걸 알고 있었다.

왜 상미는 연주 양을 저렇게 높이 평가하는 걸까?

경석은 그들의 진짜 도항 목적을 연주 양에게 밝히지 않았다는 상미의 말을 믿었다. 상미가 자신의 임무에 책임감 있게 행동한다는 걸 알고 있어서였다. 이번 도항만 해도 그랬다. 그녀가 조직에서 비밀리에 중요한 일을 맡았음이 분명했지만, 그 일이 무엇인지를 경석이 몇 번이나 물어봐도 웃기만 할 뿐 가르쳐주지 않았다. 연인에게도 철저히 비밀을 지키는 사람이 2년이나 떨어져 지낸 학교 후배에게 섣불리 밝힐 리 없었다.

괜한 생각은 느리고 불규칙한 발소리 때문에 멈췄다. 두 사람에게 부축을 받으며 계단을 내려오는 연주 양의 모습은 몇 시간 전과 달라진 게 없었다.

"이제 떠나시려는 겁니까."

두 사람은 이미 퇴실 수속을 마친 뒤였고, 상미가 마지막 작별 인사를 하기 위해 응접실에서 기다리는 중이었다. 연주 양이 다시 물었다.

"저녁 식사는 하셨습니까."

"아직. 식욕이 생기지 않는구나."

"긴 시간 배를 타셔야 합니다. 가벼운 거라도 드시는
게 좋을 겁니다."

경석은 상미와 연주 양의 대화를 지켜보았다. 둘 사
이에 오가는 대화에서는 잔잔한 안타까움이 느껴졌다.

벽시계 종이 울렸다. 저녁 8시를 알리는 소리. 우연한
잠깐의 만남을 뒤로하고 헤어질 시간이 되었다는 알림이
었다.

"상미 언니, 이걸 받아주시겠습니까."

연주 양이 봉투를 건넸다. 미나카이오복점에서 산 것
이었다.

"못 다 푼 회포를 얼마간 담았습니다. 제가 경영하는
다방의 주소도 동봉하였으니, 그리로 전갈을 보내주십시
오."

봉투를 받은 상미가 연주 양의 손을 꼭 쥐었다. 상미
의 목소리에 아련함이 섞였다.

"부디 몸조심하거라. 건강에 더 신경 쓰고, 예전처럼
앞뒤 가림 없이 행동하지 말고…."

"이제 학창 시절의 천연주가 아닙니다. 걱정하지 않
으셔도 됩니다."

연주 양의 목소리는 나직했다. 상미가 그녀를 껴안으
며 작게 귓가에 한 마디 속삭였다. 연주 양은 고개를 끄덕

이는 것으로 대답을 대신했다.

부산항을 향해 걷던 경석은 저도 모르게 큰 한숨을 내쉬었다. 그게 안도의 한숨이라는 걸 뒤늦게 깨달았다. 자신들을 쫓던 '회색'의 정체는 알 수 없었지만, 그자 못잖게 연주 양 또한 꺼림칙했다. 부자를 만난 초라한 가난뱅이의 열등감인지, 죽음을 선고하는 이처럼 보인 차가움이 무서워서인지 명확하지 않았다.

걸어가던 상미가 문득 뒤를 돌아봤다. 가로등 불빛으로도 밝혀지지 않는 어둠 속에서 두 사람의 걸음이 그리 빠르지 못한 건 단지 해 진 뒤에도 배에 타려는 사람들이 계속 모이는 탓만은 아니었다. 멀리 잔잔히 울리는 파도 소리와 바닥을 울리는 발소리 따위에 섞여 나직한 훌쩍임이 섞인 것 또한 잘못 들은 건 아니었다.

사랑도 사람의 일이라 만날 때에 미리 떠날 것을 염려하고 경계하지 아니한 것은 아니지만, 이별은 뜻밖의 일이 되고 놀란 가슴은 새로운 슬픔에 터집니다.

경석은 한용운의 시를 떠올렸다. 상미의 마음이 아마도 이러할까, 그저 짐작만 할 뿐이었다.

1928년 12월 25일, 화요일

오전 0시, 박경석

창경환의 갑판은 어두웠다. 배의 흔들림을 느끼며 경석은
철제 난간에 몸을 기댔다. 그리 미덥지 못한 난간 아래로
보이는 바다는 어둠에 새카맣게 물들어 있었다.

"무슨 생각 해요?"

옆에서 바다를 지켜보던 상미가 물었다.

"조금 전 있었던 일들."

"'회색' 말이에요?"

"맞아."

자정이 된 어두운 갑판 위에는 경석과 상미, 두 사람
밖에 없었다. 탑승객과 선원, 탑승객을 감시하는 경찰들
은 모두 선실에 있었다. 밤바다를 보러 잠깐 나가겠다고
했을 때 상미가 따라오지 않았다면 경석 혼자였을 것이
다.

바람이 불었다. 경석은 머리에 쓴 모자가 바람에 날
리지 않게 붙들었다. 상미는 모자를 쓰고 나오지 않았다.
뒤로 한 번만 묶은 머리카락이 흩날렸다. 어두운 바다를
보며 경석은 중얼거렸다.

"대체 그자는 뭐였던 걸까? 설마 헌병은 아니었겠지?"

"얼마 전까지 경석 씨가 육군부대에서 잡일 따위를 하며 정보를 얻으려 했었잖아요. 그때 뭔가 이상한 행동이라도 했어요?"

"그럴 리가. 누가 봐도 난 평범한 일꾼이었어."

경석은 자신 없이 중얼거렸다. 하지만 아무리 기억을 더듬어도 자신이 '회색'에게 추적당할 일은 그것밖에 떠오르지 않았다.

"그자가 여기까지 따라오진 않았겠지?"

"그렇진 않겠죠. 경석 씨가 탑승객들을 일일이 살펴봤잖아요."

"그래도… 모르는 일이잖아."

경석은 어깨를 움츠렸다. 바람이 차가워서만은 아니었다.

수상경찰서에서 도항 허가를 받고 창경환에 탑승하는 내내, 경석은 상미처럼 문득문득 뒤를 돌아보아야 했다. 연주 양과 멀어질수록 뒤쫓는 '회색'의 그림자가 가까이 아른거렸다. 누군가에게 미행당한다는 느낌은 오싹했다. 배를 타면서 두려움이 더욱 커졌다. '회색'에 붙들려 다시는 조선으로 돌아가지 못할 거라는 불안. 경석은 그

어두운 생각을 꾹 억누르고 있었다.

"경석 씨는 '회색'이 우리를 감시한다는 걸 알아차렸을 때 어떤 기분이었어요?"

경석은 일부러 대답하지 않았다. 자신이 느낀 공포를 입 밖에 내놓으면 나약하게 보일 것 같았다. 그 자존심을 응시하듯 상미는 경석을 쳐다보았다.

"'회색'이 따라올 때 난 무서웠어요. 그자가 누구인지, 정체를 알 수 없었으니까요. 우리 조직을 감시하던 경찰일지도 모르고, 헌병이거나 혹은 그냥 이상한 사람일지도 몰랐죠. 아니… 솔직히 그자가 누구인지는 상관없었어요. 나를 계속 뒤쫓고 있다, 그런 생각만으로도 섬뜩했으니까요. 당장에라도 덤벼들어 해코지하지 않을까, 그저 그것만이 겁났어요."

"하지만 여관에서 상미 씨는 망설이지 않고 그자를 쫓아갔잖아."

"무서웠으니까요. 실체를 알고 싶었어요. 정체를 알고 나면 조금은 덜 무서울 것 같았거든요. 계속 떨고만 있을 수는 없었으니까요."

"그랬구나. 당신은 참 용감해."

경석은 그렇게 대답할 수밖에 없었다. 그를 물끄러미 지켜보던 상미가 중얼거렸다.

"그 모자, 참 오래 썼네요. 나랑 처음 만났을 때도 그걸 썼었죠?"

"5년 전에 중고로 산 거야. 하도 오래되어서 이제는 볼품없어졌어."

상미가 경석의 모자를 벗겼다. 회색 중산모를 만지작거리며 상미가 나직이 말했다.

"정말이네요. 원래 중산모는 윗부분이 딱딱해서 일그러지지 않아야 하잖아요. 그런데 이 모자는 손가락으로 누르니 움푹 들어가는걸요."

상미는 중산모 윗부분을 손가락으로 꾹 누른 뒤 움푹 팬 홈을 살폈다. 튀어나온 다른 부분을 꾹 누르자 그곳도 힘없이 움푹 들어갔다. 경석은 괜히 농을 걸었다.

"미나카이에서 모자를 사줄 걸 그랬다고 후회하는 거야?"

침묵 속에 모자를 응시하던 그녀가 중얼거렸다.

"이렇게 누르니까, 정말로 그것처럼 보이네요."

"그거라니?"

"'회색'이 쓰고 있던 회색 중절모요."

뱃고동이 나직이 울었다. 배의 흔들림이 조금 더 거칠어졌다. 상미가 고개를 들었다.

"경석 씨, 22일에 왜 날 몰래 따라온 거죠?"

"무슨 소리야?"

"경석 씨였지요? 그날의 '회색'은."

다시 바람이 불었다. 세상의 온기를 훑어내는 차가운 바람이 몸을 뒤흔들었다. 추위에 몸을 떨며 경석이 중얼거렸다.

"농담치고는 재미없는걸."

"농담이 아닌걸요."

상미의 손은 여전히 경석의 일그러진 중산모를 쥐고 있었다.

"경석 씨는 이 낡은 중산모를 우그러트려서 마치 중절모처럼 보이게 했어요. 거기에 깃털까지 꽂으면 그리로 시선이 먼저 갈 테고, 모자의 주름이 어색한 건지, 그게 중절모인지 일그러진 중산모인지 알아채기 어렵겠죠. 거기에 유독 긴 외투와 마스크로 몸을 감춰 멀리서 보면 경석 씨인 줄 모르게 위장했고요."

"상미 씨."

"배가 아프다고 한 것도 거짓말이었지요? 그때 경석 씨는 정로환 사오는 길에 겸사겸사 부산 구경도 하라면서, 장수통 쪽에 괜찮은 약국이 있는데 그 일대가 경성을 방불할 만큼 볼 만하다고도 알려주었어요. 그건 내 행선지를 그쪽으로 확정하기 위해서였을 테고요."

"상미 씨, 계속 이상한 소리를 하네."

"약국까지 따라올 때는 문제가 없었겠지요. 거기서 내가 급히 전차를 타면서 예상이 어긋났지요? 그래서 당신은 급히 여관까지 달려갔겠죠. 객실을 비워서는 안 되었으니까요. 다행히 내가 반대 방향으로 가는 전차를 타서, 간신히 나보다 먼저 여관에 도착할 수 있었어요. 복통 때문에 땀을 흘렸다고 여겼는데 사실 그건 달리느라 흘린 거였어요."

경석은 웃음을 터트렸다.

"재미있는 상상인걸. 상미 씨가 평소 소설을 즐겨 읽는 건 알고 있었지만, 설마 지어내는 것도 잘할 줄 몰랐어."

"지어낸 이야기가 아니에요. 실제로 있었던 일이니까요."

상미의 말은 냉랭했다.

"내가 굳이 그런 장난을 할 이유가 있어? 장난치고는 수고스럽잖아. 의미도 전혀 없고."

"그건 장난이 아니었어요. 경석 씨에게는 의미가 있었으니까요."

"그게 무슨⋯."

"22일의 일로 나를 추적하는 사람, '회색'의 존재가 내 머릿속에 들어왔어요. 그리고 23일엔 무슨 일이 있었죠?"

"여관 밖에서 우리 객실을 보는 회색 중절모 쓴 자가 있었잖아. 내가 그런 사람이 있다고 하니, 당신이 급히 그 자를 쫓아갔지."

"그랬었죠. 소지품은커녕 외투도 챙기지 못하고 헐레벌떡 밖으로 뛰쳐나갔죠. 근방을 한참 찾았지만, '회색'은 보이지 않았고요."

상미가 잠시 말을 끊었다. 침묵은 다시 상미의 말로 흩어졌다.

"그때 정말로 '회색'이 부산역 쪽으로 갔나요?"

"…뭐?"

"경석 씨는 바깥에 회색 중절모와 마스크를 쓴 사람이 지나가길 기다렸겠죠. 그런 사람은 수많은 인파 가운데 종종 보일 법하니까요. 그러다가 적당한 사람이 나타나자 곧바로 이상한 사람이 이쪽을 본다고 말한 것 아닌가요? 무엇보다도 경석 씨는 바깥에서 여관 쪽을 보는 사람이 어떻게 우리 객실을 본다는 걸 알 수 있었나요? 그저 고개 들고 있는 것만으로 그렇게 판단하는 건 섣부른 일이잖아요. 혹 창문을 열었다가 직접 눈이 맞은 거면 모르겠어요. 하지만 그때 우리는 닫힌 창 너머로 바깥을 봤을 뿐이에요. 경석 씨는 내 성격을 잘 아니까, 회색 중절모 쓴 사람이 우리 객실을 보고 있다는 말을 들으면 당장 그 자를 쫓아가리라 예상했겠죠. 정말로 나는 밖으로 달려나갔고요."

발갛게 상기된 상미의 얼굴을 마주 보며 경석은 애써 침착하게 말했다.

"상상이 너무 과한 게 아니야? 그런 짓은 장난이라고 하기엔 지나치잖아."

"아까도 말했었죠? 그건 장난이 아니었다고. 나는 늘 들고 다니는 핸드백 안에 중요한 것을 기록하는 수첩을 넣어두거든요. 그래요, 중요한 것, 가령 내가 조직에서 지시를 받고 전달하려고 하는, 우리 쪽에서 조선 각지로 비밀리에 파견한 이들의 명단 같은 것을요. 경석 씨의 거짓말 때문에 나는 핸드백조차 놔두고 밖으로 나갔어요. 그렇게 당신과 핸드백만 방에 남았지요. 당신이 가방을 열어 수첩을 확인할 시간이 생긴 거죠."

다시 바람이 불었다. 조금 전보다 더욱 거센 바람이었다. 경석은 얼굴을 찌푸렸다. 얼굴을 때리는 바람이 자신을 마구 저미는 칼날처럼 난폭했다. 지금 그보다 더욱 격렬하게 느껴지는 건 맞은편에 서 있는 상미였다.

"난 경석 씨에게 명단을 보여주기는커녕 내 임무조차

말하지 않았어요. 그래서 경석 씨는 그런 일을 한 거지요."

"당신 임무를 궁금해한 건 인정할게. 하지만 수첩 하나 보려고 그렇게까지 번거롭게 일을 꾸밀 필요가 있을까? 호기심을 충족하려는 것치고는 너무 호들갑이잖아."

"호기심 충족이라고 했나요?"

상미가 되물었다. 그녀의 눈빛을 받고 경석은 뭐라 대꾸하려 했다. 하지만 그녀가 코트 주머니에서 꺼낸 걸 본 순간 말문이 막혔다.

상미가 손에 든 것은 경석의 수첩이었다.

"그러면 여기에 왜, 내가 수첩에 쓴 이름들이 적혀 있는 거죠?"

경석은 저도 모르게 수첩을 낚아채려 했다. 상미의 손이 빠르게 수첩을 뒤로 뺐다. 헛손질한 경석이 말을 더듬었다.

"그, 그 수첩, 대체, 어떻게, 언제⋯."

"언제냐고요?"

상미가 차갑게 경석을 응시했다.

"당신이 '회색'을 쫓고 있었을 때 챙겼어요."

"⋯뭐?"

"여관에 돌아오자마자 당신 짐을 뒤졌거든요. 당신이 좋아하는 시를 적어두었던 수첩을 가방에 넣어둔 채 여태 꺼내려 하지 않아서 다행이었어요. 아, 당신이 이 늦은 시간에 갑판에 나온 이유도 알고 있어요."

상미는 경석의 옆에 놓인 두꺼운 꾸러미를 가리켰다.

"그거, '회색'으로 위장할 때 입은 코트죠? 짐을 뒤졌을 때 그것도 찾았어요. 당신은 그걸 바닷물에 던져 없애려고 굳이 여기로 온 거겠죠. 대체 그건 어디서 난 건가요? 지금 입은 양복도 당신 동지들이 십시일반으로 겨우 맞춰준 건데 그런 걸 마련한 여유는 전혀 없었잖아요?"

머릿속으로 코트를 준 사람의 얼굴이 떠올랐다. 경석은 애써 말을 이었다.

"하, 하지만 분명 당신은 그때 회색 중절모 쓴 사람을 쫓아갔었잖아?"

"그 사람, 강 선생이었어요. 당신도 봤죠? 연주를 옆에서 돕던 남자."

"그게 무슨⋯."

"아직도 모르겠어요? 내가 연주를 만난 뒤로 당신은 그 아이 계획대로 움직이고 있던 거였어요."

갑자기 눈앞이 아득해졌다. 어지러움은 뱃멀미가 아니었다. 도저히 이해할 수 없는 무언가를 마주하고 만 것 때문에 생긴 현기증이었다.

"말했잖아요. 연주를 쉽게 판단하지 말라고."

비틀거리는 경석을 보며 상미가 싸늘히 말했다.

오전 0시 15분, 채상미

아라이여관 앞에서 마주친 뒤, 두 사람은 연주의 객실에서
회포를 풀었다. 대화는 연주 홀로 하는 이야기를 상미가
듣는 게 전부였다. 둘 사이의 용무를 마친 뒤 연주가 그동
안 있었던 일을 담담히 말하는 동안 상미는 계속 눈물을
흘렸다. 2년이라는 시간은 짧았지만, 누군가 참혹한 일을
겪어 옛 모습이 사라질 만큼 충분히 긴 시간이었다.

자신에게 있었던 일을 담담히 전한 뒤 연주는 한참
동안 묵묵히 상미를 보았다. 그러다 나직이 말했다.

"상미 언니가 그동안 어떻게 지냈는지 궁금합니다만
그보다 먼저 듣고픈 게 있습니다. 언니, 최근 신변에 위협
을 느낀 일을 겪으셨습니까."

다른 사람이 한 말이었다면 깜짝 놀랐을 터였다. 하
지만 말하지 않은 걸 상대가 먼저 알아맞히는 경험은 이
미 학창 시절에 여러 차례 겪은 적이 있었다. 물론 그때는
연주가 아니라 연주와 가깝게 지내던 아이가 곧잘 그런
짓을 했었지만, 연주도 그 아이 옆에서 눈을 빛내며 관심
있게 지켜보곤 했다.

그러고 보니 이 아이는 남의 이야기 듣길 참 좋아했었지.

"어떻게 알아차린 건지는 모르겠지만, 네 말대로다."

"언니가 여관에 다가올 때 주위를 경계하는 모습이 이상했습니다. 단순히 행인과 차를 피하려는 것과는 달리, 불안이 가득해 보였습니다. 대체 무슨 일을 겪으신 겁니까."

상미는 자신이 겪은 일을 말했다.

"흥미롭습니다."

이야기를 들은 연주가 중얼거렸다. 나직해졌고 억양도 많이 깎여 나갔지만, 연주의 목소리에는 예전의 활달한 흔적이 아련히 남아 있었다.

"회색 중절모 쓴 남자의 모습이 특히 인상적입니다. 마스크를 썼다는 건 제 얼굴을 보이고 싶지 않아서일 것입니다. 그런데도 눈에 잘 띄는 장식인 깃털을 모자에 꽂아 인상이 깊이 남는 노골적인 모습을 꾸몄습니다. 이 둘은 서로 모순됩니다. 남자가 그렇게 이상하게 꾸며야 할 이유가 있을 것입니다."

"그러고 보니 '이상한 것은 이상해야 할 이유가 있기에 이상해 보이는 것이다'라고, 선화가 종종 말했었지."

학창 시절에 연주와 함께 어울리던 아이를 떠올리며

상미가 중얼거렸다. 연주가 멈칫하더니 못 들은 척 말을 이어나갔다.

"모순의 정체를 알려면, 뒤섞여버린 이야기의 조각을 잘 나누어 바른 곳에 놓아야 합니다. 그러니 들려주십시오. 언니가 최근 겪은 일 전부를 말입니다."

연주가 무척 가깝게 지냈던 동기의 이름을 못 들은 척하는 게 이상했다. 하지만 상미는 그 이유를 듣기보다는 당장 자신에게 닥친 곤란함을 해결하고 싶었다. 최근 일을 낱낱이 전하자, 연주가 말했다.

"상미 언니의 비밀을 노리는 사람이 가까운 곳에 있습니다."

"가까운 곳이라니, 잠깐, 연주야. 설마…."

"저는 박경석 선생님이 의심스럽습니다."

연주가 그렇게 단언했다.

연주가 왜 경석을 의심하는지를 들으며 상미는 혼란스러웠다. 추론은 그럴듯했지만, 경석이 자신에게 그렇게까지 해야 할 이유를 알 수 없었다. 굳어버린 상미에게 연주가 말했다.

"의심만으로 단정 지을 수는 없습니다. 사실 여부를 확인해볼 필요가 있습니다."

무심코 본 손목시계의 바늘은 12시를 향하고 있었

다. 출항을 위해 여관에서 나가야 하는 시각은 오후 8시. 겨우 여덟 시간 남짓 남아 있었다.

"그걸 어떻게 확인하겠다는 거니? 시간도 얼마 없는데."

"제게 좋은 생각이 있습니다."

"어떤?"

"눈에는 눈, 이에는 이, '회색'에는 '회색'입니다."

연주가 망설임 없이 말했다.

다시금 학창 시절의 기억이 떠올랐다. 연주는 무언가를 알아맞히는 것도 곧잘 했지만, 그보다는 그럴듯한 계획을 순식간에 만들어내길 훨씬 잘하던 아이였다. 상미의 가슴속에 아주 잠깐, 옛날로 돌아간 듯한 두근거림이 솟아올랐다.

†

"연주는 순식간에 계획을 세웠어요. 참으로 볼 만했지요. 그 아이가 자신이 짠 계획을 설명하는 모습을 경석 씨에게도 보여주고 싶었으니까요. 뭐, 계획이 노리는 대상이 경석 씨였으니 그럴 수는 없었지만요."

경석의 얼굴이 일그러져 있었다. 상미는 사람이 지금

의 경석 같은 표정을 짓는 걸 몇 번 본 적 있었다. 대단원에
이르렀음에도 자기 과오를 차마 인정하지 못하는 표정.

그 너머에는 또 다른 표정이 남아 있었다. 경석의 진
심을 담은 표정. 상미는 그것이 보고 싶었다.

"우리가 응접실에 내려갔을 때부터 계획은 시작되었
어요."

"그때부터라니…."

어느새 경석의 목소리가 갈라져 있었다.

"점심을 대접하겠다며 우리를 미나카이로 데려간 것
도 계획대로였지요. 경석 씨는 완전히 마음 놓고 있었을
거예요. 속임수가 그럴듯하게 성공했으니까요. 그때 연주
가 깃털 꽂은 회색 중절모 쓴 남자가 식당 밖에서 우리를
보고 있다고 말했어요. 당신은 '회색 중절모'와 '깃털'이
라는 단어에 놀랐겠죠. 당신이 위장할 때 쓴 물건 이름이,
당신이 나를 여관 밖으로 유인하기 위해 입에 올린 단어
가, 그날 처음 본 사람의 입에서 나왔으니까요."

입에서 나오는 흰 입김이 어둠 속으로 흩어졌다.

"미리 계획했던 대로, 나는 놀라는 시늉을 하면서 내
가 겪었던 수상쩍은 일을 연주에게 말했어요. 당신은 이미
다 끝났어야 할 일이 자기도 모르게 계속되는 까닭을 몰
라 불안했을 거예요. 그것만이라면 애써 우연으로 치부하

고 넘길 수 있었겠지요. 하지만 여관에 돌아온 뒤 종업원이 쪽지를 건넸고, 거기 '회색 모자'라고 적힌 걸 보고 당신은 깜짝 놀랐지요. 연주가 쪽지를 건넨 사람이 식당에서 목격한 사람이라고 했고, 나도 '저기! 회색 중절모!'라고 외쳤지요. 무척 혼란스러웠겠지요. 연주뿐만 아니라 나까지 무언가를 보았으니까요."

바람이 매서웠다. 온기를 뺏는 바람에 상미는 몸을 움츠렸다. 낡은 중산모를 쥔 손에도 절로 힘이 들어갔다.

"결정적으로 도움을 준 게 강 선생이었어요. 우리가 미나카이에 가기 전, 연주가 강 선생에게 뭔가 속삭이던 걸 보았죠? 그때 연주는 강 선생에게 앞으로 어떻게 움직일지를 지시하고, 회색 중절모와 깃털도 얼른 준비하라고 했어요. 강 선생은 지시를 그대로 따랐고요. 우리가 미나카이에서 돌아오기로 예정한 시간에 맞춰 여관 종업원에게 당신에게 줄 쪽지를 건넸고, 우리가 여관에서 나오는 걸 보고는 전차에 탔어요. 깃털 꽂은 회색 중절모를 쓴 채로요. 그 모습이 우리, 특히 당신에게 보이도록."

"그때 본 회색 중절모 쓴 자는, 그러면⋯."

"맞아요. 강 선생이었어요."

경석의 황망한 중얼거림에 상미가 곧바로 대답했다.

"삼인성호三人成虎, 세 사람의 입으로 호랑이를 만들

어낼 수 있다고 하지요. 연주와 나, 강 선생의 꾸밈으로 경석 씨의 머릿속에 '회색'의 존재가 생겨났죠. 게다가 '회색'은 또렷한 실체까지 가지게 되었어요. 경석 씨가 받은 의문의 쪽지로 만든 실체였지요."

상미는 수첩에 끼워 가져온 쪽지를 들어 보였다. 선실에 들어온 경석이 내팽개치듯 버린 쪽지. 볼품없이 구겨진 채 바닷바람에 거세게 팔랑이는 쪽지가 마치 지금의 경석을 닮아 있었다.

"'회색'은 경석 씨에게 두려움을 주었어요. 그래서 내가 '회색'을 추적하자며 멋대로 움직이는 걸 보면서도 당신은 나를 따라올 수밖에 없었지요. 물론 내 행동 역시 계획대로였어요. 연주가 추적을 제안했다가는 당신이 뭔가 이상하다고 눈치챌 수도 있으니까요."

거센 바람을 맞은 쪽지가 바다로 날아갔다. 갑판 위가 어두워졌다. 구름 너머로 달이 묻혔다. 적막한 칠흑에 뒤덮여 경석의 얼굴이 보이지 않았다. 아마 밝은 낮이었다면 경석의 눈동자가 동요로 거세게 흔들리는 걸 볼 수 있었을 것이다. 어둠 속에서도 경석이 빈손을 어쩌지 못하는 게 보였다. 상미는 그 손에 늘 쥐어져 있던 중산모를 괜히 만지작거리며 말을 이었다.

"강 선생은 전차 안에서 뒤쪽 창 앞에 앉은 사람 중

한 명에게 미리 준비해둔 또 다른 깃털 꽂은 회색 중절모를 씌웠어요. 이미 비슷한 모자를 쓴 사람이 있었다면 깃털만 몰래 꽂아도 상관 없었겠지만요. 이건 연주에게 미처 듣지 못했네요. 강 선생이 졸고 있던 승려에게 중절모까지 씌운 건지, 아니면 승려가 원래 쓰고 있던 건지는."

어둠에 묻힌 것처럼 경석은 아무런 말이 없었다. 상미는 내처 말을 이었다.

"경석 씨가 없을 때 소지품을 확인할 시간을 만드는 게 연주의 진짜 목적이었어요. 그래서 강 선생은 부산우편국 앞 정거장에서 내렸고, 연주는 내게 '회색'을 쫓아가라고 지시했어요. 부산우편국에서 아라이여관까지는 걸어서 10분이면 충분히 닿을 거리니까요. 나는 차에서 내린 뒤 강 선생과 합류해서 여관에 갔어요. 우리가 객실을 수색하는 동안 연주는 경석 씨를 데리고 최대한 오래 전차를 따라가면 되었고요. 만약 뒷자리 사람이 일찍 다른 정거장에 내렸어도, 연주가 적당한 핑계를 대어 '회색'이 아직 전차 안에 있다고 주장했겠지요. 생각보다 금방 증거를 찾았어요. 설마 늘 펼쳐보던 수첩에 이름을 옮겨 썼을 줄은 몰랐지만요. 수첩을 챙긴 뒤 시침 뚝 떼고 응접실로 내려가 연주와 당신이 오길 기다렸지요."

한 손에는 경석의 중산모, 다른 손에는 경석의 수첩

을 든 채 상미는 말을 마쳤다. 수첩이 의심스럽다고 지적한 것 역시 연주였다는 말은 굳이 하지 않았다. 23일의 일이후 경석이 평소 습관처럼 보던 수첩을 보지 않더라는 말을 지나가듯 흘렸을 뿐인데 연주는 그게 이상하다고, 수첩을 펼치지 않을 이유가 있을 거라고 말했다.

여전히 경석의 얼굴 위 어둠은 걷히지 않았다. 하지만 어둠 너머로도 흔들림은 또렷이 전해졌다.

"…말도 안 돼."

겨우 짜낸 듯한 경석의 힘겨운 목소리가 들렸다.

"상미 씨, 어떻게 그런 무책임한 짓을 한 거야? 왜 연주 양에게 비밀을 말했어? 상미 씨는 내게도 알려주지 않은 임무를 연주 양에게 다 털어놓은 거잖아? 연인인 나보다 선후배 사이였던 그 사람을 더 믿을 수 있었어?"

마음에 상처가 난 사람의 목소리.

상미는 손에 힘을 주었다.

"그건 오해예요. 나는 어떤 임무를 맡았는지 먼저 말하지 않았어요. 내가 연주에게 말한 건 경석 씨가 들었던 것과 다르지 않아요. 조금의 넘침도 없었지요. 단지 그 아이가 더 많은 걸 스스로 알아냈을 뿐이에요."

"하지만, 하지만!"

경석이 소리쳤다.

"아무리 후배라지만, 왜 연주 양을 의심하지 않은 거야? 그런 부자라면 일본 놈들과 결탁하고 있을 게 분명하잖아! 그 여자, 조선 독립에 대해서는 티끌만치도 생각한 적 없었을 거라고! 게다가 천민근의 딸이잖아! 이익을 위해서라면 나라도 팔아먹는다는 악당의 딸!"

감시하는 경찰 때문에 조심해야 한다는 것조차 잊고 경석이 외쳤다. 경석의 목소리 속 날이 선 적대감을 고스란히 느끼며 상미는 나직이 말했다.

"연주는 고보 시절 연극부 후배였고, 그때 내가 만든 비밀결사의 동지였어요."

"…뭐?"

"솔직히 경석 씨의 우려도 맞아요. 그때의 연주와 지금의 연주는, 겉으로 보이는 모습뿐만 아니라 속조차 달라졌을지 모르니까요. 만약 그 아이가 변했다면, 우리는 수상경찰서에서 출국 수속을 밟지도 못하고 곧장 체포되었겠지요."

어둠 속에서 마른침 삼키는 소리가 크게 울렸다.

"배를 타기 전까지 난 그 아이를 온전히 믿지 못했어요. 하지만 나는 체포되지 않았어요. 그 아이는 내 곤경을 알아차리고 망설임 없이 도왔던 거지요. 그저 순수한 걱정으로."

배가 크게 흔들렸다. 거친 뱃길이 되겠구나. 상미는 괜한 생각을 떨쳐내고 말을 이었다.

"경석 씨가 어째서 우리를, 나를 배신한 거냐고 묻진 않을게요. 어떻게 이런 계획을 생각해낸 건지도 묻지 않겠어요. 그걸 듣는다고 해서 내 마음이 바뀌지는 않아요. 나와 연주가 학창 시절 함께한 조직에는 '배신자는 죽음으로 응징한다'는 약속이 있었어요. 그걸 당신에게까지 강요할 순 없겠죠. 내가 당신을 죽일 무력도 없고요. 오히려 그 반대라면 모를까."

바닷바람이 거칠었다. 사람이 지닌 온기를 모두 빼앗을 것처럼 차갑고 혹독한 바람이었다.

"그래도 혹시나 해서 알려줄게요. 내가 매일 우리 쪽 사람들에게 전보로 안부를 알리는 건 알고 있지요? 시모노세키에 도착하면 나는 우리 쪽 사람들 말고도 연주에게도 전보를 보내기로 했어요. 만약 연주가 내 전갈을 못 받는다면 그 아이가 직접 모든 진상을 우리 쪽에 전할 거예요. 연주는 우리 쪽 사람을 모르지만, 학창 시절의 인연을 거치면 그곳까지 금방 닿을 수 있거든요. 연주에게 뭐라고 보낼지도 이미 정해두었어요. 경석 씨가 나인 척 전보를 보내기도 쉽지 않을걸요."

달을 가린 구름은 도무지 걷히려 하지 않았다. 경석

의 마지막 표정은 볼 수 없을 것 같았다.

"앞으로 어떻게 할지는 경석 씨 스스로 정하세요. 나는 이만 들어가볼게요."

여전한 침묵을 향해 상미는 마지막 말을 남겼다.

"그럼, 안녕히."

상미는 낡은 중산모를 내밀었다. 경석은 뒤늦게 모자를 받았다. 상미는 뒤돌아섰다.

"나는, 이 낡은 모자가 싫었어⋯."

상미는 걸음을 옮겼다.

"조선이 언제 독립할 수 있을지, 그런 날이 오기는 할지, 점점 아득해졌어. 빈 주머니로는 계속 꿈꿀 수 없었어. 가난이 너무 무거웠어. 지쳤어."

바람에 섞여 마구 떨리는 작은 목소리가 들렸다.

"나도, 나도, 새 모자를 쓰고 싶었어⋯."

아마도 그건, 강한 바람 소리와 뒤이어 들린 무언가 물에 빠지는 소리 때문에 그녀가 들은 환청일 것이다.

†

상미는 조선과 일본을 넘나드는 배를 몇 번 탄 적이 있었다. 그때마다 3원 50전짜리 삼등석 표를 끊거나, 약간 사치를 부릴 때도 7원짜리 이등석이 고작이었다.

지금 그녀는 12원이나 하는 일등석 객실에 앉아 있었다. 짧은 시간에도 연주가 강 선생을 통해 급히 구해준 표였다. 갑작스러운 데다 너무나 비싼 선물이었지만 거절할 겨를이 없었다.

선물.

배정받은 2인용 객실에 홀로 앉은 상미는 연주가 준 봉투를 떠올렸다. 호사스러운 장식을 한 봉투의 겉에는 유려하고 단정한 글씨로 본정의 '흑조'라는 가게 주소가 적혀 있었다. 눈에 익은 글씨였다. 학창 시절에 종종 봤었고, 아라이여관에서 '회색'이 보낸 것으로 위장한 쪽지에도 그 글씨가 적혀 있었다.

봉투 안 편지지에는 긴 글이 적혀 있었다.

상미 언니께

풀어야 할 회포는 커다란 꼬인 실타래처럼 길고 아득하지만 그걸 다 풀지 못하고 떠나보내야 하니 슬프기만 합니다. 하지만 언니가 바다 건너에서 하실 일이 있을 터이니, 저로서는 그저 무사히 그 길 가시라고 배웅하는 게 전부일 뿐입니다. 언니가 품었던 근심이 아직 모두 해소되지 않았을지도 모릅니다. 걱정을 일부나마 덜어드리고픈 마음에 이 편지를 씁니다.

　미리 약속한 대로 언니는 수색의 결과를 박경석 선생님 모르게 알려주셨습니다. 언니는 수색에서 아무것도 나오지 않았다면 추적한 사람이 일본인이었다고 말하고, 의심하던 것이 나왔다면 조선인을 추적했다고 말하기로 약속했었습니다. 박경석 선생님과 여관으로 돌아가는 내내 언니가 '일본인을 추적했다'라고 답하길 바랐습니다. 추측은 그저 추측일 뿐이었고 제가 박경석 선생님을 괜히 의심하는 잘못을 저질렀다고 마무리 지어지는 편이 행복할 것이었습니다.

　언니는 자신이 뒤쫓았던 자가 조선인이라고 말씀하셨습니다. 그렇게, 불행히도 제 추측이 사실이었음을 확인할 수 있었습니다.

　언니는 박경석 선생님에게, 왜 자신을 배신했는지 이유를 묻지 않았을 겁니다. 제가 기억하는 학창 시절의 언니는 다른 이가 잘못을 저질렀을 때 엄격히 벌을 주었지만, 굳이 잘못의 이유까지 물으려 하진 않으셨습니다. 자칫 언니가 다른 이에게 괜한 참견을 할지도 모른다고 염려해서였을지도 모르겠습니다. 아마 박경석 선생님께도 같은 태도를 취하셨을 듯합니다.

언니의 마음속에 응어리가 생기지 않도록, 제 추측을 하나 적겠습니다.

전차를 추적하던 차가 헌병분대 앞을 지날 때, 박 선생님이 무척 두려워하는 기색을 보였습니다. 그걸 보고 한때 그분이 육군 정보를 탐색하기 위해 잡일 하는 인부인 척 꾸며 그곳에서 일한 적 있었다는 말이 떠올랐습니다.

그때 박경석 선생님이 육군 쪽 사람과 모종의 연결을 갖게 된 것일지도 모릅니다. 그것이 협박이었을지, 물질적인 대가를 받는 거래였을지는 알 수 없습니다. 그 사람이 박 선생님에게 무엇을 요구한 것인지도 알 수 없습니다. 언니가 가진 정보를 알아오는 단순한 염탐만 원했는지, 좀 더 지속적으로 사람들을 살피는 밀정 역할을 원한 것인지도 모릅니다.

박경석 선생님은 자신에게 들러붙은 '회색'이 자기 동태를 감시하려고 육군에서 보낸 자라고 생각한 듯합니다. 헌병분대 앞을 지날 때 선생님의 행동과 언행에 뚜렷한 동요가 생긴 것으로 그렇게 짐작할 수 있었습니다.

하지만 지금까지 적은 것은 그저 제 추측일 뿐입니다. 상미 언니가 그분께 진상을 들으셨다면, 그 말을 믿으십시오. 제 추측은 그저 지어낸 이야기일 뿐, 사실을 이길 수는 없습니다.

이 편지는 제가 드리는 크리스마스 선물입니다. 선물 받은 이는 정작 받은 것 모두를 달가워하지 않는다는 걸 알고 있습니다. 상미 언니와의 옛정을 생각해 이렇게 씁니다.

부디, 건강하십시오.

천연주

추신. 제 추론을 확인하는 과정에서 굳이 '회색'이라는 존재를 꾸민 건, 박경석 선생님에게도 언니가 느꼈을 두려움을 겪게 하려는 되갚음의 의도도 있었습니다. 앞으로도 언니는 뜻을 이루려 애쓰는 과정에서 누군가 뒤를 밟는 두려움과 불안을 안고 가실 겁니다. 언니가 오늘의 일을 잊고 그 무게를 덜 수 있는 날이 얼른 오길 바랍니다.

"얘도 참…."

편지를 몇 번이나 훑은 뒤 상미는 중얼거렸다.

"그러게, 그 말대로다. 참으로 달갑지 않은 크리스마스 선물이로구나."

상미는 힘없이 뒤로 몸을 기댔다. 등으로 느껴지는 배의 흔들림과 둥근 창문 너머로 들리는 엔진 소리, 물소리인지 바람이 낸 소리인지 알 수 없는 자욱한 소음. 그것들을 느끼며 눈을 지그시 감았다.

"오늘도 어제도 아니 잊고 먼 훗날 그때에 '잊었노라'."

상미는 김소월의 시구를 중얼거렸다. 경석이 웃음 지으며 수첩에 적은 시를 보여주던 기억이 이어졌다. 흐르는 눈물은 눈꺼풀을 닫는 것만으로는 멈추지 않았다.

오전 9시, 천연주

연주 일행은 아라이여관을 나섰다.

부산발 장춘長春행 하행선 기차를 타러 부산역으로 느린 걸음을 옮겼다. 세 사람은 도중인 경성에서 내릴 예정이었다. 강 선생이 빌려온 차는 어젯밤 다시 돌려주었다. 잠깐 걸으면 되는 거리라 차를 더 빌릴 필요는 없다고 연주가 강하게 설득해서였다. 강 선생과 야나 씨가 말렸지만 연주의 의지를 꺾지는 못했다. 결국 야나 씨가 서툰 일본어로 투덜거렸다.

"아가씨는 나귀입니다."

나귀. 고집쟁이를 뜻하는 표현이었다. 강 선생이 고개 끄덕이는 걸 연주는 못 본 척했다. 강 선생과 야나 씨는 전혀 섞이지 않을 것 같은 겉모습과는 달리 언제나 죽이 잘 맞았다.

차가운 바람이 얼굴을 때렸다. 소금기 가득한 바닷바람은 칼날처럼 날카롭고 차가웠다. 한 걸음 한 걸음 옮길 때마다 입에서 뿌연 입김이 새어나왔다. 춥지는 않았다. 야나 씨가 입혀준 두꺼운 코트와 목도리에 방한이 잘 되는 모자도 쓰고 있었다. 연주를 돌볼 때면 야나 씨는 언제나 언니가 동생 대하듯 양보 없이 고집을 부렸다. 고집쟁이 주인과 고집쟁이 수행원은 잘 어울리는 짝일지도 모른다고, 연주는 괜한 생각을 했다.

몸은 피로했다. 하지만 기이한 고양감이 몸을 감쌌다. 해야 할 일을 무사히 마쳤다는 안도감 때문이었다.

요양 때문에 부산에 왔다. 하지만 겉으로 드러난 여정 아래 숨은 목적이 둘 있었다. 그중 하나는 고보 시절부터 발 넓었던, 지금은 홍옥관이라는 요릿집의 행수기생인 옥련 언니의 청 때문이었다.

12월 24일, 부산역 옆 아라이여관에서 사람을 만나 명단을 전해주었으면 해.

일부러 경성역까지 와서 명단을 몰래 건네주었지만

271

옥련 언니는 명단이 무엇인지, 만나야 할 사람이 누구인지는 밝히지 않았다. 연주 역시 굳이 묻지 않았다. 명단은 아마도 옥련 언니가 뒤에서 돕는 단체에서 부탁한 일일 터였고, 자세한 걸 모르는 편이 오히려 나았다.

하지만 아라이여관에서 만나기로 한 사람이 상미 언니였다는 건 뜻밖이었다. 옥련 언니가 언제나처럼 장난 혹은 깜짝 선물로 준비한 게 분명했다. 상미 언니 또한 자기 수첩에 적어놓은 가짜 명단 대신 진짜 명단을 가져올 사람이 연주인 건 전혀 몰랐던 눈치였다.

옥련이에게도 꼭 안부 전해주렴.

어제 작별할 때 상미 언니가 속삭인 말이 아직도 기억났다.

결국 상미 언니가 몸담은 곳에서 가짜 명단을 준비한 보람은 있었다. 하지만 상미 언니와 가장 가까운 사람이 밀정이었다는 것은 쓰라린 진실일 게 분명했다. 다행히 그 사람은 연주를 껄끄럽게 여겼을 뿐, 연주가 댄 조악한 핑계를 의심하는 눈치는 아니었다. 차가 막혀 기차를 놓치고 급히 방을 잡았다는 이가 아무런 투숙 절차 없이 제 방으로 상미 언니를 데려간 모순을 눈치채지 못한 게 다행이었다.

목적 하나는 완수했다. 단지 옥련 언니가 이 일로 왜

그렇게까지 근심 어린 모습을 보였는지는 아직도 의문이었다.

이제 남은 목적은 하나뿐이었다. 부산으로 온 진정한 마지막 목적.

동생이 학업을 마치고 경성에 돌아온다더구나. 12월 25일 부산에 도착한다지.

다친 몸을 돌봐주는, 옛 과외 선생님의 형 되는 의사 선생님이 지나가듯 한 말을 연주는 기억하고 있었다.

선생님이 돌아온다. 그분이 조선에 돌아온다.

선생님을 하루라도 빨리 만나고픈 생각에 연주는 아버지가 제안한 요양을 받아들였고 일정을 그분의 귀국 날짜에 맞춰 잡았다. 그걸 하는 내내 연주는 몸 안에서 들끓는 충동에 놀랐다. 세상만사를 포기하고 죽음이 다가올 날만 기다리던 몸 안에 이런 강렬한 의지가 남아 있을 줄 몰랐다. 하지만 그건 회광반조, 촛불이 꺼지기 전 마지막으로 밝게 빛나는 현상이 분명했다.

선생님이 탄 배는 아침에 도착할 것이다. 시간이 맞는다면 바로 여기, 부산역에서 그분과 마주칠 수도 있을 것이다. 그렇게 그분과 다시 만나는 걸로 내 삶의 마지막을….

"여행은 어땠습니까?"

부축해주던 야나 씨가 물었다. 속마음을 숨기고 연주는 곧바로 대답했다.

"좋았습니다."

그 대답과 함께 부산 여행에서 만난 사람들의 얼굴이 떠올랐다.

아가씨 덕에 몰랐던 내 속을 온전히 알게 되었소. 고맙소.

구포에서 만난 손 선생은 야시고개에서 작별할 때 그렇게 말했었다. 얼굴에 계속 맴돌던 고민의 흔적이 더는 보이지 않았다. 야시고개 꼭대기에 올라가 낙동강을 본 것만으로 왜 그런 말을 하게 된 건지, 연주는 알 수 없었다.

센다 양도 어둠 속에 숨지만 말아요. 온전한 자기 즐거움을 찾아요.

동래온천 욕탕에 나란히 몸 담글 때 스미레 씨가 문득 던진 말도 떠올랐다. 충고처럼 그렇게 말하며 그녀 역시 남편의 불미스러운 과거를 용서하고 다시 새롭게 시작해보려고 마음먹은 게 아니었을까. 연주는 그렇게 짐작만 할 뿐이었다.

나의 속마음. 내가 즐거워하는 것.

다른 이의 이야기 듣는 게 좋았다. 꼬여 있는 이야기

를 풀어 제 모습을 찾는 게 좋았다. 남들이 놀라워하는 계획을 짜는 게 좋았다. 아버지는 무섭지만 좋았다. 늘 자신을 돌봐주는 강 선생과 야나 씨가 좋았다. 고보 시절 즐겁게 어울렸던 사람들이 좋았다. 과외 선생님이 좋았다. 그리고, 그리고.

연주는 걸음을 멈췄다.

수많은 '좋아하는 것'들이 순식간에 들끓어올랐다. 이대로 한 발을 더 떼면 쓰러질 것만 같았다. 사라진 줄로만 알았던 욕망이 온전히 남아 있었다. 아직 몸속에 살아가고픈 이유가 남아 있었다.

내가 몰랐던 게 있음을 아는 걸 기뻐하게. 그만큼 배울 게 있다는 거니까.

선생님의 말이 떠올랐다.

연주는 천천히 숨을 들이쉬었다. 몸이 아플 때면 하는 그 행동을 본 야나 씨와 강 선생의 얼굴에 걱정이 어렸다. 하지만 지금은 속에서 제 목소리를 외치는, 꼬여 있던 그녀 자신의 이야기를 마주 보고 풀어내어 정리하는 게 먼저였다. 이런 흐트러진 모습으로는 선생님을 만날 수 없었다.

조금만 기다리자. 조금만.

선생님은 경성으로 오실 거야. 그때 그분을 만나도

늦지 않아.

아직 좀 더 알고 싶어. 조금 더 나를 솔직히 마주하고 싶어.

그러니 조금만 기다리자. 그때까지는 내 속에 숨어서 꼬여 있던 이야기를 모두 정리하자. 그 뒤 선생님과 다시 만나자. 선생님을 '흑조'로 초청해서, 아무 일도 없었던 것처럼 태연하게 인사드리자. 그러면 될 거야. 그러면.

요동치던 마음이 드디어 잔잔히 가라앉았다.

강 선생이 의아한 얼굴로 보았다. 연주는 미소 지었다.

"잠깐 딴생각을 했습니다."

"뭘 생각했습니까?"

야나 씨가 물었다. 연주는 뭐라고 대답해야 할지 잠깐 망설였다. 하늘 위를 날아다니는 갈매기처럼 머릿속을 맴도는 생각들을 어떻게 말로 바꿀지 고민하다, 결국 그녀가 말했다.

"언젠가 부산에 다시 오고 싶습니다."

"나도 그렇습니다."

야나 씨가 대답했다. 강 선생도 고개를 끄덕였다.

부산역으로 다시 걸음을 옮기다가 연주는 문득, 두 사람이 부산의 무엇을 떠올리며 그리 대답한 것인지 궁금해졌다. 하지만 아무리 가까워도 두 사람의 속마음까지 읽어낼 재간은 없었다.

에필로그

10시 50분에 부산역을 출발하는 하행선 기차가 일행을 기다리고 있었다. 연주와 강 선생, 야나 씨는 일등석 의자에 앉았다. 연주와 야나 씨가 나란히 앉고 강 선생이 연주와 마주 본 자리에 앉았다. 연주는 비어 있는 자리에 누가 앉을지 상상해보았다.

관찰하는 재미가 있는 사람이 오면 좋겠다는 희망을 품었지만, 막상 자리에 앉은 건 평범한 청년이었다. 포마드로 반들거리는 검은 머리카락이, 잘생겼지만 여성스럽기도 한 고운 얼굴과 잘 어울렸다. 하지만 그뿐이었다. 번듯한 검은 정장은 잘 다려져 있었지만 경성의 고급 양장점에서 맞출 수 있는 물건이었다. 반들반들하게 잘 닦인 검은색 가죽 구두 또한 고급품은 아니었다. 그가 손에 든 모자는 짙은 회색 챙 말고는 잘 보이지 않았다.

경성 어디에서나 볼 법한 모던보이.

연주는 그에게 흥미를 잃었다.

기적소리와 함께 기차가 부산역을 출발했다. 승강장이 창 너머로 사라지고 저 멀리 바다와 배들이 보였다. 연주는 스쳐가는 풍경을 바라보았다.

"Yesterday, a funny thing happened to me."

맞은편에서 갑작스러운 말이 들렸다. 연주는 고개를 돌렸다.

남자인지 여자인지 알 수 없는 미성의 목소리가 입에 담은 건 분명 영어였다. '어제, 내게 재미있는 일이 있었다' 라는 뜻. 그가 모자를 만지작거리며 말을 이었다.

"내가 궁리한 계획이 성공하기 직전, 누군가 그걸 망쳤습니다. 멋진 계획이었거든요. 모자를 만지는 걸로 눈을 속이는 교묘한 일이었어요."

연주는 꼼짝도 할 수 없었다. 그가 손에 든 건 볼러햇, 중산모였다. 볼록 솟아오른 부분을 일부러 일그러뜨린, 마치 중절모처럼 보이게 한.

야나 씨가 그를 노려보았다. 낯선 자가 주인에게 인사도 없이 대뜸 말을 걸었으니 그런 태도를 보여 마땅했다. 강 선생 역시 몸을 긴장시키고 있었다. 영어를 알아듣지 못함에도 상황이 심상치 않음을 느낀 게 분명했다.

하지만 두 사람은 모자 이야기의 진짜 뜻을 알지 못했다. 온전히 알아들은 건 연주뿐이었다.

"어떤 명단을 입수하고 싶다는 청을 받고 나서 그걸 손에 넣을 계획을 세웠습니다. 사람도 하나 포섭해 모자를 이용한 계획을 알려주었고, 가난한 그 사람에게 비싼 검은색 캐시미어 롱코트도 의뢰비로 사주었죠. 그는 일을 잘 해냈어요. 지켜보면서도 의뢰비가 아깝지 않았거든요."

그는 연주를 보며 그럴듯한 영어 발음으로 말을 이었다.

"그런데 그때 낯선 여자가 나타났습니다. 여자는 그 사람 옆에서 이상한 일을 하더군요. 마치 내 계획을 흉내내는 것처럼 보였어요. 나는 지켜보았습니다. 그녀가 대체 왜 그러는 건지 알지 못했으니까요. 그리고 어떻게 된 줄 아십니까? 오늘 아침, 시모노세키에 내리면 곧바로 연락주기로 한 사람이 배에서 실종되었다는 소식을 받았습니다. 그때 알아차렸습니다. 여자가 내 계획을 흉내 내어 일을 망쳤다는 것을요."

그가 무얼 말하고 있는지 연주는 똑똑히 알 수 있었다. 상미 언니가 겪은 사건 위에 덧씌운 어제의 계획. 그는 연주의 계획을 평가했다. 사건을 구상한 자의 관점으로.

기차의 흔들림을 느끼며 연주는 옥련 언니의 얼굴에 서렸던 근심의 이유를 비로소 알 수 있었다. 옥련 언니는 상미 언니 주변에 심상치 않은 존재가 도사리고 있다는 걸 느꼈던 게 분명했다. 어제의 일을 떠올려보았다. 누군가 감시하는 듯한 모습은 전혀 없었다. 하지만 그는 연주가 한 일을 계속 지켜보고 있었다.

상미 언니가 무사히 도항한 것으로 심부름은 무사히 끝난 줄 알았다. 그러나 맞은편의 사람이 움직인다면 일은 어그러지고 말 게 분명했다. 그러면 상미 언니의 신변은….

"남은 사람은 어떻게 할 겁니까."

연주는 영어로 물었다.

"오, 영어 발음이 무척 좋군요. 훌륭합니다."

그가 밝게 웃으며 말을 이었다.

"이미 배를 타고 떠난 자를 어찌할 생각은 없습니다. 명단에 얽힌 일은 끝났습니다. 더는 내 흥밋거리가 아니에요."

어린아이와 같은 해맑은 미소였다. 웃음 때문에 그의 말은 진실로 들렸다.

"내가 관심 있는 건 한 명뿐입니다. 나를 흉내 내어 내 계획을 망친 사람."

그때 연주는 비로소 그의 행색이 일부러 꾸민 것임을 알아차렸다.

평범하기 그지없는 모던보이 행색은 위장이었다. 옷으로 그걸 입은 자의 본질을 철저하게 숨기는, 보는 이가 보고 싶은 것만 비춰 보이는 무색의 위장술.

검표원이 다가왔다. 야나 씨가 세 명의 표를 보였고, 맞은편의 그도 제 표를 꺼내 보였다. '京城'. 표에 적힌 두 글자가 보였다.

검표원이 떠나자 그는 주머니에 표를 집어넣고는 다른 종이를 꺼내 연주에게 내밀었다. 종이를 대신 받은 야나 씨의 얼굴에 당혹감이 떠올랐다. 웬만해서는 침착함을 잃지 않는 그녀가 아주 드물게 보이는 모습이었다.

유리

야나 씨에게 건네받은 명함에는 조선어 두 글자 외에는 아무것도 없었다.

"내 이름입니다. 기억해주면 좋겠습니다."

연주는 대답하지 않았다. 그자는 밝고 환한 미소를 지은 채 계속 연주를 응시했다. 유리가 그의 이름만인지, 성과 이름을 함께 쓴 것인지, 일본이나 러시아, 혹은 서양 어느 나라의 이름인지조차 명확하지 않았다.

그는 과연 나를 얼마나 알고 있을까. 그의 눈에는 과연 나의 무엇이 비추어지는 걸까. 연주는 궁금했다.

기차가 서서히 속력을 줄였다. 곧 부산진역이었다.

"유리에 허무를 갖다 대면 무엇이 비칠까요?"

에필로그

유리가 말했다. 조선어로 던진 수수께끼였다. 연주는 저도 모르게 얼굴을 찡그렸다. 수수께끼가 무엇을 비유하고 있는지, 싫어도 알아차릴 수밖에 없었다. 강 선생의 눈빛이 험악해졌다. 유리는 강 선생의 위압이 대수롭지 않은 듯 미소를 잃지 않았다.

"조만간 당신의 답을 듣겠습니다."

그가 다시 영어로 말했다. 연주는 대꾸하지 않고 그를 보았다. 그의 모습에서 조금이라도 정체를 알아차릴 단서를 찾으려는 헛된 시도였다.

기차가 부산진역에 멈추자 유리가 자리에서 일어났다. 일그러진 중산모를 머리에 쓴 뒤, 고개를 숙여 정중히 인사했다.

"Au revoit, Madame Cygne noir(또 만납시다, 마담 흑조)."

불어로 던진 인사말이었다.

여유로운 걸음으로 객실을 나가는 그를 보며 연주는 아무 말도 할 수 없었다.

그는 '흑조'를, 연주에 얽힌 것들을 이미 알고 있었다. 연주가 그에 대해 아무것도 알아차리지 못한 것과는 달리.

기차 밖에서 손을 흔드는 유리가 보였다. 머리에 쓴 꼴사나운 모자가 그럴듯한 외모와 전혀 어울리지 않았다. 잘 가라는 그의 인사를, 강 선생과 야나 씨는 기차가 부산진역 정거장을 벗어날 때까지 계속 노려보는 걸로 맞받았다.

유리의 모습이 사라지자 비로소 흔들리는 기차 의자에 몸을 기댔다. 야나 씨가 강 선생 옆으로 자리를 옮겨 열심히 뭔가 말하는 걸 보면서도, 심상치 않게 굳은 두 사람의 얼굴을 보면서도, 연주의 머릿속은 유리로 가득했다.

연주와 대화할 목적 하나만으로 경성행 일등석 기차표를 사는 자. 관찰로는 도무지 짐작할 수 없는 자. 이름 그대로 아무것도 담지 않은 투명한 유리 같은, 다른 이의 모습만 비추는 거울 같은 자.

연주는 저도 모르게 중얼거렸다.

"흥미롭습니다, 참으로."

몸이 떨렸다. 공포 때문은 아니었다. 그건 학창 시절 늘 많은 것을 홀로 먼저 알아차리던 친구를 보면서 느꼈던 설렘을 닮았다.

재미난 이야기를 받았구나. 부산 여행의 기념품으로.

연주는 실로 오랜만에, 앞으로 자기에게 닥쳐올 일을 기대하고 있었다.

이야기는 재미있으셨나요?

이 책은 《1929년 은일당 사건 기록》 시리즈의 스핀오프입니다. 1929년을 배경으로 한 작품에서 경성의 다방 '흑조'에 앉아 사건 이야기를 듣던 조연 천연주 양이, 1928년을 배경으로 하는 이 작품에서는 주인공이 되었습니다. 천연주 양은 '탐정이 가는 곳에 사건이 벌어진다'라는 클리셰에 충실하게 열흘 동안 부산 여기저기를 다니며 다양한 일을 겪습니다.

언젠가 추리소설을 읽다가 생각했습니다. 추리소설은 이상하고 불가해한 사건을 탐정이 누구나 이해할 수 있는 이야기로 풀어주는 구성이라고요. 사람은 사실을 접해도 그걸 잘 받아들이지 못합니다. 그럴듯하게 재구성된 이야기로 가공된 뒤에야 비로소 받아들이지요. 즉 탐정은 능수능란한 이야기꾼이었던 겁니다. 탐정이 되지 못한 저는, 이야기꾼이 되기로 했습니다.

제가 지금까지 쓴 이야기들은, 세상에 대한 의문을 탐구하며 역사에서 건져 올린 조각을 상상력으로 만든 조각과 섞어 이야기의 형식을 빌려 정리한 결과물입니다. 거기에 더해, 이 이야기에는 부산에 대한 제 생각도 들어 있습니다.

나는 부산에서 태어나 부산에 사는 사람인데, 왜 부산 이야기를 쓰지 않았을까?

문득 든 생각을 놓을 수 없었습니다. 일제강점기 역사에서 부산은 반드시 짚어야 할 도시입니다. 하지만 창작물에서 일제강점기 부산이 제대로 조명된 적은 많지 않아 보였습니다. 경성을 배경으로 한 작품이 대부분이었고, 저역시 그런 이야기를 썼지요. 마음이 쿡 찔렸습니다.

부산 사람이라는 의무감으로 조사를 시작했습니다. 그러다가 일제강점기 부산이 품은 독특하고 고유한 개성을 확인했습니다. 조선과 일본을 잇는 관문, 경성 못지않게 화려한 번화가, 일본에까지 명성이 자자한 관광지, 조선인들이 물건과 이야기를 활발히 주고받는 장터. 이질적인 것들이 뒤섞여 공존하던 공간이 부산이었던 겁니다.

〈마담 흑조는 매구의 이야기를 듣는다〉는 장터로 유명한 구포를 배경으로 하고 있습니다. 제가 사는 동네 옆으로 유유히 흐르는 낙동강의 정취를 전하고 싶어 쓴 이야기입니다. 가장 토속적인 느낌이 강한 작품이기도 하지요. 작중에 나오는 야시고개는 실재하는 장소로 옛날에 여우가 많이 살았다는 설명이 여기저기 붙어 있습니다. 거기 매구도 있었을지는 알 수 없지만….

〈마담 흑조는 감춰진 마음의 이야기를 듣는다〉의 배경은 동래 온천장입니다. 어릴 적 근처에 살면서 목욕탕 가는 길에 특이한 조형물을 신기하게 본 기억, 온천물의 뜨거움에 울상 짓던 기억이 남아 있습니다. 자료를 조사하는 과정에서 일제강점기에 동래온천이 유명한 관광지였고 그때 만들어진 조형물이 아직 남아 있다는 걸 알고 묘한 감정이 들었습니다. 기억과 자료를 더듬어 애거사 크리스티 풍의 이야기를 써보려 했습니다.

〈마담 흑조는 지나간 흔적의 이야기를 듣는다〉는 지금의 중앙동과 남포동에서 벌어지는 이야기입니다. 고등학교에 다닐 때 보수동 헌책방골목이나 남포동 국제시장 일대를 걸으며 바닷바람 섞인 공기를 쐬던 기억을 담았습니다. 한때 부산의 중심이었던 이곳 특유의 정신없이 활기차고 많은 것이 뒤섞여 분주한 모습을, 기묘한 추격전을 다룬 이 이야기에서도 느낄 수 있었으면 합니다.

이렇게 이질적인 이야기들이 하나로 엮일 수 있는 곳이 바로 부산입니다. 이야기 속에 부산에서 태어나 자란 제 기억의 조각 역시 잘 정리해 엮었습니다. 마치 작중 연주가 이야기의 조각을 바른 곳에 놓아서 사건의 진짜 모습을 보이게 한 것처럼요. 이 작품은 저의 부산 이야기이기도 합니다.

부산이라는 매개체 외에도 세 이야기를 하나로 꿰는 인물은 홍옥관의 행수기생인 옥련입니다. 그녀가 던진 작은 돌은 급기야 수수께끼의 인물과 엮이면서 천연주의 삶에 일대 파문을 일으킵니다. 앞으로 어떤 일이 벌어질지 작가인 저도 흥미진진합니다. 모쪼록 계속 천연주의 모험에 함께해 주시길 바랍니다.

이야기를 쓰면서 많은 도움을 받았습니다. 가까운 이들의 도움이 컸습니다. 초고를 읽어봐 주고 감상과 조언을 해준 김명희, 서재성, 이소희, 황선영 님께 감사드립니다. 제가 무리한 요청을 드렸음에도 흔쾌히 작품을 봐주시고 자세히 조언해주신 박소해, 이지유 작가님께도 감사드립니다. 제 원고에 관심을 가지고 책을 내는 과정 전반에 큰 공을 들여주신 출판사 나비클럽의 이영은 대표님과 한이 편집장님, 김소망 마케터님, 그 외 모든 분께 깊이 감사드립니다.

이 이야기를 쓰면서 부산에서 각별한 도움을 받았습니다. 우선 이 글의 가치를 높이 봐주시고 지원해주신 부산광역시와 부산문화재단에 진심으로 감사드립니다. 〈마담 흑조는 매구의 이야기를 듣는다〉를 쓸 때 낙동문화원 향토사연구소 김정곤 선생님께 큰 도움을 받았습니다. 선생님께서 들려주신 구포 지역의 옛이야기 덕분에 막

작가의 말

연하던 동네의 모습이 새롭게 다가왔고, 이곳의 깊은 이야기를 작품에 녹일 수 있었습니다. 큰 가르침을 주셔서 감사드립니다.

〈마담 흑조는 감춰진 마음의 이야기를 듣는다〉를 쓸 당시 어반브릿지 이광국 대표님이 동래온천을 다룬, 지금은 구하기 어려운 자료를 선뜻 빌려주셨습니다. 그 덕에 이야기를 쓰면서 세부적인 묘사에서 헤매지 않을 수 있었습니다. 감사합니다.

〈마담 흑조는 지나간 흔적의 이야기를 듣는다〉를 구상할 때 부경근대사료연구소 김한근 소장님께서 부산 전차 노선 변천사를 다룬 귀한 자료를 제공해주셨습니다. 덕분에 부산 지역 전차를 조사하는 노력을 상당히 덜 수 있었습니다. 부산중구청에서 발간한 1928년 부산의 모습을 담은 자료를 열람할 수 있게 도와주신 황정희 주무관님께도 감사드립니다. 공유해주신 자료 덕에 당시의 모습을 그리는 일이 한결 수월했습니다.

이 글을 쓰면서 부산 북구 화명동의 복합문화공간 무사이에서 물심양면으로 도움을 받았습니다. 성지영 대표님과 최용석 이사님, 이선아 매니저님께 감사드립니다. 특히 바쁜 일정 중에도 제 작품을 꾸준히 읽어주시며 조언과 격려를 아끼지 않은 손형선 매니저님께 깊이 감사드립니다.

이분들의 도움이 없었다면 글을 쓰기 어려웠을 겁니다.

부산 이야기를 쓰자는 작은 생각으로 시작했지만, 부산을 사랑하는 많은 분들의 도움이 보태져 이야기가 완성되었습니다. 독자 여러분, 이 이야기가 재미있으셨다면 재미의 절반은 그분들의 덕입니다.

시리즈의 다음 작품에서는 부산이 아닌 다른 지역에서 천연주 양이 활약하는(혹은 사건에 휘말리는) 이야기를 그려보려합니다. 새로운 이야기를 곧 들려드릴 수 있길 바랍니다.

유채꽃 피어난 낙동강 변을 바라보며

무경 씀

마담흑조는 곤란한 이야기를 청한다
1928, 부산

초판 1쇄 펴냄 2024년 5월 3일

지은이 무경
펴낸이 이영은
편집장 한이
교정 오효순
디자인 일상의실천
홍보·마케팅 김소망
제작 제이오

펴낸곳 나비클럽
출판등록
2017. 7. 4. 제25100-2017-0000054호

주소 서울특별시 마포구 동교로22길 49 2층
전화 070-7722-3751
팩스 02-6008-3745
메일 nabiclub@nabiclub.net
홈페이지 www.nabiclub.net
페이스북 @nabiclub
인스타그램 @nabiclub

ISBN 979-11-91029-96-3 (03810)

본 사업은 2024년 부산광역시, 부산문화재단 〈부산문화예술지원사업〉으로 지원을 받았습니다.